패스토럴리아

PASTORALIA
by George Saunders

PASTORALIA

GEORGE
SAUNDERS

패스토럴리아

조지 손더스 소설 | 정영목 옮김

문학동네

일러두기

1. 주석은 모두 옮긴이주이다.
2. 본문 중 고딕체나 볼드체는 원서에서 이탤릭체나 대문자로 강조한 부분이다.

폴라에게

차례

PASTORALIA

패스토럴리아

1

내가 최상의 기분이 아니라는 것은 인정해야겠다. 그렇다고 내가 아주 못하고 있다는 뜻은 아니다. 그렇다고 내가 정말이지 불평할 게 조금이라도 있다는 뜻은 아니다. 그렇다고 불평할 게 있다 해도 실제로 입으로 불평을 할 거라는 뜻은 아니다. 아니다. 나는 '긍정적으로 생각하고/긍정적으로 말하고' 있기 때문이다. 나는 쭈그리고 앉아 사람들이 머리를 들이밀기를 기다리고 있다. 누가 머리를 들이민 지 십삼 일이 지났고 이제 재닛은 나에게 점점 더 영어로 말을 많이 하고 있지만. 그것도 내가 기분이 아주, 뭐랄까, 엿같은 이유 중 하나다.

"아이고." 그녀는 오늘 아침 나를 보자마자 말한다. "구운 염소가 너무 지겨워서 비명이라도 지르겠어."

거기에 대고 내가 뭐라고 한단 말인가? 이 때문에 나는 곤란한 지경에 놓인다. 그녀는 내가 위에 잘 보이려고 하는 인간이라 자기가 영어를 하면 불편해한다고 생각한다. 맞는 말이다. 불편하다. 우린 좋은 조건이기 때문이다. 매일 아침 새 염소, 막 잡은 염소가 우리의 '대형 투입구' 안에 자리를 잡는다. 그리고 우리의 '소형 투입구'에는 떼어 쓰는 종이 성냥. 그래도 어떤 사람들보다는 낫다. 어떤 사람들은 덫으로 야생 토끼를 잡아야 한다. 어떤 사람들은 개척자 복장으로 닭 모가지를 잘라야 한다. 하지만 우리는 그렇지 않다. 나는 그저 '대형 투입구'에서 죽은 염소를 들어올려 날카로운 부싯돌로 껍질만 벗기면 된다. 재닛은 그냥 불만 피우면 된다. 따라서 아주 괜찮은 상황이다. 예전처럼 좋지는 않지만, 그래도, 그렇게 나쁘지는 않다.

예전에 사람들이 머리를 계속 들이밀 때는 우리도 우리가 하는 일이 마음에 들었다. 정말이지 과장된 연기를 했다. 끙끙거리는 소리를 내며 작은 싸움을 벌이곤 했다. 그녀의 얼굴에 흙 한줌을 던지려고 할 때면 먼저 성난 모습으로 돌에 돌을 두들겨 신호를 보내곤 했다. 그럼 그녀는 다음 순간에는 눈을 감고 있어야 한다는 걸 알았다. 가끔 그녀는 서툴게 옷감 짜기 비슷한 것도 했다. 그건 '옷감 짜기의 뿌리를 찾아' 같은 거였다. 가끔 우리는 바비큐를 하러 '러시아 농민 농장'에 내려가기도 했는데, 내 기억으로 거기에는 머리와 리언이 있었고, 리언은 아일린과 사귀고 있었고, 아일린 주위에는 고양이가 엄청 많았다. 지금은 들이미는 머리 수가 크게 줄면서 '러시아 농민'은 다 다른 데 가 있는데, 일부는 '사무국'으로 갔지만 대부분은 그렇지 못해서 아일린의 고양이들은 길냥이가 되었다. 하느님 앞에서 솔직하게 말하는데 가끔 나는 '대형 투입구'에 갔다가 그 안에 염소가 없는 걸 보게 되지나 않을까 걱정이 된다.

2

오늘 아침 '대형 투입구'에 가보니 염소가 없다. 염소 대신 메모가 한 장 있다.

버티시오, 버티시오. 염소는 올 테니까, 젠장. 너무 오만해지지 마시오.

문제는, 부싯돌로 염소 가죽을 벗겨야 하는 시간 동안 뭘 하느냐는 거다. 나는 죽을 만큼 아픈 척하기로 한다. 나는 한쪽 구석에서 뒹굴며 신음한다. 하지만 곧 지겨워진다. 부싯돌로 염소 가죽을 벗기는 일은 거의 한 시간을 잡아먹는다. 한 시간 동안 뒹굴며 신음하는 것은 불가능하다.

자신의 '분리 구역'에서 이쪽으로 들어오던 재닛의 눈썹이 위로 치켜올라간다.

"빌어먹을 염소가 없어?" 그녀가 말한다.

나는 끙끙거리는 소리를 내고 몸짓을 하는데 그 뜻은 이렇다. 큰비가 내리고, 그러자 우르릉 쾅, 염소들이 달아나고 그래서 염소들은 지금 멀리, 높은 산속에 멀리 있는데, 나는 더럭 겁이 나서 쫓아가지 않았다.

재닛은 겨드랑이를 긁으며 원숭이 같은 소리를 내더니 담배에 불을 붙인다.

"이 무슨 똥무더기 같은 짓이야." 그녀가 말한다. "왜 네가 굳이 이러는지, 나야 절대 모르겠지. 여기 누가 있어? 여기에 우리 말고 또 누가 보이는데?"

나는 그녀에게 담배를 끄고 불을 피우라고 몸짓을 한다. 그녀는 나에게 자기 엉덩이에 뽀뽀나 하라는 몸짓을 한다.

"왜 내가 불을 피워?" 그녀가 말한다. "염소가 오기도 전에 피우는 불이라. 그거 뭐 소망의 불 같은 거야? 희망을 담은 불? 아니, 미안, 난 지긋지긋해. 현실 세계에서 천둥이 치고 그래서 우리 염소들이 진짜로 달아났다면 나는 뭘 해야 할까? 어쩌면 애도를 표하겠지. 그 부싯돌로 내 몸을 긋는다든가 해서. 아니면 비가 오는데 염소를 밖에 그대로 두는 멍청한 짓을 한 네 엉덩이를 걷어찰지도 모르고. 뭐야, 저 사람들이 그걸 '대형 투입구'에 넣어두지 않은 거야?"

나는 그녀를 향해 사납게 얼굴을 찌푸리며 고개를 젓는다.

"흠, '소형 투입구'는 확인해봤어?" 그녀가 말한다. "어쩌면 작은 염소라서 진짜로 그 안에 욱여넣었을 수도 있잖아. 어쩌면 이번에는 멋진 메추라기 같은 걸 줬을 수도 있고."

나는 그녀에게 눈총을 주고 건들건들 '소형 투입구'를 확인해보러 간다.

아무것도 없다.

"하, 이런 염병할." 그녀가 말한다. "당장 여기서 나가서 도대체 어떻게 된 일인지 알아봐야겠어."

하지만 그러지 않을 것이다. 그녀도 그걸 알고 나도 그걸 안다. 그녀는 통나무에 앉아 담배를 피우고 우리는 함께 '대형 투입구'에서 덜컹 소리가 나기를 기다린다.

점심때쯤 우리는 '예비 크래커'를 먹는다. 저녁때쯤 다시 '예비 크래커'를 먹는다.

아무도 머리를 들이밀지 않고 '대형 투입구'나 '소형 투입구' 어느 쪽에서도 덜컹 소리는 나지 않는다.

이윽고 빛의 질감이 바뀌고 그녀는 자신의 '분리 구역' 문간에서 있다.

"내일도 염소가 없으면 나는 여기서 나가 언덕을 내려갈 거야." 그녀가 말한다. "하느님한테 맹세해. 두고 봐."

나는 나의 '분리 구역'으로 들어가 신발을 신는다. 코코아를 조금 마시고 '파트너 일일 수행평가 양식'을 꺼낸다.

태도상 곤란한 점이 눈에 띄는가? 띄지 않는다. 나의 파트너를 전반적으로 어떻게 평가하는가? 아주 좋다. '명상'이 필요한 '상황'이 있는가?

없다.

팩스를 보낸다.

3

다음날 아침, 염소는 없다. 메모도 없다. 재닛은 통나무에 앉아 담배를 피우고 우리는 함께 '대형 투입구'에서 덜컹 소리가 나기를 기다린다.

아무도 머리를 들이밀지 않고 '대형 투입구'나 '소형 투입구' 어느 쪽에서도 덜컹 소리는 나지 않는다.

점심때쯤 우리는 '예비 크래커'를 먹는다. 저녁때쯤 다시 '예비 크래커'를 먹는다.

이윽고 빛의 질감이 바뀌고 그녀는 자신의 '분리 구역' 문간에 서 있다.

"크래커, 크래커, 크래커!" 그녀가 측은하게 말한다. "세상에, 네가 나한테 말을 좀 하면 좋겠어. 왜 안 하려고 하는지 모르겠어. 나는 돌아버릴 지경이야. 적어도 우리가 말은 할 수 있잖아. 적어도 좀 놀 수는 있잖아. 스크래블*을 한다든가."

스크래블.

나는 손을 흔들어 인사를 하며 끙끙거리는 소리를 낸다.

"나쁜 새끼." 그녀가 말하고 부싯돌을 던져 나를 맞힌다. 그녀는 던지기를 잘하고 나는 아야 소리를 낼 뻔한다. 대신 분노한 말울음 같은 소리를 내면서 그녀를 바닥에 눕혀 꼼짝도 못하게 해볼까 생각한다. 그런 식으로 나의 우월한 힘에 굴복하게 만들려고 노력해볼까. 그러다 나의 '분리 구역'으로 들어간다. 신발을 신고 정리를 한다. 코코아를 조금 마신다. '파트너 일일 수행평가 양식'을 꺼낸다.

---

* 철자가 적힌 플라스틱 조각들로 글자 만들기를 하는 보드게임의 하나.

태도상 곤란한 점이 눈에 띄는가? 띄지 않는다. 나의 파트너를 전반적으로 어떻게 평가하는가? 아주 좋다. '명상'이 필요한 '상황'이 있는가?

없다.

팩스를 보낸다.

4

아침에 '대형 투입구'에 멋지고 통통한 염소가 있다. 메모도 있다.

하 하! 염소가 없고 뭐 그런 건 미안하오. 약간 착오가 생겨서 말이지. 앞으로는 염소를 찾으려고 여기를 들여다보면 언제나 염소를 보게 될 거요, 메모가 아니라. 아니면 둘 다거나. 하 하! 즐겁게 먹기를! 모든 게 잘되기를!

부싯돌로 활기차게 염소 가죽을 벗긴다. 재닛이 들어와 염소를 보고 웃음을 짓더니 아주 빠르게 작고 멋진 불을 피우고 아침 내내 영어를 한마디도 하지 않으면서 심지어 침을 묻힌 손가락으로 우리의 그림문자 몇 개를 따라 그리기까지 한다, 마치 그림문자의 눈부신 아름다움 같은 것에 대한 경외감에 사로잡히기라도 한듯.

정오 무렵 그녀는 다가와서 내 팔의 상처를 살핀다. 그녀가 던진 부싯돌 때문에 생긴 거다.

"이러다 죽는 거 아냐?" 그녀가 말한다. "미안해, 야, 정말 미안해, 내가 막 좀 제정신이 아니었던 것 같아."

나는 그녀에게 눈총을 준다. 그녀는 영어를 그만두더니 슬프게 울기 시작하면서 뭐랄까 사과하는 뜻으로 쭈그리고 앉는다.

이틀 동안 크래커만 먹은 뒤라 염소는 끝내주게 맛있다.

나는 불 옆에서 낮잠을 자고 이번에는 그녀도 영어로 히트송을 부르며 주위를 돌아다니지 않는다. 알아들을 수 없는 소리를 웅얼거리며 작은 벌레를 잡아먹는 척할 뿐이다.

미안하다고 말하는 그녀의 방식.

아무도 머리를 들이밀지 않는다.

5

전에 사람들이 아직 머리를 들이밀던 시절, 한번은 어떤 사람이 머리를 들이민 적이 있었다.

"이야." 그가 말했다. "이거 아주 비좁은 숙소로구먼. 정말이지 이런 데 살아보면 우리가 지금 이렇게 사는 게 고맙다는 생각이 들겠어. 거기 통화중 대기는 있소? 맛있는 버섯크림소스를 만드는 법은 아쇼? 하 하! 당신 가엾구먼. 하지만 또 한 가지, 나는 당신이 고맙소, 그러니까 당신이 나의 조상인 거지, 맞지? 그런 취지인 거지? 그게 당신이 보여주려는 거잖소? 당신이 일부러 무지한 건 아니었던 거지? 할 수 있는 최선을 다한 거지? 지금 나처럼? 아마도 언젠가는 나를 대신하는 어떤 사람이 그 안에 들어가 있겠지, 그럼 나를 조상으로 삼는 어떤 껄렁이가 나를 비웃으면서 왜 내 신발은 죽은 소로 만들었냐는 둥 묻겠지? 왜냐하면 그 미래에는 발에 죽은 가죽을 덮는다? 안 될 말일 테지, 그땐 그러지 않을 거야. 그 사람들한테는 그게 야만으로 보일 거요, 당신이 저 여자 머리채를 잡고 끌고 다니는 게 우리한테 야만으로 보이는 것처럼, 하긴 마누라하고 십오 년을 살아보니 뭐 그렇게까지 야만으로 보이지는 않지만 말이야. 하 하! 즐거운 하루 보내쇼!"

나는 재닛의 머리채를 잡고 끌고 다닌 적이 없다.

지나치게 상투적인 생각.

바로 그때 그의 부인이 머리를 들이밀었다.

"저기선 악취가 나네." 그렇게 말하더니 머리를 쑥 잡아뺐다.

"저게 염소 굽는 거야." 그녀의 남편이 말했다. "옛날엔 다 예쁘게 꾸미고 살지는 않았어. 고기를 먹으면 진짜 고기, 죽은 동물, 어쩌면 바로 몇 시간 전까지 자기 손을 핥아주던 동물의 살을 먹는 거였어."

"나 같으면 절대 그러지 않을 거야." 부인이 말했다.

"지금 그러고 있잖아, 멍청아! 누군가에게 지저분한 일을 대신 해달라고 돈을 주잖아. 도살? 가죽 벗기기?"

"그것도 안 해." 부인이 말했다.

우리는 그들을 보지 못하고 머리를 들이미는 곳을 통해 소리만 들을 수 있었다.

"도살장이라고 들어는 봤어?" 남편이 말했다. "하 하! 딱 걸렸지! 거기서 무슨 일이 벌어진다고 생각해? 당신이 만나본 적도 없는 어떤 자가 당신이라면 크고 그리운 소의 눈이라고 부를지도 모르는 눈을 가진 소를 죽여서 껍질을 벗기고, 그래서 당신은 신발을 신을 수 있고 나는 스테이크를 먹고 신발을 신을 수 있는 거야!"

"그건 다르지." 여자가 말했다. "그 동물들은 도살하려고 길렀잖아. 원래 그러려고 만들어진 것들이야. 게다가 나는 그걸 오븐에서 조리해, 속옷을 입고 저기 쭈그리고 앉아 냄새나는 연기를 사방에 피워올리지 않는다고."

"작은 은혜에도 하늘에 감사하라. 농담이야! 농담하는 거라고. 당신이 속옷을 입고 쭈그리고 앉아 있는 게 그렇게 나쁜 그림은 아니지만, 정말이야."

"게다가 응가는 어디서 하느냐고."

"직접 물어봐. 그러고 싶으면 어디서 응가 하는지 직접 물어봐도 돼. 돈을 냈잖아. 그것도 당연히 당신 권리야."

"그러지는 못할 것 같아."

"험, 나는 수줍음을 안 타서."

한참 동안 머리용 구멍에서는 아무런 소리가 들리지 않았다. 조용히 의논하고 있는지도 몰랐다.

"좋아, 그런데 응가는 어디서 하쇼?" 남편이 머리를 들이밀며 물었다.

"일회용 봉투를 설치할 수 있는 틀 같은 게 있어요." 재닛이 말했다. "정화조가 이렇게 멀리까지 올라오지는 않거든요."

"아," 남자가 말했다. "틀에 설치된 봉투에 응가를 한대."

"멋지네." 부인이 말했다. "그런 정보를 얻으니 더 부자가 된 것 같아."

"잠깐." 남편이 말했다. "옛날에, 그러니까 동굴이 진짜고 그랬을 때 말이야, 그때는 사람들이 어디로 갔을까? 그 시절에는 일회용 봉투가 없었을 것 같은데, 내 생각이 맞는다면 말이야."

"그 시절에는 그냥 나가서 숲으로 들어갔죠." 재닛이 말했다.

"아," 남자가 말했다. "말이 되네."

내가 재닛에 관해 무슨 말을 하는 건지 이제 알겠는가? 누가 직접 말을 걸면 우리는 몸을 숙이고 구석에 가서 비명을 지르기로 되어 있는데 영어로 두 번이나 대답을 한다?

나는 그녀에게 눈총을 주었다.

"아, 저 사람은 괜찮아." 그녀가 소곤거렸다. "마약반*이 아니야. 내가 알아."

잠시 후 종이비행기가 날아들어온다. 우리에 대한 '고객 간단평가'다.

전반적 인상 밑에 남자는 썼다. 완벽해! 아주 좋아.

학습 가치 밑에 그는 썼다. 그들이 어디에서 응가를 하는지 배웠다. 옛날과 지금 모두.

나는 그것을 우리의 서류 더미 위에 얹은 다음 나의 '분리 구역'으로 가서 신발을 신었다. '파트너 일일 수행평가 양식'을 채웠다. 태도상 곤란한 점이 눈에 띄는가? 띄지 않는다. 나의 파트너를 전반적으로 어떻게 평가하는가? 아주 좋다. '명상'이 필요한 '상황'이 있는가?

---

* 손님으로 위장한 감시인을 빗댄 말.

없다.

팩스를 보낸다.

6

오늘 아침은 내가 우리의 '인간 폐기물' 봉투와 쓰레기봉투와 재닛이 사용한 여성용품을 넣는 매끈한 금속 구멍 바닥에 있는 봉투를 버리는 아침이다.

이 일로 나는 한 달에 육십을 추가로 받는다. 거기에다 동굴 밖으로 나가는 것은 늘 좋다.

그녀의 '분리 구역' 문을 두드린다.

"누구세요?" 그녀가 멍청한 척한다.

누구인지 아주 잘 알면서. 나는 팔을 쑥 집어넣고 쓰레기봉투 쪽으로 손을 흔든다.

"어서 해." 그녀가 말한다.

그녀는 안에서 젖은 수건으로 겨드랑이를 닦고 있다. 방에서는 그녀 같은 냄새가 난다, 다만 더 진할 뿐. 나는 그녀의 고리버들 바구니에 있는 쓰레기를 커다란 하얀 봉투에 보탠다. 그녀가 사용한 여성용품 봉투를 커다란 하얀 봉투에 보탠다. 구석에서 '주의 인간 폐기물'이라는 딱지가 붙은 봉투 세 개를 집어 '주의 인간 폐기물'이라는 딱지가 붙은 나의 커다란 분홍 봉투에 보탠다.

나는 몸짓으로 그녀에게 땅의 풀처럼 평원을 덮은 짐승떼의 꿈을 꾸었는데 그 수가 메뚜기처럼 많았으며 그들의 불룩한 등허리 살은 각각이 아주 작은 산을 닮았다 등등의 말을 하고 나서 창을 날카롭게 간 다음 말하자면 사냥 전의 황홀경에 빠져들 것 같은 표정을 지으려 한다.

"가는 거야?" 그녀가 소리친다. "지금 간다고? 그 얘기 하는 거야?"

나는 고개를 끄덕인다.

"아이고 예수여, 그럼 얼른 가." 그녀가 말한다. "잘 놀다 와. 민트 좀 가져오고."

그녀는 민트와 담배를 감출 구멍을 바위에서 파내느라 몇 달 동안 아주 열심히 노력했다. 민트 민트 민트. 담배 담배 담배. 우리가 이 안에서 아무리 오래 함께 있어도 나는 절대 그녀에게 끌리지 않을 거다. 그녀는 쉰 살이고 발이 크고 어깨는 기울었고 얼굴은 작게 오그라들었고 입을 벌린 채 먹는다. 가끔 동굴 안에서 크고 추한 안경을 쓰고 십자말풀이를 한다. 절대 금지된 짓.

나는 한 손에는 하얀 쓰레기봉투를 다른 손에는 우리 둘의 커다란 분홍 '인간 폐기물' 봉투를 들고 밖으로 나간다.

7

파란색과 녹색이 섞인 아래 골짜기에는 기계 장치로 이루어진 이런저런 것의 무리가 파란색과 녹색이 섞인 풀 위에 몸을 구부리고 있다. 뭘 먹고 있는 걸까? 우리 산과 맞은편 산 중간에는 넓은 녹색 강이 흐르고 강에는 일정한 간격으로 흐름을 방해하는 바위들이 있다. 하얀 절벽을 따라 걷다가 소나무에 노란 점으로 표시를 한 좁은 길을 따라 내려간다. 이 길을 아는 사람은 거의 없다. 이곳은 '비관람객' 길이다. 이 아래에는 아무런 '볼거리'가 없고, '처리 구역 8'과 이동주택 두 대를 연결한 작은 '직원 전용' 가게가 있는데, 이게 우리에게는 진짜 축복이다. 우리와는 아주 가깝고 그러니까.

이동주택 안에는 마티, 그리고 우리가 어쩌면 마티의 부인일지도 모르지만 아니야 어쩌면 아닐지도 모른다고 생각하는 여인이 있다.

마티는 여인을 향해 악을 쓰고 있고 여인은 그가 악을 쓰는 것을 모두 받아적고 있다.

"그 사람들이 요구하는 대로 해!" 그는 악을 쓰고 그녀는 받아적는다. "그것만이 아니라 그 이상을 해, 아들, 그들이 요구하는 것 이상을! 뛰어나야 해! 왜 뛰어나지 못해! 뛰어나게 하란 말이야! 잘하는 게 나빠? 자 아들, 네가 그렇게 생각하지 않는다는 걸 알아, 그건 네가 배운 게 아니니까, 너는 잘하는 게 좋은 거라고 배웠으니까, 내가 너한테 그렇게 가르친 걸 아주 분명하게 기억해. 낚시하러 가서 네가 물고기를 잡으면 나는 늘, 좋아, 낚시 잘하네, 아들, 하고 말하지, 그리고 물고기를 못 잡으면 나는 얼굴을 찌푸리고, 나빠, 물고기 못 잡네, 하고 말하지, 사실 내가 그걸로 잔인하게 군 적은 없다고 믿지만. 내 말 따라오고 있어?"

“전부 다요.” 여인이 말한다. “나한테는 전부 다 금조각 같아요.”

“하 하.” 마티가 말하며 그녀의 등을 다정하게 오래 긁어주고 나서 스쿼트를 마시더니 다시 악을 쓰기 시작한다.

“그래서 어쨌든, 그 사람들이 요구하는 걸 해! 여기 집에서 우리가 너를 얼마나 사랑하는지, 네가 성공하기를 얼마나 바라는지 모르는 거냐? 그 사람들, 네가 편지에 써 보낸 엄청난 사람들, 빌어먹을 엄청난 사람들! 하지만 그 사람들이 요구하는 걸 그냥 해. 속마음으로 무슨 생각을 하든, 하는 건 그 사람들이 요구하는 것만 해, 그 사람들이 너를 좋아하도록. 그렇게 하면 너는 성공할 거야. 네가 말한 하찮은 사람들, 그 사람들이 정확히 얼마나 하찮은 거야? 그 얘긴 하지 않았잖아. 그 사람들이 너보다 훨씬 하찮은 거야? 그렇다면 엿 먹으라 그래, 그 사람들이 말을 걸면 무시해버려, 말을 걸지 않으면 다가가서 먼저 말을 걸어, 말하자면 그들을 쥐고 휘두르는 거지, 응, 그 사람들이 너를 쥐고 휘두를 수 있다고 생각하지 않도록 말이야. 하지만 그 사람들이 너하고 똑같은 수준이라면 조심해, 아들! 화나게 하지 마, 네가 쥐고 휘두르는 것처럼 행동하지 마, 그렇다고 너하고 그저 똑같은 수준일 뿐인 조그만 쥐똥 같은 거 앞에서 허리를 숙이지는 마, 그러면 그 사람은 네가 실제보다 하찮다고 생각할 거야. 친구들, 그래, 친구는 좋지, 어서 친구를 사귀어, 진짜 축복이지, 다만 너하고 같거나 너보다 하찮은 애들하고 사귀는 건 피하려고 해봐. 너보다 엄청난 애들하고만 사귀어, 그애들이 너를 받아준다는 가정하에, 아마 그러지 않겠지만. 그애들이 왜 그러겠어? 네가 뭐라고. 너는 그애들보다 하찮은데.

하지만 그래도 그애들이 자기보다 못한 애들하고 어울릴 수도 있는 거고, 그럼 그게 너한테는 좋은 거야, 바로 그 부분에서 네가 살짝 끼어들 수도 있으니까."

마티는 나에게 슬쩍 손을 흔들더니 계속 악을 써댄다.

"너를 압박하고 싶지는 않아, 아들. 네가 이미 압박을 많이 받고 있다는 걸 알아, 학교가 아주 힘들고 해서 말이야. 또 우리가 돈이 빠듯해서 너는 책표지도 직접 만들어야 하지. 그러니까 가족의 명예가 달려 있다는 말로 너한테 추가로 압박을 가하고 싶지는 않아, 하지만 어떤 줄 아냐, 야, 실제로 달려 있어! 네가 그거야, 꼬마! 우리가 가진 최고야. 생각해봐, 나하고 네 어머니, 그리고 '아빠-아빠'와 '엄마-엄마', 그리고 그 위에 '아빠-아빠-아빠', 어딘가에서 여기로 건너온 분, 무슨 배를 타고 말이야, 그래서 어떤 판잣집 같은 데서 평생 구두를 고친 분. 그거 기억나니? 그분이 왜 그런 일을 했을까? 마침내 네가 태어날 수 있게 하려고 그런 거야! 그걸 생각해! 그 긴 세월 세탁을 하고 꾸역꾸역 먹고 발을 질질 끌고 장에 가고 사랑을 나누고 아기를 세상으로 밀어내고 등등, 그래서 그 결과가 뭐야? 너야, 야, 네가 빌어먹을 결과물이라고. 그런데 이제 너는 거기에, 기숙학교에 있어, 얼마나 큰 특권이야, 우리 중에 네가 처음이야, 그래서 내가 말하고자 하는 건 오로지, 최선을 다해라, 누구한테도 뭣 같은 일을 당하지 마라. 물론 그런 일을 당하는 게 그들을 속여서 친구가 되고 그들을 최대한 이용하고자 하는 네 큰 계획의 일부라면 다르지만. 그냥 늘 네가 누구인지 기억해, 아들, 너는 쿠사키 집안사람이야, 나의 외아들. 사랑해. 어이쿠, 내가 지금 너무 질질 짜고 있네."

"잘하고 있어요." 여인이 말한다.

"할말이 아주 많아." 그가 말한다.

"그리고 지닌도 사랑을 전해." 여인이 말한다.

"그리고 지닌도 사랑을 전해." 그가 말한다. "제발 지닌, 그 말을 하고 싶으면 그냥 적어. 그걸 적으라고 내가 당신한테 말할 필요가 없잖아. 그냥 적어. 당신은 내 마누라잖아."

"난 당신 마누라가 아니에요." 지닌이 말한다.

"나한테는 그래." 마티가 말하자 그녀는 뭐랄까 그의 품안으로 파고들고 그는 다시 스쿼트를 꿀꺽꿀꺽 삼킨다.

나는 재닛에게 줄 담배와 민트를 사고 내가 먹을 케이오를 하나 산다.

나는 정말 케이오를 좋아한다.

"어이, 데이브 월리 얘기 들었지?" 마티가 나에게 말한다. "'지혜로운 산의 현자'의 데이브 월리. 그 사람 알지? 데이브 알지?"

나는 데이브를 아주 잘 안다. 데이브는 '러시아 농민 농장'에서 바비큐를 먹을 때 만나곤 하던 그룹의 일원이었다.

"뭐, 데이브에게 바이 바이 손이나 흔들어줘." 마티가 말한다. "'지혜로운 산의 현자'는 끝장났어. 데이브는 끝장났어."

"나는 데이브가 그렇게 속상해하는 건 본 적이 없어요." 지닌이 말한다.

"아주 빌어먹게 속상해했지." 마티가 말한다. "누가 안 그러겠어? 그 친구는 완전히 헌신했는데."

데이브는 완전히 헌신했다. 그는 가짜 수염을 다는 대신 턱수염을 길렀고 진짜 산속 금욕주의자의 발처럼 보이게 하려고 휴가 때도 맨발로 돌아다녔다.

"문제는, '지혜로운 산의 현자'가 사람들이 다니는 길에서 너무 멀리 떨어져 있었다는 거야." 마티가 말한다. "너희 모든 '외딴 지역'처럼. 너희 '외딴 지역'들, 너희는 사람들이 다니는 길에서 너무 멀리 떨어져 있어. 잘 생각해봐. 요즘 우리는 그렇지 않아도 '관람객'이 거의 없는데, 그건 염병할 여기까지 걸어올라와 너희 '외딴 지역'을 보려고 하는 '관람객'은 그보다도 훨씬 적단 뜻이야. 그렇지? 내 말이 맞지?"

"그 말이 절대적으로 맞아요." 지닌이 말한다.

"내 말이 절대적으로 맞아." 마티가 말한다. "내가 절대적으로 맞는다는 게 행복한 일은 아니지만. 왜냐하면 잘 생각해보면, 너희 '외딴 지역'이 끝장나면, 나는 어떻게 되냐는 거야? 나의 서비스 상대는 너희 '외딴 지역'이란 말이야. 알아? 맞지? 저 친구한테 민트를 줘. 가엾은 친구한테 잔돈을 거슬러줘. 다시 일하러 가야 하니까."

"좋은 하루 보내세요." 지닌이 말하며 잔돈을 내준다.

데이브 일은 슬프다. 또 걱정되기도 한다. '지혜로운 산의 현자'나 우리나 똑같은 '외딴 지역'이었기 때문에, 게다가 그곳이 훨씬 인기가 좋았기 때문에, 데이브는 즉흥적인 현자의 조언을 해주는 데 아주 뛰어났기 때문에.

나는 좁은 길을 따라 내려가 '폐기물 센터'로 가서 우리의 '인간 폐기물' 무게를 단다. '서류 작업과 요금'이라는 딱지가 붙은 상자에 서류와 요금을 낸다. 쓰레기는 '쓰레기'라는 딱지가 붙은 쓰레기통에 던지고 '인간 폐기물'은 '주의 인간 폐기물'이라는 딱지가 붙은 쓰레기통에 버리고, 나무에 기대앉아 케이오를 마신다.

8

다음날 아침 '대형 투입구'에는 염소가 한 마리, '소형 투입구'에는 토끼 한 마리와 더불어 '배급' 관련 메모가 들어 있다.

이 추가 식량을 우리의 존중을 보여주는 표시로 받아들여주기 바라오. 여러분 각각이 우리에게 매우 특별하고 우리는 절대 여러분을 잊지 않는다는 것을 알아주기 바라오. 여러분 한 사람 한 사람을 그대로 둘 수만 있다면 그렇게 할 것임을 알아주기 바라오. 그게 모두에게 도움이 된다면. 하지만 도움이 되지 않을 거요, 된다면 우리가 그렇게 하겠지, 안 그렇소, 우리가 여러분 모두를 그대로 두겠지. 하지만 우리가 더 날렵한 새 조직으로 녹아들고 있는 지금이야말로 '직원 재배치' 문제를 정리할 아주 좋은 기회가 아니겠소. 그래서 이 결핍과 도전의 시기에 누군가는 아마도 없어져야 하겠지만 그래도 좋은 점은 누군가는 그대로 있어야 한다는 것이고, 어쩌면 그게 당신일 수도 있다는 거요. 그게 '진짜로' 당신이기를 바랍시다, 여러분 한 사람 한 사람이기를. 하지만 아니, 앞서도 말했지만, 그렇게 되지는 않소, 그건 불가능해. 따라서 그냥 제공되는 특식을 즐기고, 걱정하지 말고 감독의 연락이 오기를 기다리시오. 만일 연락이 오지 않으면 '직원 재배치'가 당신의 문간을 그냥 지나쳤다고 알고 안심하시오. 솔직히 알려드리면 첫번째는 그냥 지나가도 사실 두번째에 없어져야 할 수도 있고, 어쩌면 '재배치'가 진행되는 방식에 따라서 심지어 세번째에도 그렇게 될 수 있소. 물론 누군가 첫번째와 두번째에 두 번 다 없어지게 되면, 그런 불필요한 조치는 일이 엉망이었다는 뜻이니 그냥 무시하기 바라오. 우리는 여러분 각각을 한 번씩만 없앨 거요. 그렇게 여러 번 하게 되더라도! 여러분 가운데 일부는 절대 없애지 않을 거요, 여러분 가운데 우수한 사람들은. 하지만 우리는 지금 인디언이 너무 많은 상황에 처했고 따라서 우선 인디언을 일부 잘라야 하고, 그러다 나중에, 가능하면, 추장도 몇 명 잘라야 하오. 하지만 아직은 아니오. 그건 더 어려운 일인데 그건 바로 우리를 자르는 것이기 때문이오. 곧, 아직은 아니지만, 우리 가운데 누군가를 없애는 결정을 해야만 하는데 그건 정말 어려운 일이오. 우리는 아주 쓸모가 있기 때문이지. 그렇다고 우리 추장이 여러분 인디언보다 더 쓸모가 있다고 말하는 건 아니지만. 물론 우리는 아마도 여러분 인디언은 하기 어려울 아주 힘든 결정을 하긴 하고, 그러느라 밤에 잠도 못 자지. 가령 여러분 가운데 누구를 없애느냐 하는 문제. 하지만 우리 걱정은 마시오, 우리는 이런 일을 오랫동안 해왔으니까. 다만 무엇보다도 우리가 지금 하는 일, 우리 모두가, 추장과 인디언 모두가 하고 있는 일이 즐거운 특권이라는 사실은 잊지 마시오. 연예계에서 우리가 하는 일을 하고 싶어하는 사람이 얼마나 많겠소.

그게 데이브 월리 일을 설명해준다는 느낌이 든다.

"맙소사." 재닛이 말한다. "빌어먹을 자르기가 시작되는구나."

나는 그녀에게 눈총을 준다.

"아, 그래, 그래." 그녀가 말한다. "우가 무가. 우가 우가 무가. 좀 낫냐?"

건방을 떠는 거야 그녀 마음이지만 '재배치'는 코웃음 칠 일이 아니다.

나는 염소와 토끼의 껍질을 벗기고 굽는다. 아침을 먹고 나자 그녀는 워크맨을 끼고 여동생에게 편지를 쓰기 시작한다. 절대 금지된 일이다. 나는 그림문자 작업을 한다. 그러니까 무릎을 꿇고, 으깬 장과로 만든 물감에 바싹 마른 엉성한 붓을 담가 그림문자를 그리는 척한다는 거다. 물감은 사실 여러 색깔의 딱딱한 플라스틱 조각에 불과하다.

정오쯤 나의 '분리 구역'의 팩스에서 팩스가 들어올 때 나는 소리가 난다.

그것을 받으려면 근무시간에 동굴을 나가 '분리 구역'으로 들어가야 한다.

"아이고 예수여, 어서 가서 받아." 재닛이 말한다. "제정신이야? 루이즈한테서 온 건지도 모르잖아."

가서 받는다.

루이즈한테서 온 거다.

넬슨은 오늘 더 잘하고 있음, 새로 붓는 데는 별로 없음. 트럭 놀이를 하고 볼로냐소시지를 세 조각 먹었음. 당신에 관해 물었음. 열은 없고, 두 다리와 팔 모두 활동 범위 넓음. 비자는 6800달러까지 갔음, 이자율이 낮은 새 카드로 옮길까?

그게 좋을 듯하네. 나는 팩스로 답장한다. 다른 애들은 어때?

애들은 언제나 애들이고 애들, 루이즈가 팩스로 답장한다. 미치겠음. 쉴새없이 말을 함.

당신 보고 싶어, 나는 팩스를 보낸다. 그녀는 팩스로 필요한 계좌주인 서명 용지를 보낸다.

나는 용지에 서명한다. 용지를 팩스로 보낸다.

넬슨은 여섯 살이다. 석 달 전 넬슨의 근육이 뻣뻣해졌다. 근육을 풀어주는 약은 실제로 근육을 약간 풀어주었지만 동시에 근육을 부어오르게 했다. 그것만 아니면 아이는 괜찮다. 뻣뻣하고 부어올라서 움직일 때 아플 뿐. 원래 아이의 병이라고 생각했던 것이 있었지만, 약 때문에 아이가 붓자 닥터 에번스는 아이의 문제가 뭐든 처음 생각했던 것은 아님을 인정할 수밖에 없었다.

그래서 우리는 지금 아이를 면밀히 관찰하고 있다.

나는 동굴로 돌아간다.

"어떻대?" 재닛이 말한다.

나는 얼굴을 찌푸린다.

"그래, 젠장." 그녀가 말한다. "내가 너희를 빌어먹게 응원하고 있다는 것만 알아줘."

가끔 그녀는 아주 착해지기도 한다.

9

다음날 아침 일찍 그레그 노드스트롬이 머리를 들이밀고 아점을 하자고 부른다.

이게 첫번째다.

"나는 어쩌고요?" 재닛이 말한다.

"하 하!" 노드스트롬이 대답한다. "당신은 아니고. 오늘은 아니고. 하지만 아마도 곧!"

나는 그를 따라 밖으로 나간다.

아주 밝은 태양.

동굴 밖으로 쉰 걸음쯤 가자 '기다리시오! 공사중'이라고 적힌 빨간 종이 장막이 있고 우리는 그 뒤로 간다.

"곧 당신 '투입구'에 위임 양식이 몇 장 들어갈 거요." 그가 말하며 담요에 베이글 몇 개를 펼쳐놓는다. "적당하다고 생각하는 대로 위임장을 채우쇼, 다 좋은 거야, 그냥 투표하쇼, 대담하게 하면 돼, 선택권을 행사하쇼, 이건 당신 스톡옵션과 관련이 있소. 권리는 확정됐소? 권리가 확정되는 게 좋아. 될 때까지 그냥 기다리쇼. 정말이지 '수당'이라는 느낌이 들지. 매달 뭉텅, 그 옵션 머니가 한 눈금 올라갈 때마다 '수당'을 왜 '수당'이라고 부르는지 알게 될 거요. 이야, 우리는 운이 좋은 거야."

"네." 나는 말한다.

"나도 운이 좋고 당신도 좋아." 그가 말한다. "다 그런 건 아니지. 일부는 운이 좋지 않소. '직원 재배치'에서 없어지는 사람들, 좋지 않지. 하지만 당신은 없어지지 않아. 적어도 나는 그렇게 생각하오. 하지만 재닛, 나는 재닛은 걱정이 좀 되거든, 저쪽에서 재닛은 어떻게 하려고 할지 모르겠어. 내가 아니야, 저쪽이오, 하지만 내가 어쩔 수 있겠소? 재닛은 어때? 괜찮소? 댁의 생각은 어떻소? 솔직히 말해주기 바라오. 문제가 있소? 우리가 혹시 고치도록 도와줄 수 있는 문제 말이오. 그래, 그 여자는 어떤 사람이오? 착해? 믿을 만해? 결함을 지적하는 건 부정적인 게 아니오. 사실 긍정적인 거지, 그래야 결함을 고칠 수 있으니까. 부정적인 것은 오히려 귀중한 정보를 내놓지 않는 거요. 당신은 어떻소? 귀중한 정보를 내놓지 않고 있소? 아니길 바라지만. 당신은 부정적이 되고 있소? 그 여자가 좀 골칫거리요? 말해주시오. 당신이 말해주기를 바라고 있어. 저 여자가 좀 골칫거리라고 인정하면 당신을 매우 긍정적으로 적어두겠소. 보쇼, 저 여자 수행 능력에 문제가 있다는 건 당신도 알고 나도 알아. 그러니 얼마나 흥미진진한 기회요, 당신은 그걸 인정하고 나는 크고 명료하게 그걸 들을 수 있고. 최고지!"

육 년 동안 재닛은 경부암 검사 결과가 좋지 않고 아이가 재활센터에 들어가 있고 포트웨인에 있는 어머니가 판막에 문제가 있어 일어서지 못하거나 폐에 피가 가득찬다는 등등의 이야기를 나에게 해왔다.

"정말이지 무슨 문제가 눈에 띈 적은 없었는데요." 내가 말한다.

"어쩌고저쩌고 어쩌고저쩌고. 무슨 칭찬이 그래? 공허한 칭찬? 그거 공허한 칭찬이야? 공허한 칭찬은 하지 말라고 주의 주고 싶소. 왜냐하면 공허한 칭찬은 뭐냐? 뭐 같으냐? 거짓말이거든. 그러면 거짓말은 뭐냐? 부정적이거든. 당신은 '이리가 온다' 하고 외친 꼬마와 정반대 같아. 실제로 재닛이라는 이름의 이리가 자기 다리를 씹고 있는데 '이리는 없다' 하고 외친 꼬마 같아. 왜냐하면 최근에 내가 뭘 본 줄 아시오? 당신의 '파트너 일일 수행평가 양식'을 보았는데 거기에서 저 여자가 안 좋게 보일 만한 말은 하나도 보지를 못했소. 단 하나도. 당신이 단 한 번이라도 태도상 곤란한 점을 기록했던가? 하지 않았소. 파트너를 전반적으로 어떻게 평가했나? 아주 좋다, 늘, 매일. '명상'이 필요한 '상황'이 있었나? 없었소, 심지어 한번은 그 여자가 어떤 남자한테 당신네들이 어디서 똥을 싸는지 말해주었을 때도. 그것도 영어로. 동굴에서. 나한테는 증거가 있소, 그 남자의 '고객 간단 평가'를 읽어봤거든."

아주 조용해진다. 바람이 불고 종이 장막이 위로 올라간다. 베이글은 맛있어 보이지만 우리는 먹지 않는다.

"보시오." 그가 말한다. "우리가 매일 알고 지내는 사람들에 관해 객관적이기가 어렵다는 건 알지만, 큰 그림에서 보자면 진실을 말하지 않을 때 누가 이익을 보겠소? 재닛이? 누가 말해주지 않으면, 그리고 곧바로 가혹하게 규율을 잡아주지 않으면 재닛이 지금 자신이 최고의 모습이 아니라는 걸 어떻게 알 수 있겠소? 그리고 재닛이 최고의 모습이 아니면 조직이 더 건강해질 수 있겠소? 그리고 조직이 더 건강해지지 않으면, 그래서 조직이 궁극적으로 당신 입에 먹을 걸 집어넣어주는 그런 게 되지 못하면, 당신은 재닛의 행동에 관해 거짓말을 함으로써 당신 자신의 입에서 먹을 걸 빼내고 있다는 걸 쉽게 깨달을 수 있을 거요. 당신 입에 있는 그 먹을 걸 살 수 있도록 돈을 손에 쥐여주는 게 누구요? 우리야. 우리가 당신한테서 뭘 원하겠소? 우리는 당신이 진실을 말해주는 걸 원해. 그거요. 그게 다요."

우리는 잠시 말없이 앉아 있는다.

"아주 간단해." 그가 말한다. "골치 아픈 게 아니오."

하얀 보풀 같은 것이 내 팔의 털에 내려앉는다. 나는 그것을 집어낸다.

그것이 아래로 떨어진다.

"슬프군." 그가 말한다. "모든 게 슬퍼. 우리는 아름다운 세계, 아름다운 도전과 꽃과 새와 최고의 사람들이 가득한 세계에 살고 있지만 여기에는 동시에 안타까운 썩은 사과, 그 수상쩍은 재닛 같은 사람도 있소. 내가 그 여자를 미워하느냐? 내가 그 여자가 죽임을 당하기를 바라느냐? 아이구, 아니오, 나는 재닛이 최고라고 생각하고, 그 여자가 뜨거운 오일 마사지를 받으면서 찬양받기를 바라오. 그 여자는 아주 훌륭한 자질이 몇 가지 있소. 하지만 생각해보시오, 나는 훌륭한 자질을 가지라고 재닛에게 돈을 주는 게 아니오, 일관되게 일을 잘하라고 돈을 주는 거요. 그 여자가 그러고 있소? 일관되게 일을 잘하고 있소? 그렇지 않소. 그리고 여기 당신이 있소, 평균 이하의 동료를 짊어지고 있어. 당신이 가엾지. 그 여자는 당신의 발전과 성장을 막고 있소. 우리 라운지에서는 사람들이 당신 이야기를 하고 있어. 보시오, 당신이 재닛을 그렇게 훌륭하지 않다고 느낀다는 걸 난 알고 있소. 그 여자는 당신한테 혹이오. 당신 눈에서 그게 보여. 그리고 그건 짜증이 날 수밖에 없소.

당신은 훌륭하기 때문에. 아주 훌륭하기 때문이오. 우리의 최고 가운데 하나요. 그리고 그 여자는 형편없어, 아주 형편없지, 우리의 최저 가운데 하나요. 나라면 가끔 그 여자가 당신한테 하는 짓 때문에 그냥 따귀를 갈겨버릴 수도 있을 것 같아."

"그 여자는 친구입니다." 내가 말한다.

"있잖아, 그게 어떤 걸까, 나한테?" 그가 말한다. "성경. 성경에서 그리스도인가 하느님이 우리 둘 이상의 집단이나 조직은 한몸이라고 말하는 거 기억나시오? 나는 그 말이 정말 진실이라고 생각하오. 우리 몸에는 재닛이라는 이름의 썩은 발가락이 있고, 그 발가락이 검게 변하면서 관절에서 악취가 나고 있고, 그 악취가 나는 나쁜 발가락 옆에 그녀의 친구인 악취가 나지 않는 좋은 발가락이 살고 있는데, 그 발가락은 어떤 이유에서인지 고집을 부리며 입을 꾹 다물고 있소, 발가락에 입이 있다고 치면 말이오. 어서 말하시오, 작은 발가락, 뇌가 그 썩은 상태를 알게 해주시오. 그래야 우리가 얼른 내려가 재닛의 악취를 막는 데 필요한 일을 할 수 있으니까. 뭐가 필요할까? 우리는 아직 모르고 있소. 어쩌면 소독약, 어쩌면 재닛을 잘라낼 훌륭하고 날카로운 톱. 우리가 알려면 당신이 뭘 해야 할까? 진실을 말하시오. 이제부터 이 평균 이하 동료에 대한 솔직하고 편견 없는 평가를 작성하시오. 그거요. 그게 다요. '고용 약정서'에 매일 정확한 '파트너 일일 수행평가 양식'을 빠짐없이 작성하겠다고 동의했소, 하지 않았소? 당신은 동의했소. 세 통에 서명을 했소. 내 서류철에 사본이 있소. 하지만 데데하고 슬픈 이야기는 이걸로 됐어, 내 뜻이 전달됐다는 걸 알고 있소. 당신에게 전달됐다는 걸. 이제 놉시다. 먹는 거요. 내가 가져온 좋은 음식을 먹는 거. 그건 즐거운 일이야, 안 그렇소. 내 생각에는 즐거운데."

우리는 먹기 시작한다. 즐겁다.

"가져온." 그가 말한다. "내가 가져온 좋은 음식. 갖고온인가 가져온인가?"

"둘 다 됩니다."

"내가 갖고온 좋은 음식." 그가 말한다. "가져온."

10

동굴로 돌아오니 재닛이 멋진 불을 피워놓았다.

"그래서 멍청이들이 뭘 원한대?" 그녀가 말한다. "해고된 거야?"

아니라고 고개를 젓는다.

"그 인간이 너를 사랑하게 된 거야? 그래서 너하고 데이트하고 싶어한 거야?"

아니라고 고개를 젓는다.

"나를 사랑하게 된 거야? 나하고 데이트하고 싶어한 거야? 내가 해고된 거야?"

아니라고 고개를 젓지 않는다.

"잠깐, 잠깐만, 다시. 내가 해고라고?"

아니라고 고개를 젓는다.

"하지만 내가 똥통에 빠진 거라고?" 그녀가 말한다. "내가 똥통에 약간 빠진 거야?"

어깨를 으쓱한다.

"염병할 나한테 말 좀 할래? 이건 중요해. 제발 한 번만이라도 자지같이 굴지 좀 마."

나는 내가 자지라고 생각하지 않고 누가 자지라고 부르는 것도, 그것도 동굴에서, 그것도 영어로 부르는 것도 좋아하지 않지만, 사실 애초에 그녀가 동굴에서 말을 하지 않으려고 조금만 더 노력한다면 이렇게 똥통에 빠지는 일도 없을 것이다.

나는 손가락을 한 개 들어올린다, 마치 잠깐만 하고 말하듯이. 그리고 내 '분리 구역'에 들어가 메모를 쓴다.

노드스트롬은 선배한테 불만이야. 내 DPPEF*에 선배에 관해 거짓말을 했다는 이유로 나에게도 불만이야. 그래서 이제 사실을 말할 생각이야. 선배도 알다시피 내가 선배에 관해 사실을 말하면 행동이 나아지지 않는 한 선배는 가망이 없어. 그러니 정말이지 나아져야 해. 이걸 말로 하지 못해서 미안하지만, 알다시피 우리는 동굴에서는 영어로 말하면 안 된다고. 나는 선배하고 일하는 게 좋아. 정말이지 우리는 이 일을 잘 해결해야 돼.

그녀는 통나무에 앉아 내 메모를 읽는다.

"머리를 좀 써야 할 때가 온 것 같군." 그녀가 말한다.

---

* '파트너 일일 수행평가 양식(Daily Partner Performance Evaluation Form)'의 약자.

나는 그녀를 향해 두 엄지를 들어올린다.

11

다음날 아침 '대형 투입구'에 가지만 염소가 없다. 메모도 없다.

재닛이 밖으로 나와 메모를 건네주고 아주 빠르게 작고 멋진 불을 피운다.

네가 해준 일 정말 고마워. 사실을 말해줘서 말이야. 넌 진짜 친구고 내가 얼마나 잘할 수 있는지 보게 될 거야.

아침으로 '예비 크래커' 각각 스무 개씩을 세어서 내놓는다. 얼마 후 나는 그림문자 작업을 하고 그녀는 작은 벌레를 잡아먹는 척한다. 점심으로 '예비 크래커'를 각각 스무 개씩 세어서 내놓는다. 점심식사 후 나는 창을 가는 척하고 그녀는 내 발치에 앉아 알아들을 수 없는 소리를 끊이지 않고 길게 늘어놓는다.

아무도 머리를 들이밀지 않는다.

이윽고 빛의 질감이 바뀌고 그녀는 자신의 '분리 구역' 문간에서서 눈썹을 꿈틀거린다. 상당히 잘하지, 응? 하고 말하듯이.

나는 나의 '분리 구역'으로 들어간다. '파트너 일일 수행평가 양식'을 꺼낸다.

처음으로 쉽다.

태도상 곤란한 점이 눈에 띄는가? 띄지 않는다. 나의 파트너를 전반적으로 어떻게 평가하는가? 아주 좋다. '명상'이 필요한 '상황'이 있는가?

없다.

팩스를 보낸다.

12

다음날 아침 '대형 투입구'에 가지만 이번에도 염소는 없다. 메모도 없다.

재닛이 밖으로 나와 이번에도 아주 빠르게 작고 멋진 불을 피운다.

아침으로 '예비 크래커' 각각 스무 개씩을 세어서 내놓는다. 아침식사 후 나는 그림문자 작업을 한다. 점심식사 후 그녀는 문간으로 가서 짖는 소리를 내기 시작하는데, 아주 인상적인 먹잇감 무리가 천둥소리를 내며 지나가고 있다 등등을 표현하려는 것이지만, 물론 사실은 아니다. 먹는 것들은 기계 장치이기 때문에 늘 있는 바로 그곳, 강 건너에 있다. 그러나 그녀가 짖을 때 나는 창을 잡고 달려올라가 가상의 먹잇감들을 향해 함께 짖기 시작한다.

온종일 아무도 머리를 들이밀지 않는다.

이윽고 빛의 질감이 바뀌고 그녀는 자신의 '분리 구역' 문간에서서 나에게 미소를 짓는다. 제대로 하는 것도 사실 좀 재밌네, 안 그래? 하고 말하듯이.

나는 '파트너 일일 수행평가 양식'을 꺼낸다.

이번에도 쉽다.

태도상 곤란한 점이 눈에 띄는가? 띄지 않는다. 나의 파트너를 전반적으로 어떻게 평가하는가? 아주 좋다. '명상'이 필요한 '상황'이 있는가?

없다.

팩스를 보낸다.

나는 노드스트롬에게 편지도 쓴다.

우리가 나눈 대화에 따라 내 재량껏 재닛에게 상황을 이해시키려고 최선을 다했습니다. 그 이후로 재닛은 (이제는 진실한!!) '파트너 일일 수행평가 양식'에 적힌 대로 훌륭하게 일을 하고 있습니다. 솔직한 말씀 감사드립니다. 더불어 DPPEF에서 진실함이 부족했던 시기에 대해서는 사과드립니다. 이제야 그게 얼마나 부정적인지 알 수 있네요.

약간의 아첨, 그래.

하지만 환심을 살 필요가 있다.

팩스를 보낸다.

13

밤늦게 내 팩스에서 팩스가 들어올 때 나는 소리가 난다.

노드스트롬이다.

뭐? 뭐라고? 그 여자한테 말했다고? 내가 그 여자한테 말하라고 당신한테 말했나? 그리고 이제는 뻔뻔스럽게 그 여자가 잘하고 있다고 말하기까지 해? 지금까지 쭉 그 여자가 아주 엉망으로 하고 있었는데도 당신은 늘 그 여자가 아주 잘하고 있다고 말했는데, 이제 와서 당신이 그 여자가 잘하고 있다고 말하면 내가 왜 그 말을 믿어야 해? 아, 사람 열받게 하네. 내가 뭘 싫어하는지 알아? 내 어린 시절 경험 때문에? 어쩌면 그것 때문에 내가 이렇게 투지가 넘치는지도 모르지만? 거짓말쟁이야. 아빠는 엄마 몰래 바람을 피워 거짓말을 했고, 엄마는 아빠 몰래 역시 거짓말쟁이였던 케네스와 바람을 피워 거짓말을 했는데, 케네스는 엄마와 결혼식을 올리면서 나한테 황금 안장을 얹은 조랑말 세 마리를 사주겠다고 약속했고 나중에 엄마하고 이혼하자 적어도 보통 안장을 얹은 조랑말 한 마리는 사주겠다고 약속했지만 말할 필요도 없이 나는 한 마리도 받지 못했어. 어쩌면 그래서 내가 거짓말쟁이를 싫어하는지도 몰라. **그러니까 이젠 거짓말하지 마**. 그 흉측한 재닛에 관해서는 단 한 번이라도 더는 거짓말을 하지 마. 그 여자한테 말했다니 믿을 수가 없군! 그 여자가 어떤지 내가 진짜로 관심이 있을 거로 생각하나? 그 여자가 어떤지는 **이미 알아**. 그 여자는 **형편없어**. 하지만 내가 요구하는 건 **당신 입으로** 그 말을 하는 거야. 기록해둘 필요가 있어서. 여자를 해고하는 게 얼마나 힘든 일인지 알아? 그것도 늙은 여자를, 그것도 늙고 시들어버린 주제에 경력만 긴 늙은 여자를? 당신은 모르는 게 너무 많아, '재배치'에 대해서도, 우리 계획에 대해서도! 내 팩스에 답장도 하지 마, 너무 화가 나서 읽지도 못하겠으니까.

이건 내가 염두에 두고 있던 게 전혀 아니었다.

노드스트롬에게서 나의 지위가 약간 손상을 입은 게 틀림없었다.

하지만 괜찮았다.

재닛은 이제 더 잘하고 있고 지금 나는 진실을 말하고 있는 거니까. 따라서 상황은 마땅히 그래야 하는 대로인 것이다.

결국에는 노드스트롬이 내가 이룬 것을 높게 평가하게 될 것이라고 확신한다.

14

다음날 아침 '대형 투입구'에 가지만 이번에도 염소는 없다. 메모도 없다.

재닛은 밖으로 나와 아주 빠르게 작고 멋진 불을 피운다.

우리는 쪼그리고 앉아 '예비 크래커'를 먹으면서 가끔 손으로 서로를 찰싹찰싹 때린다. 우리는 동굴 주위에서 허리를 구부리고 비명을 지르며 옥신각신하고 종종걸음을 치는 척하고 있다. 그녀는 정말로 아주 잘하고 있다. 나는 성난 모습으로 돌에 돌을 두들겨 그녀의 얼굴에 흙을 던질 작정이라는 표시를 한다. 그녀는 아주 날카롭게 마주 짖어댄다.

누군가 머리를 들이민다.

젊은 남자, 좀 얼간이처럼 보인다.

"브래들리?" 재닛이 말한다. "염병, 이럴 수가."

"이야, 멋진 인사네, 엄마." 남자가 말하고 걸어들어온다. 그는 걸어들어와선 안 된다. 아무도 걸어들어와선 안 된다. 누군가 걸어들어왔던 때가 언제인지 기억도 나지 않는다.

“좆도 여긴 냄새 한번 지독하네.” 그가 말한다.

“심지어 내 일터에 들어와 욕부터 하다니 무슨 짓이야.” 재닛이 말한다.

“옙 그렇죠 엄마.” 그가 말한다. “꼭 엄마는 내 일터에 들어와 욕부터 한 적이 없는 것처럼.”

“꼭 너한테 일터가 있어본 적이 있기라도 한 것처럼.” 그녀가 말한다. “꼭 일이라는 걸 해본 적이 있기라도 한 것처럼.”

“꼭 장신구 만드는 게 일이 아니기라도 한 것처럼.” 그가 말한다.

“오 브래들리 너는 그냥 입에서 나오는 대로 말하는구나.” 그녀가 말한다. “너는 장비라고는 하나도 없었고 염병할 장신구도 없었어. 손님도 없었고. 장신구라고는 단 한 개도 만든 적이 없고. 그냥 지하실에 인상을 찡그리고 앉아 있었을 뿐이야.”

그냥 우리 운이었다. 두 주 만에 찾아온 첫 ‘관람객’이 친족이라니.

나는 헛기침을 한다. 그녀에게 눈총을 준다.

“우리한테 염병할 오 분만 줄래, 응, 쫌생이 아저씨?” 그녀가 말한다. “여기 얘는 내 아이라고.”

“그땐 내 디자인을 개념화하고 있었어, 엄마.” 그가 말한다. “그건 중요한 부분이야. 그리고 엄마는 분명히 내 일터에서 욕을 했어. 한번은 엄마가 지하실에 내려와 내가 씨발 똥구멍 같은 인간이라고 말한 적 있다는 걸 아주 분명하게 기억해. 내가 장신구 만드는 사람이 되겠다는 꿈을 실현하려고 노력하면서 시간을 낭비한다는 이유로 말이야.”

"개소리 마." 그녀가 말한다. "나는 한 번도 너를 똥구멍이라고 부른 적 없어. 그리고 나는 분명히 씨발이란 말을 한 적도 없고. 나는 씨발이라는 말을 절대 하지 않아. 오래전에 그 말을 끊었거든. 너 내가 언제 씨발이란 말 하는 거 들은 적 있어?"

그녀는 나를 보고 묻는다. 나는 없다는 뜻으로 고개를 젓는다. 그녀는 절대 씨발이란 말을 하지 않는다. 씨발이란 말을 하고 싶을 때는 빌어먹을이라고 말한다. 그녀는 이 점에 관해 아주아주 일관성이 있다.

"뭐라고요?" 브래들리가 말한다. "저 사람 말 안 해?"

"저 사람은 규칙대로 하는 거야." 그녀가 말한다. "너도 언제 그렇게 해보면 좋을지 몰라."

"해보고 있었어." 그가 말한다. "그래도 쫓아내더라고."

"뭐에서 널 쫓아내?" 그녀가 말한다. "잠깐, 잠깐, 다시. 너를 뭐에서 쫓아내? 재활센터에서?"

"그건 전혀 나쁜 게 아냐, 엄마!" 그가 소리친다. "그걸 갖고 날 부끄럽게 만들 필요는 없잖아. 그러잖아도 기분 나쁜데. 도* 씨가 모두 앞에서 날 도둑이라고 불렀단 말야."

"맙소사, 브래들리. 재활센터에서 쫓겨나면 어떻게 좋아지겠다는 거야? 이번에는 뭘 훔친 거야? 또 스테레오를 훔쳤어? 도 씨는 누구야?"

"암것도 훔치지 않았어, 엄마. 도는 내 상담사야. 뭘 좀 빌렸을

* Doe, 보통 남자 이름을 드러내지 않을 때 사용한다.

뿐이야. 텔레비전. 라운지에 있는 텔레비전. 내 방에 텔레비전이 있으면 훨씬 빨리 좋아질 것만 같은 기분이 들더라고. 그래서 내 회복을 스스로 통제하기로 했지. 그게 그렇게 나쁜 거야? 나는 그게 내가 거기 있는 이유라고 생각했는데, 응? 물론 내가 모든 걸 완벽하게 했다고 말하는 건 아니야. 가령 난 그걸 팔지 말아야 했을지도 모르지."

"그걸 팔았다고?" 그녀가 말한다.

"좋은 게 암것도 나오지를 않잖아!" 그가 말한다. "만일 좋은 프로그램을 틀어줬다면 나는 좋아졌으리란 걸 그냥 알 수 있어. 하지만 아니었어. 너무 지겹더라고. 그래서 모든 사람에게 파티를 열어주기로 했지. 모두 나를 아주 잘 도와주고 있었기 땜에, 내 방에 텔레비전을 두게 해준다든가 하는 식으로. 그래서, 있잖아, 텔레비전을 팔았지, 파티를 열려고. 그래서 그 돈을 '파티 플레이스'에 들고 갔어, 파티를 위해 몇 가지 좀 사려고, 모자 몇 개하고 나팔하고 뭐 그런 것들. 그러다 문제가 생겼어, 약물로. 그니까 뭐냐 갑자기 약물을 좀 원하게 된 거야. 그랬는데 약물을 가진 그 사람을 우연히 만난 거지. 그 사람은 씨발 완전히 나를 엿 먹였어! 나한테 돈이 좀 있는 바로 그때 그 약물을 갖고 거기 있어서 말야. 그 사람은 내 회복엔 요만큼도 관심이 없더라고."

"마약을 사려고 재활센터의 텔레비전을 팔았구나."

"약물을 사려고야, 엄마, 왜 말을 똑바로 못하는 거야?" 그가 말한다. "물건에 이름을 붙이는 건 중요한 거야, 엄마, 도가 상담시간에 그걸 가르쳐줬어. 봐, 엄마라면 아마도 텔레비전을 팔지 않았겠지만 엄마는 부주의한 약물 오남용자가 아니잖아. 그런데 그거 알아, 나는 약물 오남용자라고, 그래서 내가 재활센터에 있었던 거고. 내 말 듣고 있어? 나도 엄마가 완벽한 아들을 두었더라면 하는 맘이란 걸 알아, 하지만 현실은 그게 아냐, 엄마는 부주의한 약물 오남용자 아들을 뒀어, 가끔 나쁜 판단을 하는, 텔레비전을 빌렸다가 약물을 사려고 판다든가 하는 것처럼."

"아니면 반지와 장신구도." 재닛이 말한다. "내 반지와 장신구."

"씨발 엄마, 그건 오래전 일이야! 왜 꼭 오래전 개똥 같은 일을 계속 끄집어내는 거야? 도 말이 정말 옳아. 엄마가 이기기 위해서는 내가 져야 한다는 거지. 내가 어렸을 때 온 동네 사람들 앞에서 나를 동물 학대자라고 불렀던 것처럼. 그거 정말 상처였어. 그게 내 많은 문제의 원인이야. 떠나기 직전에 그룹에서 그 이야기를 하고 있었어."

"너는 고양이를 괴롭히고 있었잖아, 빌어먹을 소몰이 막대기로."

"내가 금속가공반에서 직접 만든 막대기였어. 하지만 물론 엄마는 그 얘긴 절대 하지 않았지."

"스터노*를 넣은 컵으로 뜨겁게 달구던 막대기였잖아."

"그래 그래, 엄마 입장을 더 얘기해봐. 엄마가 원하는 만큼 나를 두들겨패, 나는 선택의 여지가 없으니까. 나는 여기 있을 수밖에 없으니까."

"무슨 소리야, 여기 있을 수밖에 없다니?"

---

* 깡통에 든 고체 알코올 연료의 상표명.

"엄마, 얘길 들은 거야 안 들은 거야?" 그가 소리친다. "재활센터에서 쫓겨났다니까!"

"글쎄 여기엔 있을 수 없다니까."

"여기 있어야 돼! 내가 어디를 갈 수 있단 말이야?"

"집에 가. 집에 가서 할머니하고 있어."

"할머니하고? 지금 장난하는 거야? 오 하느님, 그룹에서 이걸 정말 좋아할 텐데. 엄마는 지금 곤경에 처한 부주의한 약물 오남용자한테 가서 말기병에 걸린 할머니하고 살라고 말하고 있는 거야? 그게 나한테 얼마나 스트레스일지 알기나 해? 나는 순식간에 다시 부주의하게 오남용을 하게 될 거라고. 할머니는 늘 이래, 이거 다오, 저거 다오, 내 옆에 앉아라, 무섭다, 나하고 얘기하자, 숨쉴 때 아프구나. 난 스물넷이야, 엄마, 아기 보는 일을 하면 난 무너져. 게다가 할머니는 좀 정상이 아니잖아? 할머니는 좀 환각에 빠져 있는 것 같잖아? 내 생각엔 할머니 폐에 있는 그 피 때문인 것 같아. 며칠 전 밤에는 한밤중에 깨어나서 내가 자기한테서 뭘 훔치려 한다고 그러더라고. 믿어져? 머리가 어떻게 된 것처럼 말야! 난 훔치지 않았어. 할머니 목걸이가 엉켜서 그걸 풀려고 했던 것뿐이라고. 그리고 키오가 나를 도와주려 하고 있었고."

"키오가 집에 왔었다고? 너한테 키오는 절대 안 된다고 말한 줄 알았는데."

"엄마, 아 예수 그리스도여, 키오는 내 친구야. 내 유일한 친구 같은 거야. 내가 친구 없이 어떻게 좋아지겠어? 적어도 하나는 있어야지. 엄마는 하나도 없지만."

"나 친구 많아."

"하나만 대봐."

그녀가 나를 본다.

왠지 좀 달콤해 보이는 표정이다.

아까 왜 나를 쫌생이 아저씨라고 불렀는지는 모르겠지만.

"좋아, 엄마." 그가 말한다. "엄마는 내가 여기 있기를 원치 않고, 나는 여기 있지 않을 거야. 엄마는 내가 부주의하게 약물을 오남용하기를 바라고, 나는 부주의하게 약물을 오남용할 거야. 몸을 팔고 배수로에 들어가 살래. 그게 엄마가 원하는 거지?"

"몸을 팔아? 누가 몸 파는 얘기를 했다 그래?"

"키오는 그걸 해봤어. 우리는 결국 그렇게 돼, 약물에 대한 우리의 욕구는 그렇게 크거든. 우리도 어쩔 수 없어."

"글쎄, 난 네가 몸 파는 걸 원치 않는데. 그건 내가 찬성할 수가 없어."

"하지만 배수로에서 사는 건 괜찮고."

"배수로에서 살고 싶으면 배수로에서 살아."

"나는 배수로에서 살고 싶지 않아. 나는 내 인생을 완전히 바꾸고 싶어. 돈이 좀 있으면 내 인생을 완전히 바꾸는 데 도움이 될 거야. 이십 정도면. 그럼 나는 돌아가서 그 파티 용품들을 살 수 있지. 나팔이니 뭐니. 내 친구들한테 보상을 해주고 싶어."

"이게 다 그래서 그런 거니? 돈이 필요해서? 글쎄, 나한테는 이십이 없어. 그리고 너한테 파티를 열 나팔은 필요 없어."

"하지만 난 나팔을 원하는데. 나팔이 있음 더 재밌거든."

"난 이십 없어."

"엄마, 제발. 엄마는 늘 날 위해 옆에 있어줬어. 그런데 난 이것 때문에 기분이 나쁘단 말야. 이게 내 마지막 기회일 수도 있고."

그녀는 나를 한쪽 옆으로 끌고 간다.

"봉급 받는 날 갚을게." 그녀가 말한다.

나는 그녀에게 눈총을 준다.

"어서, 야." 그녀가 말한다. "쟤는 내 아들이야. 너도 어떤지 알잖아. 너도 아픈 애가 있잖아, 나도 아픈 애가 있고."

내 느낌은, 네 그리고 아니요다. 내 아픈 애는 여섯 살이다. 내 아픈 애는 사기꾼이 아니다.

비록 이 시점에서 저 인간을 동굴에서 내보내는 것에 이십의 가치가 있기는 하지만.

나는 내 '분리 구역'으로 가서 이십을 가져온다. 나는 그것을 그녀에게 주고 그녀는 그것을 그에게 준다.

"좋았어!" 그가 말하고 문으로 튀어나간다. "사나이는 늘 자기 엄마에게 의지할 수 있단 말이지."

재닛은 바로 자신의 '분리 구역'으로 간다. 남은 오후 내내 흐느끼는 소리가 들린다.

흐느끼는 거거나 깔깔거리는 거거나.

아마 흐느끼는 쪽일 거다.

빛의 질감이 바뀌고 나는 나의 '분리 구역'으로 들어간다. 코코아를 탄다. 정리를 한다. '파트너 일일 수행평가 양식'을 꺼낸다.

정말로 어쩔 도리가 없을 것 같다. 그녀의 아이가 일상복 차림으로 동굴에 들어오고, 동굴에서 영어를 하고, 그녀도 영어로 받아주고, 둘 다 욕을 아주아주 많이 하고, 그녀는 오후 내내 자기 '분리 구역'에서 울고.

하지만, 나는 어째야 하는가? 죽어가는 엄마를 둔 여자가 망가진 아들이 원래 생각했던 것보다 훨씬 더 망가졌다는 걸 알아낸 날 그녀를 고자질해야 하는가?

태도상 곤란한 점이 눈에 띄는가? 띄지 않는다. 나의 파트너를 전반적으로 어떻게 평가하는가? 아주 좋다. '명상'이 필요한 '상황'이 있는가?

없다.

팩스를 보낸다.

15

그날 밤늦게 내 팩스에서 팩스가 들어올 때 나는 소리가 난다.

루이즈가 보낸 것.

나쁜 날이었어. 열이 나다가 갑자기 몹시 춥다고 해. 다리가 많이 부어올랐어. 피부 군데군데가 당장이라도 갈라지려고 해. 온종일 마른 첵스 두 줌 정도만 먹었어. 그리고 훌쩍거려. 오 하느님, 가엾은 것. 속옷만 입은 채 온종일 따뜻한 바람 나오는 곳 위에 서서 창밖만 내다봐. 그러고 계속 이러는 거야, 아빠는 어디 있어, 왜 여기 없어? 게다가 이벰플로린이 120개에 70달러로 올랐어. 하느님, 온종일 지겨운 일 지겨운

일 지겨운 일. 당신이 나를 좀 봐야 하는데. 한 90살은 먹은 것처럼 보여. 또 우리가 차에 타려고 할 때 테두리 장식인지 외장 자재인지 커다란 조각이 아래로 떨어져내려 쌍둥이를 거의 죽일 뻔했어. 보험에서는 돈을 주지 않겠대. 어떡해야 해, 그냥 잊어버려? 그걸 다시 못으로 박지 않으면 밑의 나무에 무슨 나쁜 일이 생길까? 윽. 팩스 답장 보내지 마, 나 자러 가니까.

사랑으로, 내가.

나는 침대에 들어가 누워 나의 어두운 '분리 구역' 천장의 방음 타일을 세고 또 센다.

백마흔넷.

게다가 배가 몹시 고프다. 염소를 조금만이라도 먹을 수 있으면 살인이라도 하겠다.

물론 문제를 곰곰이 생각한다고 그게 해결되지는 않지만. 또 한편으로, 문제를 긍정적으로 생각한다고 해도 그게 해결되지는 않지만. 하지만 그러면 그래도 긍정적인 기분은 들 수 있고, 그게 알다시피 힘을 준다, 또는 주어야 한다. 그리고 힘은 좋은 거다. 이 시점에서 힘은 필요하다. 이 시점에서는 내가 알다시피 돌이 될 필요가 있다. 내가 지금 기억할 필요가 있는 건 내가 세상의 문제들을 해결할 필요는 없다는 거다. 넬슨을 치료하는 건 내 힘으로 되는 게 아니다, 나는 할 수 있는 거만 하는 게 필요할 뿐인데, 그건 돈이 계속 들어오게 하는 것이며, 돈이 계속 들어오게 하려면 계속 일을 잘할 수 있도록 고개를 푹 숙이고 있지 않아야 한다. 즉 나의 '분리 구역'에 들어와 밤의 어둠 속에서 문제들을 부정적으로 곰곰이 생각하는 일을 피할 필요가 있다. 그러지 않으면 아침에 피곤할 것이고 그러면 일을 잘 못할 수도 있고 그게 돈이 계속 들어오게 하는 나의 능력을 위태롭게 만들 수도 있기 때문이다. 특히 예를 들어 '현장 확인'이 있을 경우에.

계속 타일을 세지만 그러면서도 웃음을 지으려 한다. 어둠 속에서 웃음을 짓고 자신 있게 고개도 좀 끄덕인다. 내 문제들에 대한 놀랍고 혁신적인 해법을 긍정적이고 창조적으로 상상하려 한다, 로토에 당첨된다든가, '재배치'가 중지된다든가, 넬슨이 어느 날 아침 갑자기 완벽하게 나은 채로 일어난다든가.

16

다음날 아침은 다시 내가 우리의 '인간 폐기물' 봉투와 쓰레기 봉투와 매끈한 금속 구멍 바닥에 있는 봉투를 버리는 아침이다.

그녀의 '분리 구역' 문을 두드린다.

"들어와." 그녀가 말한다.

나는 안으로 들어가 몸짓으로 그녀에게 땅의 풀처럼 평원을 덮은 짐승떼의 꿈을 꾸었는데 그 수가 메뚜기처럼 많았으며 그들의 불룩한 등허리 살은 각각이 아주 작은 산을 닮았다 등등의 말을 한다.

"야, 어제 일은 미안해." 그녀가 말한다. "정말 미안해. 그 작은 똥덩어리가 여기 올 배짱이 있을 거라고는 꿈에도 생각하지 못했어. 그런데 돈을 내고 들어왔을 거라고 생각해? 정말이지 의심스러워. 내 짐작으로는 빌어먹을 담장을 뛰어넘었을 거야."

나는 그녀의 고리버들 바구니에 있는 쓰레기를 커다란 하얀 봉투에 보탠다. 그녀가 사용한 여성용품 봉투를 커다란 하얀 봉투에 보탠다.

"하지만 잘생긴 아이야, 안 그래?" 그녀가 말한다.

나는 좀 무뚝뚝하게 고개를 끄덕인다. 구석에서 '주의 인간 폐기물'이라는 딱지가 붙은 봉투 세 개를 집어 '주의 인간 폐기물'이라는 딱지가 붙은 나의 커다란 분홍 봉투에 보탠다.

"야, 봐봐." 그녀가 말한다. "나 괜찮은 거야? 너 나 꼰질렀어? 그애가 여기 온 거?"

나는 그녀에게 눈총을 준다, 그래야 했는데 안 그랬어, 하는 것처럼.

"정말 고마워." 그녀가 말한다. "젠장, 너는 착해. 이제부터는 망치지 않을게. 하느님한테 맹세해."

나는 한 손에는 하얀 쓰레기봉투를 다른 손에는 우리 둘의 커다란 분홍 '인간 폐기물' 봉투를 들고 밖으로 나간다.

17

길에는 아무도 없다. 하지만 '개척자 야영지' 방향에서 물이 쏟아져내리는 소리가 들리기는 한다, 혹시 '빅 던 홍수'일까? 한 달에 두 번씩 '예비 수조'가 열리면 강폭이 넓어지면서 이내 주택의 일부 분리 가능한 부분들과 물에 뜰 수 있도록 특수 주머니를 장착한 '개척자' 마차들이 둥둥 떠내려가며, 장내 방송 설비를 통해 미리 녹음된 '정착민'의 비명이 희미하게 들린다.

나는 하얀 절벽을 따라 걷다가 작은 노란 점 등등으로 표시를 한 '비관람객' 길로 방향을 틀어 내려간다.

마티가 이동주택 앞에 나와서 어린아이와 캐치볼을 하고 있다.

나는 나무에 기대앉아 서류 작업을 시작한다.

"잘 잡았어, 아들!" 마티가 아이한테 말한다. "정말 잡을 줄 아네. 그 학교에서 가장 훌륭한 포수일 거 같은데."

"그렇진 않아, 아빠." 아이가 말한다. "그애들은 정말 잡을 줄 알아. 대부분 나보다 훨씬 잘 잡아."

"알겠지만, 어떤 면에서는 네가 그 학교를 관둘지도 모르는 게 다행이야. 그 부자 애들. 그애들은 정말이지 잘 모르겠더라고."

"관두고 싶지 않아. 거기 좋은걸."

"글쎄, 관둬야 할지도 모르지. 관두는 게 너한테 최선이라고 결정을 내릴 수도 있어."

"돈이 바닥나서." 아이가 말한다.

"그렇기도 하고 아니기도 해." 마티가 말한다. "돈이 바닥나기도 했고 아니기도 해. 아빠 일이 아주 약간, 뭐랄까, 문제가 생겼어. 잘 잡았어! 방금 정말 잘 잡은 거야. 그거 집어. 글러브 다시 끼고. 방금은 너무 세게 던진 거야. 내가 네 글러브를 벗겨버렸구나."

"아마 내 손이 너무 약한가봐."

"네 손은 완벽해. 내가 너무 세게 던졌어."

"좀 이상해, 아빠. 학교의 그애들은 여러 가지로 나보다 나아. 그러니까, 전부 다랄까? 그애들은 정말 잡을 줄 알아. 게다가 몇 명은 야구 캠프하고 수학 캠프도 다녔어. 게다가 아빠도 걔들 옷 좀 봐야 돼. 어떤 애는 골프 트로피를 받았어. 게다가 다들 착해. 내가 공을 못 잡았을 때도 정말 정말 잘해줬어. 걔들은 늘 이렇게 말해, 멋진 시도였어, 이렇게. 그리고 걔들은 날 가르쳐준다? 내가 긴 나눗셈을 틀렸을 때 걔들은 잘해줬어. 내가 손으로 먹었을 때도 잘해줬어. 체육관에서 내 신발이 찢어졌을 때도 잘해줬어. 어떤 애가 자기 신발을 줬어."

"자기 신발을 너한테 줬다고?"

"정말 착했어." 아이가 설명한다.

"뭘 하다가 신발이 찢어진 건데? 어디가 찢어졌어? 왜 찢어진 거야? 그건 완벽하게 좋은 신발이었는데."

"체육관에서. 체육관에서 찢어져서 내 발이 튀어나왔어. 그래서 나하고 신발을 바꾼 아이가 그걸 신었을 때도 발이 튀어나왔어. 자긴 괜찮대. 그리고 발이 튀어나온 걸 신었는데도 달리기에서 나를 이겼어. 그앤 정말 착했어."

"그 얘긴 아까 했잖아." 마티가 말한다. "그애가 정말 착했구나. 어쩌면 착해지는 캠프에 갔다 온 건지도 모르지. 신발 주기 캠프에 갔다 온 건지도 모르고."

"음, 그런 캠프가 있는진 모르겠는걸."

"봐, 착해지는 방법을 알기 위해 캠프에 갈 필요는 없어. 착해지기 위해 부자가 될 필요도 없고. 넌 그냥 착해질 수밖에 없어. 착해지려면 부자가 되어야 한다고 생각하니?"

"그런 것 같아."

"아냐, 아냐, 아냐. 그럴 필요 없어. 그게 내 얘기의 핵심이야. 착해지기 위해 부자가 될 필요는 없다고."

"하지만 도움이 되지?"

"아냐. 차이가 없어. 그거하고는 관계가 없어."

"도움이 되는 것 같아. 그럼 신발이 찢어지는 걸 걱정할 필요가 없으니까."

"아 헛소리 마. 너는 부자가 아니지만 착해. 알아? 넌 착했어, 안 그래? 다른 애 신발이 찢어졌을 때 넌 착했어, 그렇지?"

"다른 애 신발은 찢어진 적이 없는걸."

"그 학교 전체에서 신발이 찢어진 적이 있는 애는 너뿐이라는 거야?"

"응."

"그건 믿기 힘든데."

"한번은 사이먼이라는 애." 아이가 말한다. "걔 바지가 찢어졌어."

"그래, 그것 봐라. 그건 더 심하지. 속옷이 보이니까. 네 바지는 찢어진 적이 없잖아. 내가 좋은 바지를 사줘서. 그렇다고 내가 사준 신발이 좋은 게 아니었단 말은 아니야. 그것도 아주 좋은 거였어. 최고라고 할 만하지. 그래서 그 사이먼이라는 애가 어떻게 했어? 바지가 언제 찢어졌는데? 걔가 당황했어? 다른 애들이 놀렸어? 울음을 터뜨리디? 네가 도와주러 달려갔어? 네가 좀 그러니까, 위로해줬어? 위로가 무슨 말인지 알아? 좋은 얘길 해준다는 뜻이야. 그애 바지가 찢어졌을 때 네가 좋은 얘기를 해줬어?"

"그렇진 않았는데."

"뭐라고 했는데?"

"음, 그 아이, 사이먼은 좀 냄새나는 아이였거든. 그애한테는 좀 그런 냄새가 났어."

"다른 애들이 그 아이 냄새를 놀렸니?"

"가끔."

"하지만 네 냄새를 놀리진 않았잖아."

"안 그랬지. 내 신발이 찢어진 걸 놀렸지."

"하지만 그 냄새나는 아이는 너무 안됐네. 그런 애한테는 안됐다고 느껴야 돼. 그애 부모는 무슨 생각을 하고 있었을까? 그 사람들이 애한테 씻는 법을 가르쳐주지 않았을까? 하지만 그래도 넌 그애 냄새를 놀리지는 않았잖아. 다른 애들은 그랬지만."

"음, 나도 쫌 그랬어."

"언제? 그애 바지가 찢어진 날?"

"아니. 내 신발이 찢어진 날."

"아마 그날 그애가 너를 놀렸겠지." 마티가 넌지시 말한다.

"아니. 그앤 그냥 거기 서 있었어. 하지만 몇몇 애들이 내 신발이 웃기다며 보고 있었어. 내 발이 삐죽 튀어나왔기 땜에? 그래서 내가 사이먼한테 왜 그렇게 나쁜 냄새가 나느냐고 물었어."

"그래서 다른 애들이 웃었고? 애들이 그게 아주 멋지다고 생각했어? 그애는 뭐라던? 그애가 네 신발 놀리는 걸 그만뒀어?"

"음, 사실 그앤 처음부터 나를 놀리지도 않았는걸. 하지만 놀리려던 참이었어."

"당연히 그랬겠지. 하지만 그애가 그러려던 걸 네가 딱 막았구나. 그애가 뭐라던? 네가 그애한테서 냄새가 난다고 농담하고 난 뒤에?"

"그애가 자기한테서 냄새가 날진 모르지만 그래도 신발은 싸구려가 아니라고 했어."

"그러니까 그애가 반격을 한 거구나. 아주 영리하네. 쪼그만 개똥 같은 놈이. 하지만 잘 들어, 그 신발은 싸구려가 아니야. 나는 그 신발에 돈을 줄 만큼 줬단 말이야."

"알았어." 아이가 말하며 공을 숲에 던진다.

"잘 던졌어." 마티가 말한다. "아주 강하네."

"하지만 좀 비뚤어졌어." 아이가 말하고 공을 가지러 숲속으로 달려간다.

"내 아이야." 마티가 나한테 말한다. "학교가 방학이라 집에 있지. 우린 애를 기숙학교에 넣었어. 내 아이를 위해서는 오직 최고만! 그러니까 그쪽에서 우리를 차단하기 전까지. 혹시 무슨 얘기 들었어? 무슨 나쁜 얘기? '양들이 안전하게 풀을 뜯게 하소서'를 자를지도 모른다는 얘길 들었는데. 그럼 거의 목자 열다섯이라는 얘기잖아. 그럼 나도 죽겠군. 나는 그 목자들하고 거래가 많으니까. 말할 필요도 없지만, 나는 똥을 싸도록 기겁했어. 만일 나를 자르면 지금 숲속에 있는 저 아이는 어떻게 될 거라고 생각해? 기숙학교? 기숙학교가 가능할 거라고 생각해? 돼지 엉덩이 같은 소리지. 기숙학교가 가능하지 않다면 기숙학교의 반대가 가능해지는 거고, 그럼 아이는 빌어먹을 속상해할 거야."

아이가 공을 손에 쥐고 숲에서 달려나온다.

"무슨 얘기 하고 있어?" 아이가 말한다.

"네 얘기." 마티가 말하며 아이에게 헤드록을 건다. "네가 얼마나 훌륭한지. 네가 얼마나 사랑스러운지."

"아 그거." 아이가 말하며 활짝 미소를 짓는다.

18

그날 밤 아홉시쯤 재닛의 '분리 구역'에서 비명 비슷한 소리가 들린다.

비명, 그뒤에 아마도 흐느낌 같은 소리.

이어 더 큰 흐느낌과 아마도 뭔가가 부서지는 소리. 혹시 팩스?

그녀의 문으로 가서 괜찮은지 묻자 그녀는 가라고 한다.

다시 잘 수가 없다. 그래서 루이즈에게 팩스를 보낸다.

별일 없어?

십 분쯤 있자 팩스가 온다.

닥터 에번스가 운동성의 완전 상실 이야기를 한 적이 있던가? 그러니까 정말 완전한. 오늘 애들을 공원에 데려가서 에이스의 끈을 풀어주었는데 고양이를 보더니 도망쳤어. 에이스를 데리러 갔다 와보니 넬슨이 그 기는 튜브 안에서 꼼짝도 못하고 있었어. 꼭 일어서지도 못하는 것처럼? 다리에 힘이 전혀 없어서. 그러니까 전혀. 그 좆같은 에이스. 당신이 넬슨의 얼굴을 볼 수 있었으면 좋을 텐데. 하느님. 아이를 안아올렸더니 내가 자기 없이 집에 간 줄 알았다는 거야. 가엾은 것. 게다가 아이는 오줌이 마려웠어. 그래서 혼자 오줌을 눈 셈이야. 많이는 아니고 조금. 그것 말고는 다 좋아, 제발 걱정하지 마. 아니, 조금은 걱정해. 우리는 밧줄 끝에 매달려 있어, 달리 뭐라고 표현하든 말이야. 나는 이미 마이너스 통장에 깊이 들어가 헤어나오지 못하는데 이제 겨우 5일이야. 게다가 나는 밤에 너무 피곤해서 청구서 처리를 못해. 지난번에 비자와 마스터 카드 돈을 늦게 냈더니 뻥 하고 30이 날라갔어, 그 나쁜 새끼들. 그냥 내 팔을 톱으로 잘라서 우편으로 보낼까 생각중이야. 하 하, 사실 그건 아니지. 수표에 서명하려면 그 팔이 필요하거든.

사랑으로, 내가.

재닛의 '분리 구역'에서 다시 흐느낌이 들리고 성난 외침도 약간 들린다.

나는 팩스 답장을 보낸다.

닥터 에번스한테 데려가봤어?

당연. 그녀가 팩스 답장을 보낸다. 수욜에 약속 잡았어, 알려줄게. 걱정 마, 당신 일이나 해 그리고 넬슨이 인사하네. 당신이 최고의 아빠래.

내 인사 전하고 넬슨도 최고의 아들이라고 말해줘. 나는 팩스 답장을 보낸다.

다른 애들은? 그녀가 팩스 답장을 보낸다.

걔들한테도 최고의 자식이라고 말해줘. 나는 팩스 답장을 보낸다.

재닛의 '분리 구역'에서 재닛이 뭔가 반복해서 두들기는 소리가 들린다. 아마 그녀의 책상일 것이고, 짐작건대 주먹으로 두들기고 있을 것이다.

19

다음날 아침 '대형 투입구'에는 염소가 없다. 메모가 한 장 있다.

재닛이 보낸 것.

돌아가지 않았음. 브래들리의 나팔 얘기는 거짓말이었어. 뭘 샀는지 알아맞혀봐. 정말 놀랍지? 지금 감옥에 있어. 멍청한 바보 자식. 어젯밤에 팩스를 받았어. 게다가 엄마는 더 심해졌어. 전에는 일어나지도 못하고 폐에 피가 가득하다고 했지? 근데 지금은 옆으로 번갈아 눕지 않으면 피가 가득찬대. 그런데 번갈아 눕혀줄 사람이 누가 있어? 전에는 핀 부인이 있었지만 핀 부인은 낮에 일을 얻어서 이제 안 와. 따라서 내가 누군가를 찾아내고 그 누군가에게 돈을 줘야 해. 하 하 정말 웃기지, 꼭 내가 줄 돈이라도 있는 것처럼. 게다가 브래들리의 보석금도 있는데 이건 정말이지 내지 않는 쪽으로 분명하게 고려하고 있어. 이런 모든 일이 벌어지는 중이라 오늘은 동굴 인간 일을 도저히 할 수가 없어. 미안하지만 정말 할 수가 없어. 나 꼰지르지 말아줘, 응? 마지막으로 딱 이번 한 번만. '병가'를 쓰려고 해.

그녀는 그럴 수 없다. 아프지 않으면 '병가'를 낼 수가 없다. 자기가 사랑하는 사람이 아픈 것 때문에 슬프다는 이유로 '병가'를 낼 수는 없다. 자기가 사랑하는 사람이 감옥에 있는 것 때문에 슬프다는 이유로 '병가'를 낼 수 없는 건 물론이다.

'예비 크래커'를 열 개 센 다음 아침 내내 그림문자 작업을 한다.

정오쯤 그녀의 '분리 구역' 문이 활짝 열린다. 그녀는 이상해 보인다. 머리카락은 뻗쳤고 동굴 인간 가운 위에 '나는 멍청이와 함께 있어' 스웨트 셔츠를 입고 있고 숨에서는 위스키 냄새 같은 게 난다.

재닛이 취했나? 동굴에서 취한다고?

"여기 이 앨범에 뭐가 있게?" 그녀가 말한다. "저 좆같은 쥐새끼 브래들리의 아기 때 사진이야. 내가 그 녀석을 무척 사랑할 때. 그 녀석이 약쟁이가 되기 전에. 얼마나 귀여운지 보여? 얼마나 똑똑해 보이는지 보여?"

그녀는 나에게 앨범을 보여준다. 아이는 사실 귀엽거나 똑똑해 보이지 않는다. 며칠 전과 똑같아 보이는데 다만 작을 뿐이다. 한 사진에서는 강도질 계획이라도 하는 듯한 표정으로 세발자전거에 앉아 있다. 다른 사진에서는 뚱한 표정으로 자기보다 작은 아이의 기저귀에 손을 얹고 있다.

"하느님, 무슨 일이 있어도 조그만 똥 같은 녀석들은 사랑할 수밖에 없어, 안 그래?" 그녀가 말한다. "내가 무슨 말 하는지 알지? 브래들리의 아빠가 옆에 있었다면 나았을지도 모르지. 브래들리는 자기 아빠를 본 적도 없어. 나는 늘 그애 아빠는 브래들리를 한 번 보더니 달아나버렸다고 이야기하곤 했어. 어쩌면 그런 소리를 하지 말았어야 하는 건지도 몰라. 적어도 브래들리 앞에서는. 우와. 나 코로 약 좀 들이마셨어. 너도 한번 할래? 어서, 좀 제대로 살아

봐! 나처럼 '병가'를 내라고. 볼버스터 셋에 와인 반 병이 있었어. 내 최고의 '병가'야."

그녀를 '분리 구역'으로 다시 데려가 엄한 표정으로 안에 밀어 넣는다.

"어서 들어오라니까!" 그녀가 말한다. "볼버스터 좀 해봐. 하나 줘? 여기선 외로워. 볼버스터 좀 드릴까요, 쫌생이 아저씨?"

나는 볼버스터를 원치 않는다.

내가 원하는 건 그녀가 정신이 들 때까지 입을 꼭 다물고 자기 '분리 구역'에 그대로 있는 거다.

온종일 동굴 안에 혼자 앉아 있는다. 빛의 질감이 바뀌고 나의 '분리 구역'으로 들어가 '파트너 일일 수행평가 양식'을 꺼낸다.

내가 어렸을 때 아빠는 케너 비프에서 일했다. 벨트에서 소의 허릿살이 떨어지면 아버지는 자주색 힘줄을 끝까지 자른 다음 일종의 바이스*를 이용해 고기를 짜서 시험용 피를 눈금 매긴 비커에 받고, 허릿살은 슬링**에 걸고 흔들어 '마무리'로 내려보냈다. 아빠의 파트너는 프레드 랭크였다. 랭크는 두개골 안에 금속판이 있고 무기력하고 우울한 상태에 빠져들곤 했는데, 그럴 때면 자주색 힘줄을 자르는 것을 잊고 피를 짜내지 않았으며 허릿살을 슬링에 걸지 않고 그냥 '마무리' 쪽으로 던졌다. 랭크가 무기력하고 우울한 상태에 빠질 때면 아빠가 허릿살을 두 배로 처리해 빈 부분을 메워

---

* 가공해야 할 물건을 고정시키는 용도로 쓰는 공구.

** 무거운 것을 들어올리는 장치.

주었다. 가끔 한 번에 며칠씩 두 배로 일하기도 했다. 아빠가 죽자 랭크는 엄마에게 천 달러짜리 수표와 메모를 보냈다.

받아주세요. 이 사람은 나를 위해 아주 많은 일을 했습니다.

이것이 내 생각에는 내가 재닛을 꾼지르는 것을 힘들어하는 이유 가운데 하나다.

태도상 곤란한 점이 눈에 띄는가? 띄지 않는다. 나의 파트너를 전반적으로 어떻게 평가하는가? 아주 좋다. '명상'이 필요한 '상황'이 있는가?

없다.

팩스를 보낸다.

20

다음날 아침 '대형 투입구'에 염소는 없고, 메모만 한 장 있다.

의문이 생겼소. 이 메모는 약간 괴상하기도 하고 개인적이기도 한 민감한 문제에 관한 것이지만, 우리는 이 문제를 처리해야 하오. 당신들 가운데 한 사람이 제기한 것이기 때문이오. 그 문제란 왜 우리가 당신들 '외딴 지역 볼거리'에게 우리가 '처리 차변'이라고 부르고 당신네에게도 그렇게 부르기를 요구하지만 당신네들은 계속 엉뚱하게 '똥값'이라고 부르는 돈을 내게 하느냐 하는 거요. 자, 이제 그 이유를 말해주겠소. 대부분의 사람에게는 뻔한 일이지만 말이오. 우리는 뻔하기를 바라고 있소. 하지만 아닐 수도 있겠지. 이제 보니, 불쾌하게 생각하지 마시오, 당신네는 가끔 우리에게는 아주 뻔한 것, 예를 들어 냉장고에 든 코카콜라를 마시면 돈을 내야 한다 같은 걸 이해하지 못하기 때문이오. 그럼 누가 내겠소? 당신네가 마신 코카콜라를 우리가 마신 거요? 그렇지 않다고 생각하오. 당신네가 마신 거지. 당신네가 '똥값'이라고 잘못 부르는 것도 마찬가지요. 사실 당신네가 만든 건데 왜 우리가 당신네 응가를 치우는 돈을 내기를 바라는 거요? 당신네 응가가 정당한 사업 비용이라고 생각하는 거요? 당신네가 변을 볼 때 그게 우리한테 이익을 준다는 거요? 아니, 반대지. 당신네가 변을 보지 않으면 그게 우리한테 이익이요. 그러면 당신네가 일을 더 할 것이기 때문에. 하 하! 농담이오. 누구나 응가를 해야 한다는 건 우리도 잘 알고 있소. 우리도 당신네한테 그건 인정하오. 하지만 동시에, 우리가 모두 알다시피, 응가를 하는 데는 시간이 걸리지. 어떤 사람은 다른 사람보다 더. 우리는 나이가 들수록 이 점에 주목하게 되오, 안 그렇소? 그렇다고 우리가 어떤 생물적 마개나 화학적 변비 유발제를 옹호한다는 건 아니오. 어쨌든 아직은 아니오! 아니, 그건 잘못된 것이겠지, 우리도 그걸 알아. 건강에 좋지 않지. 게다가 틀림없이 당신네 가운데 몇 명은 변비 유발제 돈을 내야 한다고 불평하겠지, 우리가 무료로 제공하길 바라면서.

그게 당신네들 중 몇 사람한테 또 한 가지 재미있는 거요, 우린 그걸 알게 됐소. 그러니까 여기에, 우리 자리에 있어본 적이 없기 때문에, 당신네는 늘 공짜로 뭔가를 바란다는 거. 당신네는 그걸 도무지 이해 못 해! 당신네는 직장생활을 하는 건데 응가를 하고 시간도 오래 걸려. 그렇다고 밖에서 우리가 스톱워치를 들고 화난 얼굴로 서 있는 걸 본 적이 있소? 따라서 우리한테 이런 소리는 하지 말아주시오, 나는 근무중에 변을 보았다, 그걸 공짜로 처리해달라, 제발 내 비용을 처리해달라. 우린 그게 제정신이 아니라고 생각하오. 알다시피 당신네 '외딴 지역'은 멀리 떨어져 있고 배관이 없고 따라서 우리는 트럭 비용을 내야만 하오. 당신네 응가를 운반하는 트럭. 당신네 응가를 파이프까지 운반하는. 왜 당신네는 그렇게 어리석지? 그건 그저 당신네가 목이 마르다는 이유로 코카콜라를 공짜로 제공해주기를 기대하는 것과 같소. 코카콜라가 나무에서 자라기라도 하나? 자, 나무에서 자라지 않는 또하나가 똥차요. 아마도 누군가 당신네한테 우리가 일하는 방식의 핵심을 설명해줘야 할 것 같은데, 그건 돈을 벌자는 거요. 왜냐? 탐욕 때문이냐? 웃기지 마쇼. 그렇지 않아. 돈을 벌면 성장할 수 있고, 성장하면 확장할 수 있고, 확장하면 계속 당신네를 고용할 수 있소. 하지만 위축되면, 우리가 위축되거나 그대로 머물면, 당신네한테 화가 있을진저, 우리는 생명이 유지되지 않을 거요. 그러니 우리가 당신네를 도울 수 있게 우리를 도와주시오, 당신네 '처리 차변'에 관해 징징거리지 않는 것으로. 그 비용이 드는 게 마음에 들지 않으면 먹는 걸 줄이도록 해보시오.

그런데 우리가 이 점에서 당신네를 도와줄 거요, 앞으로는 먹을 걸 덜 보내는 걸로. 농담이 아니오, 이건 내핍이오. '처리 차변'과 관련하여 당신네는 상당한 절약을 할 수 있을 거라 생각하오, 당신네가 덜 먹어서 '인간 폐기물' 봉투가 점점 작아질 테니까. 그리고 그것은, 우리의 친구들, 우리, 여기 위에 있는 우리는 경험하지 못할 상당한 절약이오. 왜 경험 못하는지 아시오? 그러니까, 우리가 덜 먹는다고 해도 말이오, 이미 우리는 그렇게 하지는 않기로 결정했지만. 우리 힘을 유지하기 위해서? 계속 온전한 판단을 내리기 위해서? 어쨌든 당신네 운좋은 오리들은 경험하게 될 상당한 절약을 우리는 왜 경험하지 못하는 것인지 아시오? 왜냐하면, 당신네 가운데 몇 명이 이미 투덜거렸듯이, 우리는 '똥값'을 내지 않기 때문이오, 여기 위에 있는 우리는 말이오. 그래서 우리가 똥을 덜 누더라도 우리는 실제로는 절약을 실현할 수가 없소. 그러면 우리는 왜 '똥값'을 내지 않느냐? '고용의 시간'에 그렇게 협상이 되어 우리 계약서에 적혔기 때문이오. 당신네라면 우리를 어떻게 했을 것 같소? 그보다 못한 계약 협상을 해? 우리 자신의 건강한 자기 이익에 반하는 행동을 해? 미친 소리 하지 마쇼. 제발 분별력 있게 이야기를 하시오. 우리 가운데 다수에겐 갚아야 할 '학자금 대출'이 있소. 어려운 시기요. 부서 전체가 날아가고 '직원 재배치'가 계속되고 있소. 따라서 이제는 배변 이야기가 재발하지 않게 하시오, 제발. 오직 우리가 가족이라는 것만 기억합시다. 당신네는 자식이오. 그렇다고 당신네가 미성숙하다고 말하는 건 아니고, 그저 생각은 우리가 다 하고 잡무는 당신네가 대부분 한다는 뜻일 뿐이오. 또 우리가 우리 나름의 방식으로 당신네를 사랑한다는 거요.

몇 시간 동안 재닛은 나오지 않는다.

아마 숙취가 너무 심한 듯하다.

열한시쯤 그녀가 메모 사본을 들고나온다.

"그러니까 이게 무슨 소리야?" 그녀가 말한다. "먹을 걸 적게? 지금보다 먹을 걸 더 적게?"

나는 고개를 끄덕인다.

"맙소사." 그녀가 말한다. "지금도 나는 굶주리고 있는데."

나는 그녀에게 눈총을 준다.

"알아, 알아, 내가 망쳤어." 그녀가 말한다. "내가 좀 거나했지.

동굴에서 좀 거나했어. 흑흑. 설마, 나를 꼰지른 건 아니지, 그치? 꼰질렀어? 당연히 꼰질렀겠지."

나는 그녀에게 눈총을 준다.

"안 꼰질렀구나?" 그녀가 말한다. "우와. 내가 생각했던 것보다 훨씬 착한데. 야, 너 최고야. 그리고 당장 지금부터, 이젠 망치지 않을게. 전에도 그 소리는 했다는 거 알아. 하지만 이번엔 진짜야. 지켜봐."

바로 그때 '대형 투입구'에서 엄청나게 큰 덜컹 소리가 들린다.

"멋져!" 그녀가 말한다. "저게 모트린* 큰 거면 좋겠는데."

하지만 그건 모트린 큰 게 아니다. 염소다. 이상하게 생긴 염소. 사실은 플라스틱 염소. 꼬챙이를 꿰도록 미리 구멍을 뚫어놓은. 입에는 작은 비닐 봉투가 있고 비닐 봉투 안에는 메모가 있다.

내핍의 맥락에서 오늘 염소는 없소. 신빙성의 맥락에서 이 가짜 염소를 올려놓고 진짜인 것처럼 손질하시오. 타지 않도록 불 위 높이 올리고. 녹으면 불을 밟으시오. 불이 붙으면 그 구역을 떠나시오. 불타는 플라스틱은 해로운 연기를 방출할 수도 있으니까.

나는 가짜 염소를 꼬챙이에 꿰고 재닛은 바위에 앉아 두 손으로 머리를 감싼다.

---

* 소염진통제 상표명.

21

다음날 아침은 다시 내가 우리의 '인간 폐기물' 봉투와 쓰레기 봉투와 재닛이 사용한 여성용품을 넣는 매끈한 금속 구멍 바닥에 있는 봉투를 버리는 아침이다.

그녀의 '분리 구역' 문을 두드린다.

재닛이 봉투들을 내놓는데 모두 묶여 있고 딱지가 붙어 있어 들고 가기만 하면 된다.

"확인해봐." 그녀가 말한다. "나는 새로운 여자야."

나는 한 손에는 하얀 쓰레기봉투를 다른 손에는 우리 둘의 커다란 분홍 '인간 폐기물' 봉투를 들고 밖으로 나간다.

하얀 절벽을 따라 걷다가 소나무에 노란 점으로 표시를 한 좁은 길을 따라 내려간다.

마티의 이동주택 문에 메모가 붙어 있다.

우리도 어쩔 수 없는 상황 때문에 더는 여기 있을 수 없습니다. 하지만 여러분이 그간 애용해주신 것을 우리가 얼마나 감사하는지 알아주시기를 바랍니다. 우리가 여기 있을 수 없는 이유에 관해서는 언급하지 않겠습니다. 우리는 그렇게 자잘한 사람들이 아니기 때문입니다. 어떤 사람들만큼 자잘하지 않습니다. 어떤 사람들은 뱀입니다. 어떤 사람들에게는 15년간의 훌륭하고 충성스러운 봉사가 무단 점유를 뜻합니다. 우리가 할 수 있는 말은 단지 한 가지, 네 염병할 뒤를 늘 조심해라.

건승을 빌며 모든 추억에 감사드립니다.

마티와 지닌과 꼬마 에디.

그때 문이 활짝 열린다.

마티와 지닌과 꼬마 에디가 여행 가방을 들고 그곳에 서 있다.

"잘 있었나 그리고 잘 있게." 마티가 말한다. "거기 똥 봉투는 가게 안에 아무데나 놔도 돼."

"어, 마티." 지닌이 말한다. "우리 긍정적으로 좀 행동하자고요, 알았죠? 우리는 괜찮을 거예요. 어차피 우리는 이런 쓰레기장에 살기에는 너무 괜찮은 사람들이에요. 당신은 이런 쓰레기장에 있기에는 너무 훌륭하다고 내가 늘 말했잖아요."

"사실, 지닌." 마티가 말한다. "내가 처음 일자리를 얻었을 때 당신은 내 난독증 때문에 일자리를 얻은 것만으로도 다행이라고 했지."

"음, 여보, 당신은 난독증이잖아요." 지닌이 말한다.

"나는 난독증이란 걸 한 번도 부정한 적이 없어." 마티가 말한다.

"이이는 글자와 숫자를 뒤로 써요." 지닌이 나에게 말한다.

"당신 지금 뭐야, 나를 공격하는 거야, 지닌?" 마티가 말한다. "나는 일자리를 잃었는데 당신은 나를 공격해?"

"오 마티, 당신을 공격하는 게 아니야." 지닌이 말한다. "나는 당신한테 문제가 생겼다는 것만으로 당신을 그만 사랑하거나 하지 않아. 내가 문제가 생겼다고 당신이 나를 그만 사랑한 적이 없는 것처럼."

"이 사람은 입안에 침이 너무 많아." 마티가 나에게 말한다.

"마티!" 지닌이 말한다.

"왜?" 마티가 말한다. "당신은 내가 난독증이라고 말해도 되고 내가 당신 입에 침이 너무 많다는 얘긴 하면 안 된다는 건가?"

"마티, 제발. 당신은 미친 사람처럼 굴고 있다고."

"나는 미친 사람처럼 굴지 않아. 그냥 당신이 나를 공격하니까 그러는 것뿐이야."

"내 걱정은 안 해도 돼요, 아빠." 아이가 말한다. "나는 아빠 공격하지 않을 거예요. 그리고 예전 학교로 돌아가는 것도 상관없어요. 정말 상관없어요."

"이 아이는 예전 학교에서 못된 애들 때문에 문제가 좀 있었거든." 마티가 나에게 말한다. "그래서 우리가 이애를 전학시켰던 거야. 감당할 수 없는 일이란 없는 거지만 말이야, 안 그래, 꼬마? 사실 나는 그게 이애한테 잘된 일이었다고 생각해. 강해지는 걸 가르쳐줬으니까."

"누가 또다시 나를 보일러에 넣고 문을 잠그지만 않으면요." 아이가 말한다. "그 부분은 정말 마음에 들지 않아요. 우와, 그 쥐하고 그런 것들."

"진짜 쥐였는지는 잘 모르겠어." 마티가 말한다. "고양이였을 가능성이 크지. 관리인의 고양이들. 내 추측은 그래, 그 보일러실이 어두워서 고양이와 쥐를 구별할 수가 없었던 거야."

"관리인은 고양이가 없어요." 아이가 말한다. "그리고 관리인이 그 쥐들이 내 바지를 물어뜯지 않은 게 다행이라 그랬단 말이에요. 푸딩냄새 때문에요. 그애들이 나를 꼼짝도 못하게 눕혀놓고 바지에 푸딩을 쏟아서 냄새가 뱄거든요."

"그게 같은 날이었니?" 마티가 말한다. "쥐하고 푸딩이? 그 두

가지가 같은 날이었다는 건 내가 미처 몰랐던 것 같은데. 우와. 너 그날 강해지는 걸 많이 배웠겠네."

"그런 것 같아요." 아이가 말한다.

"하지만 네가 감당할 수 없는 건 하나도 없었지." 마티가 말한다.

"내가 감당할 수 없는 건 하나도 없었어요." 아이가 말하다 눈을 깜빡이고 눈물이 고인다.

"뭐, 젠장." 마티가 내뱉는데 그의 눈에도 눈물이 고인다. "떠나야 할 때가 됐네, 우리 가족. 이걸로 된 거 같아. 우리 작별인사를 하자. '즐거운 나의 집'에 우리의 작별인사."

그들은 이동주택을 잠깐 돌아보고 가족끼리 끌어안더니 여행가방을 질질 끌며 길을 걸어간다.

나는 '폐기물 센터'로 가서 우리의 '인간 폐기물' 무게를 단다. '서류 작업과 요금'이라는 딱지가 붙은 상자에 서류와 요금을 낸다. 쓰레기는 '쓰레기'라는 딱지가 붙은 쓰레기통에 던지고 '인간 폐기물'은 '주의 인간 폐기물'이라는 딱지가 붙은 쓰레기통에 버린다.

마티와 지닌 때문에 마음이 안 좋다. 특히 아이 때문에 마음이 안 좋다.

넬슨이 쥐가 가득한 어두운 보일러실에 갇히는 걸 상상해본다.

게다가 이제 우리 '외딴 지역'들은 어디에 가서 담배와 민트와 케이오를 구해야 하나?

22

동굴로 돌아오니 재닛이 부지런히 그림문자 작업을 하고 있다.

내가 들어가자 그녀는 내 '분리 구역'을 가리키며 입 모양으로 말한다. 팩스.

나는 그녀를 본다. 그녀는 나를 본다.

그녀가 입 모양으로 말한다. 아이고 예수여, 어서 가. 그러더니 한쪽 손을 무릎 높이로 낮춘다. 넬슨을 말하는 거다.

갈게.

하지만 나한테 온 게 아니다, 그녀한테 온 거다.

폴리 여사의 팩스가 작동하지 않는 것 같아요. 표지에는 그렇게 적혀 있다. 첨부한 걸 전달 부탁해요.

첨부된 팩스에 적혀 있다. 알아두시기 바랍니다. 나는 아드님과 관련하여 정말이지 최선을 다했고, 이건 내 판단으로는 훌륭한 사전 형량 조정인 것 같습니다. 어떤 사람에게는 불리하게 보일지도 모르지만 아드님이 한 그 모든 나쁜 짓을 고려할 때 10년이면 그렇게 긴 건 아니라고 봅니다. 아드님은 이걸 듣고 행복해했습니다. 처음에는 조금 운다든가 하는 감정적 반응을 보였지만요. 곧 내 수고에 감사했죠. 말을 그렇게 하지는 않았지만. 아드님은 상당히, 알다시피, 편치 않은 상태였거든요. 개인적인 메모니까 내가 얼마나 안타까운지 모르겠다고 말해도 되겠죠. 하지만 또 지질학 같은 큰 그림으로 보자면 10년은 사실 그리 긴 시간이 아닙니다.

신실한 마음으로,

에번 조엘러, 변호사.

나는 팩스를 재닛에게 가져다주고, 재닛은 통나무에 앉아서 그걸 읽는다.

그녀는 좀 늦게 읽는 편이다.

마침내 다 읽고 나자 표정이 미친 것처럼 바뀌어 나는 잠시 그녀가 동굴을 다 부숴버릴지도 모른다고 생각하지만 대신 그녀는 서둘러 구석으로 가더니 미친듯이 작은 벌레를 잡아먹는 척하기 시작한다.

나는 다가가 그녀의 어깨에 손을 얹는다. 꼭, 괜찮아? 하는 것처럼.

그녀는 내 손을 거칠게 밀쳐내고 계속 작은 벌레를 잡아먹는 척한다.

바로 그때 누가 머리를 들이민다.

젊은 남자, 둥그런 머리, 비싸 보이는 안경.

"비비, 콜을 올려줘." 그가 말한다. "콜이 볼 수 있게. 콜-콜, 보여? 여기야. 아빠가 올려줄게."

어린아이의 머리가 아빠의 머리 옆에 나타난다.

"멋지지 않아, 콜?" 아빠가 말한다. "엄마랑 아빠가 여기 데려와줘서 좋지 않아? 아빠가 한 말 기억나? 사람들이 옛날에 동굴에서 어떻게 살았는지?"

"안 살았어." 어린 사내아이가 말한다. "아빠가 틀렸어."

"비비, 들었어?" 아빠가 말한다. "얘가 방금 내가 틀렸다 그랬어. 동굴에 살던 사람들 얘기가."

"들었어." 바깥에서 여자가 말한다. "콜, 옛날에는 정말로 사람들이 동굴에 살았어. 아빠가 틀린 게 아니야."

"아빠는 언제나 틀려." 어린아이가 말한다.

"방금 내가 언제나 틀리다 그랬어." 아빠가 말한다. "그 말 들었어? 그거 적어놨어? 추억의 책에? 이렇게 자기주장이 강할 수가! 나도 이렇게 자기주장이 강해야 돼. 내가 갑자기 이렇게 자기주장이 강해지면 노엄과 래리가 꽥꽥거리지 않을까?"

"글쎄, 그런다고 당신이 상처받을 것 같지는 않은데." 엄마가 말한다.

"정말이지 나도 알아." 아빠가 말한다. "그래서 그 얘길 한 거야. 내가 자기주장이 더 강해도 괜찮다는 걸 나도 아주 잘 알아. 농담을 한 거야. 나 자신을 깎아내리는 아이러니한 농담이라고나 할까."

"아빠를 찌르고 싶어, 아빠." 아이가 말한다. "날카로운 칼로. 아빤 너무 멍청해."

"하 하!" 아빠가 말한다. "하지만 잊지 마, 콜-콜. 펜이 칼보다 강하다는 걸! 그 말 기억나? 내가 그 말 가르쳐준 거 기억나? 나에 관해서 뭔가 부정적인 걸 전달하고 싶다면 모욕하는 시를 쓰는 게 낫지 않을까? 그게 진짜 힘이 있으니까! 비비, 얘가 하는 말 들었어? 그리고 내가 한 얘기도? 그거 다 적어놨어? 그리고 그 팝시클 포장지도 보관해놨어? 추억의 책 뒤표지에 있는 주머니 안에 집어넣고 얘가 그걸 먹을 때 얼마나 귀여워 보였는지 적었어?"

"이름 뭐?" 아이가 나한테 소리친다.

나는 몸을 웅크리고 구석에서 비명을 지르는 등등을 한다.

"이름 뭐냐 그랬잖아?" 아이가 나에게 소리를 지른다. "너 싫어!"

"자, 콜-콜." 아빠가 말한다. "싫다는 말은 쓰지 말자, 응, 친구? 내가 한 말 기억해? 싫어하는 건 더럽고 짙은 색 크레용이고 사랑은 분홍색이라는 거? 그리고 시끄러운 징* 이야기도 기억해? 그리고 옛날의 나쁜 사람들, 마녀를 불태우던 사람들 얘기 기억해? 그게 마녀들한테 얼마나 무서웠을지? 마녀들은 사실 자기가 살던 시대에 어울리지 않게 너무 똑똑하다는 잘못밖에 없는 겁먹은 늙은 부인들이었는데 말이지."

"아빠 마음에 안 들어!" 아이가 나에게 소리친다.

"하 하, 오 맙소사!" 아빠가 말한다. "비비, 들었어? 이거 적어 놨어? 이애는 우리를 흉내내고 있어. 우리가 얘한테 그런 말을 해서 그런 걸까? 얘가 얼마나 화가 났는지 적어. 얼굴이 얼마나 빨간지 보라고! 발길질하는 것 좀 봐. 우와, 정말 열받았네. 콜, 좋은 고집이야! 아빠가 능력 있는 작은 기차 이야기 했던 거 기억나? 모두 골탕을 먹이려고 줘야 할 걸 주지 않자, 마침내 그 기차가 정말 화가 나서 발을 구르며 자기 하고 싶은 대로 했다는 거? 조지프 추장 얘기 기억나, 절대 걷기를 멈추지 않았던 사람? 너는 그 사람 같아. 나의 용감한 작은 전사야. 비비, 얘한테 주스 줘. 또 콧구멍에서 코-코가 좀 나오고 있네."

"예수 그리스도여." 재닛이 웅얼거린다.

나는 가장 엄한 표정으로 그녀에게 눈총을 준다.

---

* 성경 「고린도전서」에 나오는 표현으로 사랑이 없이 목청만 큰 것을 가리킨다.

"뭐라고?" 아빠가 말한다. "미안합니다만 못 들었어요. 방금 뭐라고 했죠?"

"아무 말도요." 재닛이 말한다. "아무 말도 안 했어요."

"아주 분명하게 들었는데." 아빠가 말한다. "예수 그리스도여라고 했잖아요. 내가 내 아들 콧구멍의 코-코 이야기를 하니까 댁이 예수 그리스도여 하고 말했잖아요. 자, 무엇보다도, 댁이 어린아이의 콧구멍 코-코가 역겹다고 생각한다면 미안한 일이지만, 코-코는 완벽하게 정상적인 겁니다. 댁도 어린아이가 있으면 그걸 알 거예요. 둘째로 언제부터 동굴 인간이 영어를 쓰고 예수 그리스도를 알게 된 거죠? 동굴 인간은 그리스도보다 먼저 아니던가요, 내가 틀린 게 아니라면?"

"물론 먼저지." 엄마가 밖에서 말한다. "우리는 막 그리스도로부터 왔잖아. '그리스도의 날들'로부터. 그리고 이제 뒤로 갈 거야. 출구 쪽으로."

"이봐요, 친구. 난 애가 있어요." 재닛이 말한다. "콧물을 많이 봤죠. 하지만 그걸 코-코라고 부른 적은 한 번도 없어요. 내 말은 그거뿐이에요."

"비비, 잘 들어." 아빠가 말한다. "동굴 여자가 하는 부모 노릇에 관한 조언이라니. 동굴 여자는 코딱지 명명법에 관해 자기 의견이 강한 모양이야. 이걸 위해 내가 팔십 달러를 낸 건가? 형편없는 옷을 입고 나한테 주제넘은 소리를 하는 사람을 원하면 당신 어머니 집에 가면 돼."

"아주 재미있네." 엄마가 말한다.

"재미있으라고 한 말이야." 아빠가 말한다.

"나는 좋은 엄마였어요." 재닛이 말한다. "우리 애는 누구 애 못지않게 좋은 아이고."

"보세요, 우리한테 그 얘기를 좀 해주시죠." 아빠가 말한다.

"비록 감옥에 있기는 하지만." 재닛이 말한다.

"비비, 잘 들어." 아빠가 말한다. "동굴 여자의 아이가 감옥에 있어."

"우리 애를 놀릴 꿈은 꾸지도 마, 이 똥구멍이나 빨아주는 조그만 놈." 재닛이 말한다.

"동굴 여자가 방금 당신을 똥구멍이나 빨아주는 놈이라고 불렀어." 엄마가 말한다.

"똥구멍이나 빨아주는 조그만 놈이라." 아빠가 말한다. "내가 이걸 잊을 거라고 생각하지 마쇼."

곧 머리를 들이미는 구멍으로 구겨서 똘똘 뭉친 '고객 간단 평가'가 날아온다.

학습 가치 밑에 그는 써놓았다. 참담하다. 우리는 어떤 동굴 여자들은 입이 교만하다는 것을 배웠다. 나는 물론 진짜 네안데르탈인 시절에 와 있는 듯한 느낌이 들었다. 그러나 아니었다!

전반적 인상 밑에는 이렇게 썼다. 동굴 여자는 나를 우리 아이 앞에서 똥구멍이나 빨아주는 놈이라고 불렀다. 정말 고맙다! 엄청나게 불쾌한 시간 낭비였다. 동굴 여자를 내보내라, 그 여자는 최악이다.

"지금 내가 뭘 할 건지 알아?" 남자가 말한다. "그거 사본을 들고 사무실로 갈 거야. 댁의 엉덩이는 이제 풀처럼 잘릴 거요."

"오 젠장." 재닛이 말하고 통나무에 앉는다. "젠장 젠장 젠장. 정말로 완전히 망쳤네, 그치?"

하느님, 그랬고말고. 재닛은 정말로 완전히 망쳐버렸다.

"야, 이제 어쩔 거야?" 재닛이 말한다. "나를 꼰지를 거야?"

나는 그녀에게 눈총을 준다, 꼭, 제발 입 좀 닥쳐줄래? 하는 것처럼.

그날 나머지 시간 동안 우리는 각자의 통나무에 앉아 있는다.

빛의 질감이 바뀌고 나는 나의 '분리 구역'으로 들어가 '파트너 일일 수행평가 양식'을 꺼낸다.

문 밑으로 메모가 들어온다.

좋은 생각이 있어. 혹시 그 똥구멍 같은 놈이 다 꾸며낸 거라고 말해줄 수 있겠어? 그놈이 들어와서 나에게 농지거리를 하려고 하는데 내가 받아주지 않자 꾸며낸 거라고? 그럼 먹힐 거야. 먹힐 거라고 생각해. 제발 제발 나 꼰지르지 말아줘. 해고당하면 난 죽음이야. 너도 나한테 벌어지고 있는 그 개똥 같은 일을 다 알잖아. 게다가 내가 이 일이 있기 전에는 정말 잘하고 있었다는 걸 너도 인정하잖아.

그녀는 이 일 전에는 정말 잘하고 있었다.

나는 넬슨 생각을 한다. 성긴 머리카락과 구부러진 코. 내가 약을 용감하게 다 먹어줘서 고맙다고 할 때마다 아이는 늘 머리를 내 어깨에 뉘며 말한다, 문제없어. 다만 ㅈ을 발음하지 못할 뿐이다. 그래서 이렇게 들린다. 문에 없어. 그런 다음 내 배를 두드린다, 마치 약을 용감하게 다 먹은 사람이 나인 것처럼.

태도상 곤란한 점이 눈에 띄는가?

나는 적는다. 띈다.

나의 파트너를 전반적으로 어떻게 평가하는가?

나는 적는다. 형편없다.

'명상'이 필요한 '상황'이 있는가?

나는 적는다. 오늘 재닛은 안타깝게도 손님과 부정적인 상호작용을 했다. 오늘 재닛은 동굴에서 손님에게 욕을 했다. 오늘 재닛은 안타깝게도 동굴에서 손님을 영어로 "똥구멍이나 빨아주는 놈"이라고 불렀다.

다시 살펴본다.

모두 사실이다.

팩스를 보낸다.

23

몇 분 뒤 팩스에서 팩스가 들어올 때 나는 소리가 난다.

노드스트롬으로부터.

이거면 충분할 거 같소! 아주 좋아! 충분한 거 이상이오. 잘했어. 죄책감은 느끼지 마쇼. 당신이 재닛인가? 재닛이 당신인가? 아니라고 생각하오. 나는 당신은 당신이고 그 여자는 그 여자라고 생각해. 당신네는 똑같은 존재가 아니야. 당신들은 따로야. 그 여자 애가 당신 애요? 당신 애가 그 여자 애요? 죄책감을 느끼쇼? 당신이 한 일에 대해? 제발 그러지 마. 제발 자부심을 좀 느끼쇼. 내가 뭘 제안하느냐? 당신과 재닛이 한 나무의 가지들이라고 생각하쇼. 가끔 가지 하나를 잘라내 떠나보내야 하는 게 사실이지만, 그래서 뭐, 그건 오직 가지 하나일 뿐이오. 그걸로 나무가 죽지는 않아. 가끔 다른 가지들이 살기 위해서는 가지 하나가 죽어야 하오. 그리고 어차피, 그건 그냥 죽은 것처럼 보일 뿐이오. 개별적인 팔다리 또는 가지라는 렌즈를 통해 보기 때문에 그런 착각을 하지. 사실은 전체 유기체를 위한, 우리의 나무를 위한 최대의 선이라는 렌즈를 통해 보아야만 하는데 말이지. 가지 하나를 잘라내면 우리 모두 더 강해지는 거요! 그리고 땅바닥의 그 가지도 위를 올려다보며 자신이 나무를 더 낫게 만들었다는 것을 알고 기뻐하지. 재닛도 그렇게 되기를 바라오. 물론 그 여자를 알지. 그 쓰레기 같은 태도. 아마 그 여자는 땅바닥에 누워서 우리한테 욕을 퍼부으면서 울부짖고 잎을 문 채 이를 갈 거요. 하지만 무슨 상관이오! 그 여자는 사라졌소. 그 여자는 가망 없이 사라진 여자라고. 따라서 우리는 당신한테 감사해야 해. 그러니 감사! 이게 조직이 성장하고 번창하는 방식이오. 협조적이고 이타심 있고 도울 줄 아는 사람들의 작고 용기 있는 기여를 통해. 그런 사람들은 가장 힘든 일을 하고, 큰 그림을 보려고 순전히 개인적인 면은 옆으로 밀어놓지. 아 그리고 또, 당신은 혹시 10시쯤 동굴에서 나와 있고 싶을지도 모르겠는걸, 그게 그 조치가 이루어질 시간이니까.

정말 고맙소!

그레그 N.

나는 거기 누워 나의 어두운 '분리 구역' 천장의 방음 타일을 세고 또 센다.

백마흔넷.

24

다음날 아침은 내가 우리의 '인간 폐기물' 봉투와 쓰레기봉투와 매끈한 금속 구멍 바닥에 있는 봉투를 버리는 아침이 아니지만 아주 일찍, 사실 아직 어두컴컴할 때 일어나 재닛에게 우리의 '인간 폐기물' 봉투와 쓰레기봉투와 매끈한 금속 구멍 바닥에 있는 봉투 등등을 버리러 간다는 메모를 남기고 아주 조용히 동굴에서 빠져나와 걸어서 강을 건너가 먹는 것들 사이에 앉는다. 동굴을 외면한 채.

그곳에 오래 앉아 있는다.

돌아가니 재닛은 사라지고 그녀의 '분리 구역' 문이 열려 있고 '분리 구역'은 완전히 텅 비어 있다.

벽에 메모가 하나 붙어 있을 뿐이다.

이 괴물 네가 내 심장을 부수는구나. 백만 번 감사해. 씨발 나는 이제 어째야 하지? 아마 집에 가서 엄마가 굶어죽을 때까지 양옆으로 번갈아 뒤집어야겠지. 우리는 돈이 없으니까. 그리고 어쩌면 감옥 경비한테 창녀 짓을 해서 브래들리를 빼낼지도 몰라. 결국 이번에는 네가 나를 끈질렀다는 게 믿어지지 않아. 여기에서 나는 네가 내 친구라고 생각했지만 너는 오직 너 자신한테만 관심이 있었을 뿐이야. 그렇다고 널 탓하는 건 아니야. 내 말은 탓하기도 하고 안 하기도 한다는 거야. 사실은 해.

이 나쁜 새끼,

재닛.

'대형 투입구'에서 크게 쿵 하는 소리가 몇 번 난다.

염소 한 마리, 스테이크 몇 개, 해시브라운 네 상자, 금속 통에 든 캐러멜 팝콘, 파이 몇 개, 코카콜라와 스프라이트 몇 병, 케이오가 든 작은 용기 아주아주 많이.

나는 그 먹거리를 오랫동안 바라본다.

그러다가 그걸 내 '분리 구역'에 쟁여놓는다, 나중에 쓰려고.

점심으로 스테이크와 해시브라운과 파이와 케이오를 먹는다.

동굴에서 해시브라운과 파이를 먹고 케이오를 마시는 건 아마 금지된 일이겠지만 어쩐지 나는 그럴 자격을 얻었다는 느낌이다.

지저분한 걸 치운다. 통나무에 앉는다.

두시쯤 '소형 투입구'에서 아주 작게 딸깍 하는 소리가 난다.

25

'배급' 관련 메모.

여러분이 최근에 들었을지도 모르는 소문과 관련하여, 그것은 거짓이라는 말을 새겨듣기 바라오. 완전히 거짓이어서 우리는 그것을 구태여 부인할 생각도 하지 않았소. 그것을 부인한다는 것은 실제로 우리가 그것을 들었다는 뜻이 될 터이기 때문이오. 우리는 듣지 못했소. 우리는 그런 말도 안 되는 소리에 시간을 낭비하지 않소. 하지만 우리가 듣지 못한 소문을 부인하지 않으면 여러분은 그것이 사실이라고 가정할 것임을 알고 있소. 하지만 그것은 완전히 거짓이오! 따라서 여러분이 들은 소문은 모두 거짓이라고 그냥 단정적으로 말하겠소. 여러분이 들은 소문만이 아니라 여러분이 듣지 못한 소문, 심지어 아직 퍼지지 않은 소문도 거짓이오. 그러나 여기에 하나의 예외가 있소. 즉 소문이 좋은 경우요. 즉 우리, 여기 위에 있는 우리를 긍정적인 빛으로 비추면, 그리고 우리의 사명, 우리의 업적을 그렇게 비추면, 그런 경우, 오직 그런 경우에만 우리는 여러분이 들은 소문이 정확히 과녁을 맞히고 있다고 인정하고 여러분의 환상적인 염탐 능력, 그런 감추어진 최고의 것을 찾아낸 능력을 축하할 수밖에 없을 거요! 요컨대 우리는 그저 여러분이 소문을 듣자마자 스스로에게 물어볼 것을 요구할 뿐이오. 이 소문이 조직에 부정적인 빛을 던지는가? 그렇다면 그 소문은 거짓이니 무시해주시오. 긍정적이면, 아주 좋소, 여러분이 조직에 그렇게 깊은 관심이 있어서 무릎을 꿇고 트랙에 귀를 갖다댄 것에 무척 감사하오. 또 그 사실을 널리 널리 퍼뜨리시오. 즉 몸을 굽혀 네 발로 짚고 트랙에 입술을 갖다대시오. 친구들에게 말하시오. 주식을 살 것을 고려하는 친구들에게 말하시오. 기자인 친구가 있소? 그들의 트랙에 입술을 갖다대시오.

왜냐하면 진실이 뭐겠소? 진실은 우리가 일어나기를 원하는 것이 일어나게 만드는 바로 그것이오. 진실은 들었을 때 우리 팀에 있는 사람이 좋아 보이고, 그들이 더 노력하도록 영감을 불어넣고, 우리 팀이 아닌 사람이 우리 쪽을 보고 약간 질투심을 느끼게 하는 바로 그것이오. 진실은 우리가 이미 하고 있는 걸, 아 물론 괜찮게 하고 있소, 우리는 괜찮게 하고 있지, 그런데 진실은 그걸 더 잘하게 힘을 주는 바로 그것이오. 진실은 오직 우리만을 위해 우리 돛에 부는 바람이오. 따라서 어떤 소문이 우리, 여기 위에 있는 우리를 의심하게 한다면 그것은 진실이 아니오. 진실은 우리가 이기도록 돕는 것이라고 이미 정의했기 때문이오.

따라서 무엇이 진실인지 알고 싶다면 그냥 뭐가 최선인지 물어보시오. 우리에게, 우리 모두에게 최선. 우리가 말하고자 하는 취지를 알아들었소? 소문과 달리 '직원 재배치'의 다음 단계는 곧 시작되지 않을 거요. 아주 작은 구실, 아주 작은 태만을 기초로 다음 몇 주 동안 여러분 가운데 반을 해고하지는 않을 거요. 만일 여러분 모두가 아마 지금쯤은 들었을 대량 해고에 관한 소문이 사실이라면 그래야겠지만. 하지만 그 소문은 사실이 아니오. 알았소? 자, 우리가 방금 그걸 하는 걸 봤소? 그 쓰레기 같은 부정적 소문을 진실로 바꾸었잖소. 가서 그렇게 하시오. 이게 아주 재미있다는 것을 알게 될 거요. 대량 해고와 관련하여 긴장을 푸시오. 그런 건 전혀 다가오지 않소, 진실로. 나아가서 그게 다가오면 여러분은 아마도 이걸 스스로 묻고 싶을 거요. 내가 '긍정적으로 생각하고/긍정적으로 말하고' 있나? 내가 가진 모든 것을 주고 있나? 내가 조그만 거라도 잘못하고 있나? 하지만 걱정할 필요 없소. 여러분 가운데 걱정할 필요가 없는 사람들은 조금도 걱정할 필요가 없소. 걱정해야 하는 사람들에 관해서 말하자면 지금 걱정하기 시작해서는 좀 늦었소. 몇 달 전에, 그게 여러분에게 조금 도움이 될 수 있었을 때 시작했어야 하지. 이 시점에서는 결정할 것은 이미 결정했소. 아니, 결정했을 거요. 우리가 부정하고 있는 그 거짓 소문, 시작할 계획이었다면 이번주에 시작할 해고에 관한 소문이 사실이라면. 하지만 우리가 방금 말했듯이 그것은 사실이 아니오.

추가 해고?

맙소사.

나는 통나무로 돌아간다.

재닛이 없으니 좀 이상하다.

누군가 머리를 들이민다.

동굴 여자 가운 차림의 젊은 여자다.

26

그녀는 바로 걸어들어와 나에게 봉인된 편지를 내민다.

노드스트롬이 보낸 거다.

린다를 만나주시오. 당신의 완전히 새로운 파트너요. 좀 귀엽지, 응? 그 가운 아래 대단한 몸이 있다오, 정말이오. 슬랙스를 입은 걸 내가 봤거든. 내가 왜 재닛을 없애려고 했는지 알겠지? 하지만 또 이 여자가 진지하다는 것도 알게 될 거요. 꼭 당신처럼. 저 눈썹 보이쇼? 저거 영구요. 말하자면 심은 거지. 그니까 여섯 달에 한 번씩 매만지러 가는데 거기서 캔에 든 걸 뿌려서 굳혀주는 거요. 엄지로 좀 만져보쇼, 진짜 피부 같은 느낌이니까. 하지만 진짜로 시도하진 마쇼. 말한 대로 이 여자는 아주 진지하니까. 오직 나만 하게 해주지, 왜냐하면 나는 나니까, 면담할 때. 하지만 당신이 시도하면 내 짐작으로는? 린다가 당신을 고발할 거요. 아니면 납작하게 밟아버리거나! 왜냐하면 한 동굴 인간이 다른 동굴 인간의 눈썹을 동굴에서 엄지로 만지는 건 진짜가 아니기 때문이오. 이제 재닛 이후 단계이므로 어떤 아주 엄격한 신빙성을 위해 정말로 노력하기 바라오. 예를 들어 당신도 그런 영구 눈썹을 심는 걸 고려해보고 싶을지도 모르겠소. 그 눈썹을 매일 다시 만지는 수고를 덜기 위해서 말이오. 그게 힘들다는 거 알아. 어쨌든 나는 당신과 린다가 아주 잘 어울릴 거라고 봐. 자 여기 당신의 새로운 짝이 있소! 그렇다고 그 여자와 짝짓기를 하라는 말은 아니오. 나라면 그런 시도는 하지 않겠소. 그 여자는 앞서 말했듯이 아주 진지하니까. 하지만 당신이 짝짓기를 하겠다면 이 여자가 더 적당해 보인다고 생각하지 않소? 내 말은 적어도 재닛보다 젊고 눈으로 보기에도 그렇게 힘들지는 않지 않느냐는 거요.

나는 손을 내밀며 미소를 짓는다.

그녀는 내 손에 얼굴을 찌푸린다, 꼭, 언제부터 동굴 인간이 악수를 했죠? 하는 것처럼.

그녀는 쭈그리고 앉아 작은 벌레를 잡아먹는 척한다.

그렇게 하는 방법을 그녀가 어떻게 아는지, 나는 모르겠다.

나는 그녀 옆에 쭈그리고 앉아 역시 작은 벌레를 잡아먹는 척한다.

우리는 꽤 오래 그러고 있는다. 시간이 많이 흐르지만 그녀는 그만두지 않는다. 그러면서 끙끙거리는 소리를 낸다. 맹세하는데 한두 번은 실제로 진짜 작은 벌레를 잡아먹는다.

정오쯤 내 팩스에서 팩스가 들어올 때 나는 소리가 난다.

루이즈한테서? 아마도. 거의 분명하다. 팩스를 보낼 다른 유일한 사람은 노드스트롬뿐인데 그는 간밤에 팩스를 보냈고, 조금 전에는 편지까지 보냈다.

나는 일어선다.

린다가 나에게 눈총을 준다. 그녀의 눈썹은 놀랍다. 거기에는 정말 진짜 땀구멍도 있다.

나는 쭈그리고 앉는다.

작은 벌레를 잡아먹는 척한다.

팩스에서 팩스가 들어올 때 나는 소리가 그친다. 아마도 루이즈에게서 온 팩스는 트레이에서 내가 읽어주기를 기다리고 있을 것이다. 뭔가 잘못됐을까? 뭐가 달라졌을까? 넬슨의 운동성의 완전한 상실에 대해 닥터 에번스는 뭐라고 할까?

다섯 시간을 더 기다린 뒤 나의 '분리 구역'에 들어가 알아낸다.

괜찮다. 정말이지 문제도 아니다.

왜냐하면 나는 '긍정적으로 생각하고/긍정적으로 말하고' 있기 때문이다.

어쩌면 린다에게 넬슨에 관해 설명하는 게 좋을지도 모르지만, 일하는 관계에서 이렇게 일찍 넬슨에 관해 설명하려 한다는 게 좀 웃긴다는 느낌이다.

오후 내내 우리는 작은 벌레를 잡아먹는 척한다. 우리는 한 동굴에 실제로 살 수 있는 것보다도 많은 가짜 벌레를 잡아먹는 척한다. 우리가 잡아먹는 척하는 가짜 벌레의 수라면 현실에서는 우리 동굴만한 크기의 동굴을 기본적으로 꽉 채울 것이다. 우리는 꼭 경주를 하고 있는 느낌이다. 어느 시점에 그녀가 나를 본다, 꼭, 천천히 해, 그렇게 빨리 하는 건 진짜 같지 않아, 하고 말하는 것처럼. 나는 천천히 한다. 천천히 하면서 그녀가 작은 벌레를 잡아먹는 척하고 있는 것과 똑같은 속도로 작은 벌레를 잡아먹는 척하기 위해 내 속도를 관찰한다. 그렇게 하는 게 신중한 것 같다. 내 말은 그녀가 하는 것과 똑같이 내가 하면 내가 작은 벌레를 잡아먹는 척하는 방식을 그녀가 문제삼을 수 없다는 것이다.

아무도 머리를 들이밀지 않는다.

WINKY

윙키

하얏트의 조명을 끈 회의실에서 여든 명이 대량 생산된 종이 모자를 쓰고 기다리고 있었다. '하얀 모자'는 '시작을 시작하고' 있었다. '분홍 모자'는 '시작에서 앞으로 나아가고' 있었다. '초록 모자'는 '아주 확실하게 시작하고' 있었다, '황금 모자'까지 올라가는 먼 길을 향해. '삶에 통달'한 '황금 모자'는 '간식 테이블' 주위에 모여 서서 아래 등급 모자를 쓴 사람이 지나갈 때마다 소곤거리고 의논하고 팔꿈치로 서로 쿡쿡 찔렀다.

숨겨진 테이프 플레이어에서 트럼펫소리가 났다. 찢어진 플란넬 셔츠를 입은 남자 배우가 목에 "너"라고 적힌 판을 걸고 비틀거리며 무대를 가로질렀다.

"나는 길을 잃었어!" '너'가 소리쳤다. "나는 광야 같은 곳을 헤매고 있어!"

"이봐, '너', 이쪽으로 와!" 무대 건너편에 있는 젊은 여자가 소리쳤고, 그녀의 목에는 "내적 평화"라고 적힌 판이 걸려 있었다. "너는 평생 나를 찾아다녔을 게 분명해."

"그럼, 그렇고말고!" '너'가 말했다. "바로 갈게!"

하지만 그때 무대 옆에서 "투덜이" "자기 생각에 빠져 있음" "자기 뚱뚱한 걸 다른 사람들 탓으로 돌림" 등의 판을 건 다른 배우들 여러 명이 달려나와 '너'를 붙들고 늘어지며 갈빗대를 쿡쿡 찌르고 주먹으로 툭툭 때렸다.

"오, 네가 나보다 '내적 평화'를 더 사랑하다니 믿을 수가 없어, '너'!" '불안정'이 말했다. "정말 마음 아파."

"솔직히 평생 이렇게 실망해본 적이 없어." '실망'이 말했다.

"오 하느님, 이렇게 다들 다투고 있으니 공황 발작이 찾아와." '너무 긴장해서 제 기능을 못함'이 말했다.

"내가 기다리고 있잖아, '너'." '내적 평화'가 말했다. "나를 원하는 거야 아니야?"

"원해, 하지만 덫에 걸린 것 같아!" '너'가 소리쳤다. "내가 원하는 걸 얻을 수 없을 것 같아!"

"'너' 말고도 이 세상의 다른 십억 명 정도가 그래." '내적 평화'가 슬픈 얼굴로 말했다.

"나한테는 희망이 없는 거야?" '너'가 물었다. "사람들이 '내적 평화'에 이르는 길에 만나는 장애물들을 누가 평생 연구라도 해놓았으면 좋을 것을!"

"했지." '내적 평화'가 말했다.

테이프 플레이어에서 다시 팡파르가 울렸고, 진짜 금으로 만든 것처럼 보이는 모자를 쓴 '황금 모자'가 가면을 쓰고 무대로 껑충껑충 뛰어나와 근육을 불룩거리더니 '불안정'을 종이 감옥으로 끌고 갔다. 감옥에는 이렇게 적혀 있었다. "우리가 내적 평화에 이르는 것을 막는 자들이 들어가는 감방." 이어 '황금 모자'는 '만성적 우울'과 '집착'과 '무력감'을 비롯한 나머지를 다 끌고 무대를 가로질러가 '감방'에 처넣었다.

"내가 방금 한 거 봤어?" '황금 모자'가 말했다. "'너'를 '내적 평화'로 가지 못하게 막는 자들로부터 방금 해방해준 거야. '너'한테는 아주 잘된 일이지! 문제는 이거야, 과연 '너'가 계속 해방된 상태를 유지할 수 있느냐. 어쩌면 '너'는 계속 내적으로 일깨워주는 게 필요할지도 몰라. 만트라. 계속 내적으로 일깨워주는 게 바로 만트라라고 생각할 수도 있지 않겠어? 이 가운데 혹시 '너'와 공유할 수 있는 멋지고 산뜻한 만트라 있는 사람?"

사람들은 즐거워했다. 그 만트라를 알았기 때문이다. 심지어 하급 '하얀 모자'도 만트라를 알았다—심지어 완전히 넋을 잃은 채 불안정하게 첫 줄에 앉아 콧수염을 빨고 있는 닐 야니키조차 만트라를 알았다. 늘 텔레비전 광고에 나오고 또 '오리엔테이션 자료'의 표지에도 크고 굵은 글자로 찍혀 있었기 때문이다.

"그걸 나에게 줘, 여러분!" '황금 모자'가 소리쳤다. "지금은 무슨 시간?"

"'지금은 내가 승리할 시간!'" 사람들이 소리쳤다.

"정확하게 알고 있네, 베이비!" '황금 모자'가 의기양양하게 말하며 마스크를 찢고 많은 사람이 이미 짐작하던 얼굴을 드러냈다.

이 사람은 단순한 '황금 모자'가 아니라 다름 아닌 '세미나스'의 창립자 톰 로저스였다.

"얼마나 재미있어!" 그가 소리쳤다. "줄 것이 있다는 게, 또 내가 주는 것을 몹시도 갖고 싶어하는 사람들이 있다는 게. 여기 내가 줄 것이 있어, 여러분, 별것은 아니지만. 사실, 그냥 두 가지 간단한 개념에 불과해. 첫번째는, 오트밀."

그는 양복에서 사발 하나와 오트밀 상자를 꺼내, 사발에 오트밀을 채우고 높이 쳐들었다.

"간단하고, 영양가 있고, 비싸지도 않아." 그가 말했다. "이것은 순수한 상태에 있는 여러분의 영혼을 나타내. 여러분이 태어난 날의 영혼. 여러분은 완벽했어. 여러분은 행복했어. 여러분은 선했어.

자, '두번째 개념'으로 들어가겠어. 똥. 걱정 마, 여러분, 여기서 진짜 똥을 사용하지는 않을 거니까. 똥은 여러분이 갖고 와야 해, 여러분 마음을 이용해서. 자, 누가 다가와 여러분의 따뜻하고 좋은 오트밀에 똥을 쌌어. 여러분은 뭐라고 할 거야? 이럴 거야? '우와, 굉장하네, 고맙습니다, 계속 내 오트밀에 똥을 싸주세요'? 내가 지금 멍청한 소리를 하고 있나? 약간 멍청한 소리를 하고 있지. 하지만 생각해봐, 살다보면 진짜로 사람들이 다가와서 늘 여러분 오트밀에 똥을 싸—친구가, 동료가, 사랑하는 사람이, 심지어 여러분 자식이, 특히 여러분 자식이 말이야!—그런데 여러분은 바로 그렇게 한다는 거야. 여러분은 이런다고, '너무나 감사합니다!' 또 이런다고, '왕창 싸주세요!' 여러분은 또 이래, 아 여기서 내 비유가 완전히 맞아떨어지지 않기는 하지만 어쨌든, '내 오트밀에 똥을 싸시

는 데 내가 어떻게 도와드릴 방법이 없을까요?'

놀라운 이야기를 해주지. 나는 한때 여러분과 똑같았어. 어떤 누군가, 이름을 밝히지는 않을 어떤 남자가 내 오트밀에 엄청나게 똥을 싸고 있었고, 단지 운이 좀 없다는 이유로, 단지 고통을 좀 겪고 있다는 이유로, 단지, 그래, 사실은 휠체어를 타고 다닌다는 이유로, 이 어떤 누군가는 이십사 시간 관심을 요구하며 자기가 내 오트밀에 똥을 싸는 동안 내가 내 인생을 보류하기를 원했지, 내 형제란 그 사람이, 진이라는 그 사람이, 어이쿠, 고양이가 가방에서 튀어나가버리네.* 어쨌든 이게 혹시 역설적으로 들릴지도 모르겠지만 그 사람이야말로 자기 오트밀에 똥이 든 사람 아니었을까, 휠체어에 앉아 있었기 때문에? 글쎄, 그렇기도 하고 아니기도 해. 맞아, 그 사람은 아팠어. 그건 놀랄 일이 아니지. 자갈길에서 오토바이를 타다 떨어져 헬멧도 없이 이백 야드를 통통 튕기면, 그래, 그 사람은 좀 아프겠지. 하지만 그게 어떻게 내 잘못이야? 내가 헬멧도 안 쓰고 술에 취해 과속으로 오토바이를 몬 사람인가? 아니, 나는 집에 있었어, 타키투스를 공부하고 있었지, 그게 내가 내 인생의 그 단계에서 열심히 하던 일이었으니까. 그런데 왜 진은 내 꿈과 계획을 쓰레기통에 넣기를 바랐을까? 나에게는 꿈이 있었다고! 계획이 있었다고! 마침내—그리고 이건 다 내 책 『힘이 있는 사람들』에 나오는 얘기야—나는 진한테 말을 할 내적인 힘을 찾아냈어, '내 오트밀에 똥싸지 마, 진, 나는 절대 거들지 않을 거야.'

* 비밀을 누설한다는 뜻.

그리고 우리 누이 엘런한테 말할 힘도 찾았어, '엘런, 진이라는 이 공을 가져가서 마음대로 해, 내가 진의 비위를 맞추느라 나 자신을 값싸게 팔아버리면 나는 몹시 화가 난 강아지가 될 건데, 화는 사람한테 비열하고 지저분한 짓을 하거든. 그런데 나는 나 자신을 사랑하는 사람으로서 나에게 가장 좋은 걸 원한단 말이야, 나는 결국 하느님의 자녀니까.' 그리고 내 책에도 나오듯, 나 자신에게 말했어, '톰, 지금은 네가 승리할 시간이야!' 그게 내가 그 생각을 처음 했던 때야. 그래서 어떻게 됐는지 알아? 나는 승리했어. 지금도 승리하고 있어. 현재 우리는 친구야, 진하고 나는. 그리고 진도 내가 쭉 옳았다는 걸 인정해. 그리고 엘런 얘기를 하자면, 엘런에겐 아직 몇 가지 문제가 있어. 엘런은 내가 기회를 반만 줘도 지금 당장 내 오트밀에 큰 걸 한 방 싸버릴 거야. 하지만 어떨 것 같아, 여러분, 나는 기회를 반도 안 줘, 왜냐하면 나는 이미 내 오트밀에 보호막을 설치해놨거든—진짜 막이 아니라 비유적인 보호막. 엘런은 그걸 알아. 진은 그걸 알아. 그래서 이제 그 사람들은 내 머리카락도 못 건드리고 내 오트밀에서 멀리 떨어져 있어. 그리고 그 둘은 함께 멋진 인생을 살았어. 하지만 '세미나스' 시리즈라는 걸로 번 돈으로 진의 휠체어 램프를 설치할 돈을 댄 사람이 누구일 거 같아?"

사람들은 갈채를 터뜨렸다. 톰 로저스는 손을 들어올렸다.

"자, 여러분은 어때?" 그가 작은 소리로 말했다. "지금이 여러분이 승리할 시간이야? 여러분의 비유적인 오트밀에 보호막을 치고 여러분 자신의 개인적인 진이 누구인지 찾아낼 준비가 되었어?

여러분을 망가뜨리는 게 누구야? 누가 여러분이 원하는 걸 얻지 못하게 하지? 누군가 그러고 있다고! 하느님은 쓰레기를 만들지 않아. 여러분이 지고 있다면 누군가 여러분한테 지금 그러고 있기 때문이야. 오늘 나는 여러분을 이끌고 나의 '핵심 삼 단계'를 통과할 거야. 찾아내기, 막기, 대면하기. 첫째, 우리는 여러분의 개인적인 진을 '찾아낼' 거야. 둘째, 우리는 여러분이 여러분의 상징적인 오트밀에 정신적으로 비유적인 '막'을 치도록 도울 거야. 마지막으로, 우리는 여러분이 여러분의 개인적인 진과 '대면'하여 그 남자에게 또는 그 여자에게 여러분의 오트밀이 앞으로는 접근 금지라는 사실을 분명하게 알려주는 방법을 보여줄 거야."

톰 로저스는 강렬한 눈으로 군중을 파고들었다.

"그래서 여러분은 어떻게 생각해, 응?" 그가 아주 작은 소리로 물었다. "여러분도 그렇게 할 거야?"

군중 사이로 동의를 뜻하는 불안한 웅성거림이 번졌다.

"좋아, 그럼. 대열을 정비해보자고. 변화를 위해 줄을 서보자고. 극적인 변화."

그는 활달한 걸음으로 무대를 떠났고 조명이 '개인적 변화 센터' 다섯 곳을 훑었다. 방화문 근처에 한 줄로 설치된 작고 하얀 텐트들이었다.

닐 야니키는 다른 사람들과 함께 일어서서 자신의 '줄 배정'을 확인하고 '배정된 줄'에 가서 섰다. 그는 아주 작은 사람으로 나이는 거의 서른이었고, 정수리와 더불어 옆머리도 벗어지고 있었으며, 여전히 콧수염을 잘근잘근 씹으면서 '세미나'의 누군가가 또는 다른 모든 사람이 자신이 엄청나게 멍청한 사기꾼이라는 것을 알아채지 않을까 하는 걱정을 하고 있었다. 그는 사실 아무런 경력도 없었고 사업도 하지 않았으며, 그저 컴퓨파츠에서 일을 받아 지하실에서 하나에 사십칠 센트를 받고 작은 삼각형 조각을 납땜하는 일을 하고 있을 뿐이었기 때문이다. 물론 뭔가 나은 일을 하겠다는 큰 희망은 품고 있었고, 그것이 여기 온 이유지만.

'개인적 변화 센터 4'의 천으로 만든 문이 펄럭이며 열렸고, 그는 안으로 들어가면서 허리를 굽혔다.

안에는 톰 로저스와 조수 여러 명이 있었고, 작업복을 입은 마네킹이 의자에 앉아 있었다.

"어서 오세요, 닐." 톰 로저스가 야니키의 이름표를 흘끗 보며 말했다. "내 '세미나'에 모시게 되어 영광입니다, 닐. 자. 어떻게 시작하느냐 하면, 닐, 이 마네킹의 가슴에 닐의 진짜 인생에서 진에 해당하는 사람의 이름을 쓰면 됩니다. 그러니까 닐의 오트밀에 똥을 싸고 있다고 생각하는 사람의 이름 말입니다. 내가 하는 말 이해하겠어요?"

"네." 야니키가 말했다.

톰 로저스는 하루에 변화시켜야 할 사람이 수백 명이라도 되는 것처럼 아주 빠르게 말을 했는데, 물론 그는 수백 명을 변화시켜야 했다. 야니키는 그 점에는 아무런 불만이 없었다. 그 가운데 한 명이 되어 행복할 따름이었다.

"그 사람이 누구인지 결정하는 데 도움이 필요한가요?" 톰 로저스가 말했다. "오트밀 똥싸개를 결정하는 데?"

"아니요." 야니키가 말했다.

"좋습니다." 톰 로저스가 말했다. "이제 그 사람의 이름을 쓰고 그 밑에 그 사람이 닐의 오트밀에 똥을 싸는 핵심적인 방법이라고 생각되는 걸 적어보세요. 솔직해야 합니다. 이건 우리 둘만 아는 거예요."

마네킹의 가슴에 달아놓은 지울 수 있는 마커보드에 야니키는 썼다. "윙키. 미친 것처럼 보이고 지나치게 종교적이고 혼자 살 곳이 필요하다."

"훌륭하네요!" 톰 로저스가 말했다. "좋은 출발입니다. 이제 내가 하는 걸 잘 보세요. 미세 조정을 해봅시다. '미친 것처럼 보인다'는 뺄 수 없을까요? 이 사람, 이 윙키가 만에 하나 혼자 살 곳을 구한다고 한다면, 이 사람이 미친 것처럼 보인다는 사실이 계속 문제가 될까요? 문제까지는 안 되겠죠?"

야니키는 여동생이 미친 것처럼 보이지만 다른 아파트에 있는 모습을 그려보았다.

"문제까지는 안 됩니다." 그가 말했다.

"좋습니다!" 톰 로저스가 "미친 것처럼 보이고"를 지웠다. "우리가 바꾸려고 하는 바로 그것을 향해 곧장 나아갈 수 있도록 단순화하는 게 중요합니다. 좋아요. 이 지점에서, 만일 이 여자를 닐의 집에서 내보낼 수 있으면 미친 것처럼 보이는 것은 견딜 만하다고 우리는 결정을 했습니다. 큰 진전입니다. 하지만 왜 거기서 멈추겠어요? 내가 하나 제안하죠. 그 여자가 닐한테 가까이 오지만 않으면 종교적이든 아니든 그게 대체 무슨 상관이겠습니까?"

야니키는 윙키가 미친 것처럼 보이고 하느님에 관해 미친 소리를 늘어놓지만 다른 아파트에 있는 모습을 그려보았다.

"그게 분명히 낫겠는데요." 그가 말했다.

"그래요, 낫겠죠." 톰 로저스가 말하고 마네킹에게 "윙키. 혼자 살 곳이 필요하다"는 말만 남을 때까지 지웠다.

"보이나요?" 톰 로저스가 말했다. "우리가 간단하게 만든 게 보여요? 우리는 이걸 한 가지 문제로 좁혔습니다. 이렇게 간단하고 직접적으로 진술된 문제를 받아들일 수 있나요?"

"네." 야니키가 말했다. "네, 받아들일 수 있습니다."

야니키는 이제 윙키에게서 그렇게 신경에 거슬렸던 것이 무엇인지 알 수 있었다. 전에는 붉은 고수머리였다가 하얗게 바뀌어, 마치 정수리를 풀에 적신 뒤 목화송이가 잔뜩 든 통에 담갔다 꺼낸 것처럼 보이는 게 문제가 아니다. 매일 아침 어떤 하얀 물질로 칠하는 탈모 부분이 문제가 아니다. 나쁜 상황에서도, 가령 그가 베벌리 암스텔과 저녁식사 데이트를 하면서 특별한 미트볼을 만들었음에도 베브가 겁에 질려 윙키를 자꾸 흘끗거리는 바람에 아무 의미가 없게 되었을 때도, 윙키의 반짝거리는 분홍색 얼굴에는 늘 괴상하게 즐거워하는 표정이 떠오르는 것이 문제가 아니다. 주일학교에서 가르치고 나서 따각-따각-따각 소리를 내면서 집에 들어와 염병할 그리스도의 말을 전파하고 왔다는 사실에 잔뜩 흥분한 나머지 꽃병에 담긴 물 냄새를 풍기며 그를 너무 오래 끌어안는 게 문제가 아니다. 그저 그들이 함께 살기에는 너무 나이가 들었고 야니키에게는 이루고 싶은 일들이 있는데 그녀가 너무 곤란한 상황이라 집중에 방해가 되는 게 문제일 뿐이다.

"이 사람, 이 윙키한테 함께 사는 게 닐의 개인적 발전에 걸림돌이라는 말을 한 적이 있나요?" 톰 로저스가 말했다.

"아니, 없는데요." 야니키가 말했다.

"그럴 거라고 생각했습니다." 톰 로저스가 말했다. "닐은 마음이 착하지요. 이 여자한테 상처를 주고 싶어하지 않아요. 그건 좋은 일이지만, 이거 알아요? 닐은 윙키한테 지금 상처를 주고 있는 겁니다. 진실을 말하지 않음으로써 상처를 주고 있는 거예요. 내가 지금 닐이 침묵함으로써 이 여자의 오트밀에 똥을 싸고 있다고 말하는 걸까요? 그래요, 그러는 겁니다. 지금 여기에서 일종의 상호 똥싸기가 벌어지고 있다고 말하는 겁니다. 거짓말을 먹고 윙키가 어떻게 성장할 수 있겠습니까? 진리가 너희를 자유케 하리라는 말은 진실 아닐까요? 누가 그런 말을 한 적이 있지 않나요? 하느님이었나 그리스도였나? 아이러니네요, 이 여자가 그렇게 종교적이라면서."

톰 로저스는 조수에게 손짓을 했고, 조수는 상자에서 가발을 꺼내 마네킹 머리에 씌웠다.

"우리가 지금 하려고 하는 건 이 일을 상징적으로 행동에 옮기는 겁니다." 톰 로저스가 말했다. "원시 문화에서는 늘 이렇게 해요. 예를 들어 '다산'을 위해 큰 파티를 열고, 아이들을 하얗게 칠한 다음 종려 잎으로 '병'을 때리게 하고 그랬죠. 우리가 이럭저럭 원시 문화보다는 똑똑한 걸까? 아니라고 봅니다. 어쩌면 더 멍청해졌는지도 모르죠. 지금 예전보다 치질이 줄었을까요? 잉카족이

고속도로에서 차에 치여 죽었을까요? 자, 이걸 받아요."

그는 야니키에게 야구방망이를 건네주었다.

"지금은 무슨 시간, 닐?" 톰 로저스가 말했다.

"승리할 시간?" 야니키가 말했다. "내가 승리할 시간?"

"지금은 닐이 승리할 시간입니다." 톰 로저스가 더 명확하게 말하고 마네킹을 가리켰다.

야니키가 방망이를 휘두르자 마네킹이 쓰러지며 가발이 날아갔고 조수는 가발을 가져와 가발 상자에 도로 던져넣었고 톰 로저스는 야니키를 힘차게 끌어안았다.

"방금 닐이 상징적으로 한 말은 이겁니다. '이제 그만, 윙키. 날개를 달고 날아가, 윙키. 나는 너를 사랑해, 하지만 너는 나를 죽이고 있어. 나는 좋은 사람이고 하느님의 자녀이지, 죽어 마땅한 사람이 아니야. 살아 마땅한 사람이니, 살게 좀 해줘. 따라서 네가 살 곳을 구하세요, 아가씨! 날아가, 그럼 언젠가는 나에게 감사할 거야!' 이게 당신의 둘째 만트라가 될 겁니다, 닐, 알았죠? 너 나가! 오늘 집에 가는 길에 자신의 중심을 잡기 위해 다음 말을 중얼거리기를 바라요. 화나서 중얼거리는 게 아니라 말하자면 즐겁게 중얼거리는 겁니다. '지금은 내가 승리할 시간이다'! 너는 나가라! 너 나가! 나를 위해 그렇게 해주겠습니까?"

"네." 야니키가 크게 감동받은 표정으로 말했다.

"자, 여기는 비키입니다." 톰 로저스가 말했다. "나의 최고 '황금 모자' 가운데 하나고, 이제 닐이 '대면' 단계를 통과하도록 안내할 겁니다. 닐! 행운, 그리고 평화, 그리고 세상의 모든 성공이 당신에게 찾아오기를 빕니다."

비키는 자동차 사고가 나 운전대에 강하게 부딪힌 후 이전의 얼굴과 약간 닮았다고 느껴질 때까지 세심하게 만져놓은 것처럼 보이는 얼굴이었다. 관자놀이에서 턱까지 우묵하게 들어간 곳들이 곡선을 그리며 평행으로 달리고 있었다. 그녀는 야니키를 데리고 "대면 센터"라는 이름표가 붙은 접이식 테이블로 가 종이를 한 장 주었는데 거기에는 "부드럽다, 확고하다, 다정하다"라고 적혀 있었다.

"이건 좋은 '대면'의 특징들이에요." 그녀가 약간 기계적으로 말했다. "이제 뒤집어보세요."

반대편에는 "화낸다, 나약하다, 비난한다"고 적혀 있었다.

"이건 나쁜 '대면'의 특징들이에요." 비키가 말했다. "파괴적 '대면'이죠. 좋아요. 이제 내가 이 사람, 이 윙키라는 사람이라고 생각하세요. 회원님은 나한테 떠나라고 말하는 거예요. 부드럽고, 확고하고, 다정하게. 자 시작해보세요."

그는 비키의 손상된 얼굴을 향해 그녀가 자신의 삶을 망치고 있고 피를 몽땅 다 빨아먹었으니 이제 다른 데 가서 살아야 한다고 말하기 시작했고, 비키는 고개를 끄덕이며 그의 손을 토닥이다가 이따금 그의 말을 끊고 그가 너무 가혹해지고 있다고 말했다.

닐-닐은 곧 집에 올 것이고 윙키는 너무 너무 너무 늦어지고 있었다.

그녀는 어떤 날은 서두르지 않고 천천히 청소하면서 행복한 생각들에 웃음을 짓고 누군가 이용을 당한다고 상상할 때는 얼굴을 찌푸렸다. 이용을 당하는 사람은 머리에 흉터가 있는 약하고 조그만 소년이고 이용해먹는 사람은 지팡이를 든 크고 뚱뚱한 남자일 때도 있었고, 또 이용당하는 사람이 언어장애가 있는 착하고 다정한 영국 소녀이고 이용해먹는 사람은 발음이 완벽하고 원하는 것은 늘 얻으면서도 작은 분홍색 사탕을 빨면서 징징거리며 돌아다니는 부유하고 강압적인 언니일 때도 있었다. 가끔 윙키는 마음속으로 부유한 언니에게 그 입을 찰싹 때려 사탕이 튀어나오게 한다면 언니 기분이 어떻겠어 하고 물어보기도 했다. 하지만 그건 옳지 않다. 그것은 그리스도의 방법이 아니다! 그녀의 입을 찰싹 때려 그 작은 분홍색 사탕이 입에서 튀어나오게 하는 게 아니라, 그녀가 내 입을 때리게 해야 한다, 일곱 번씩 일흔 번이라도. 그러면 사백 번쯤 될 텐데, 그녀는 나를 마지막으로 때린 뒤에는 갑자기 모든 것을 이해하고 내 용서를 구하고 나에게 사탕을 준다, 왜냐하면 그것이 사랑의 치유력이기 때문에.

세상에! 뭘 하고 있는 걸까? 미쳤나? 어서 움직일 시간이다! 왜 부엌에서 생각에 잠겨 이러고 서 있는 걸까?

그녀는 부러진 기다란 몰딩을 겨드랑이에 끼고 어깨에 더러운 양말 한 짝을 얹고 층계를 뛰어올라갔다.

반쯤 올라가다가 작은 팔각형 창문에서 발을 멈추고 꿈을 꾸는 표정으로 밖을 내다보며 생각했다. 어떤 면에서는 우리가 저 나무들을 소유하고 있는 거야. 데우네 집 너머 기울어진 떡갈나무들 사이의 평소와 똑같은 틈으로 평소와 똑같은 초원이 보였다. 이제 곧 토이타운으로 바뀔 곳이었다. 하지만 당장은 그 초원을 보면 무릎에 꽃이 한가득한 그리스도가 어린아이들과 함께 아파하던 들이 여전히 떠올랐는데, 이것은 그녀가 만들 노래 앨범, 하느님에 관한 노래 앨범의 표지에 넣고 싶은 장면으로, 이 앨범에는 『내 짐을 져라』와 같은 수채화 표지가 들어갈 것이다. 『내 짐을 져라』는 노래 앨범이 아니라 책이지만 그래도 거기에는 상자를 잔뜩 짊어진 그 참을성 있는 당나귀가 있고 뒤에는 산이 있으며, 그 책의 요점은 네가 남들의 걱정과 근심을 떠안으면 주 예수가 너의 근심과 걱정을 떠안아줄 거라는 이야기다. 바로 그 점 때문에 표지에 참을성 있는 당나귀가 나오고 상자가 나온 것이며, 또 바로 그 점 때문에 그녀는 닐-닐을 위해 집안일을 해주면서도 그에게 아무런 도움을 청하지 않는 것에 자부심을 느끼는 거다.

어머나, 층계참에 서서 뭘 하는 건가! 미쳤나? 오늘은 서둘러야 한다! 닐-닐에게 차를 한 잔 주어야 하는데! 그녀는 층계참에서 튀어올라 계단을 한 번에 두 개씩 올라갔다. 몰딩은 다락으로 가야 했고 더러운 양말은 바구니로 가야 했다. 올라간 김에 상의를 갈아입을 수 있었다. 수프가 말라붙어 있었기 때문이다. 층계 꼭대기의 벽지는 미소 짓는 거위를 말채찍으로 때리는 소녀를 한 백만 명쯤 보여주고 있었다. 안녕, 애들아! 안녕, 애들아! 하 하! 안녕, 거위들아! 아무리 바빠도 너희들을 건너뛸 순 없는 일이지!

그녀는 방의 서랍에서 녹색 상의를 꺼냈다. 닐-닐이 좋아하는 것이었다. 한번은 그걸 입었더니 새거냐고 물었다. 그게 언제였더라? 비프 반에서 점심을 먹었을 때였는데, 닐-닐이 돈을 냈고, 그녀에게 러스틱 빌리지 아파트를 나와 자기와 함께 살지 않겠느냐고 물었다. 오, 그 착한 것. 그녀는 여전히 그 식당 성냥을 갖고 있었다. 그때는 러스틱 빌리지의 슬펐던 시절로, 한쪽 팔이 가짜인 도리스를 제외한 모든 친구가 약혼을 했다. 정말이지 그애들은 가끔 야비한 소리를 했다. 하지만 이제는 다 지난 일이고, 가엾은 도리스에게는 카드를 보내줄 필요가 있다.

하지만 오늘은 아니다, 오늘은 서둘러야 한다!

그녀는 층계를 쿵쾅거리며 내려갔는데, 손에는 여전히 몰딩을 쥐고 있고 어깨에 여전히 양말을 걸치고 있었다.

부엌에서 그녀는 쿠키 봉투를 뜯어 열었지만 깨끗한 접시가 없어서 접시를 하나 씻었지만 타월이 없어서 상의로 접시의 물기를 닦았다. 이런, 그녀는 여전히 노란 상의를 입고 있었다. 도대체 뭐야? 녹색 상의가 어디 있더라? 막 서랍에서 꺼내지 않았나? 하 하! 웃긴다. 이걸 〈크라이스트라이프〉에 보내야겠다. 거기는 설령 예수와 아무런 관계가 없더라도 실제로 일어난 귀엽고 웃기는 이야기를 좋아하니까.

부엌은 난장판이었다! 하지만 급한 것부터 먼저. 그녀의 상의는 젬병이다. 젬병은 아니다, 젬병은 나쁜 말이다. 그녀의 상의는 못났다. 아버지는 그 말을 쓰곤 했다, 못났다. 그녀를 두고 한 말이 아니었다. 그는 늘 그녀가 이쁘다고 했다. 가끔 어떤 게 이쁘게도 못났다고도 했다. 하지만 그녀에게는 그 말을 안 썼다. 그는 늘 그녀가 이쁘게도 이쁘다고 했고 그런 다음 안아올렸다. 오 아버지,

아빠, 아빠빠! 아빠빠는 구주와 함께 있을까? 그러기를 바란다. 가끔 그는 욕을 했고 가끔 술을 마시곤 했다. 한번은 술에 취해 층계에서 넘어졌을 때 욕을 했지만 그녀가 달려가자 웃음을 터뜨리며 벌떡 일어섰다. 그리고 오, 그가 〈골짜기의 평화〉를 부를 때면 그도 저 너머로 가게 되면 지금보다 나아질 거라고 느낀다는 것을 분명히 알 수 있었다. 그것은 어린 기독교도 아이가 눈여겨봄직한 아주 훌륭한 모범이었다.

그녀는 다시 층계를 달려올라가 상의를 갈아입었다. 녹색 상의가 있었다, 층계 맨 꼭대기에! 나쁜 상의! 때려줘야겠어! 그녀는 녹색 상의를 찰싹 때려 먼지를 털고 규율을 잡아주고, 기다란 몰딩과 더러운 양말을 계단에 내려놓고 바로 거기 그 자리에서 상의를 갈아입고, 몰딩을 집어들고 더러운 양말을 어깨에 걸치고 쿵쾅거리며 다시 층계를 내려갔다.

할일이 아주 많다! 차를 만들어야 하는 지금만이 아니라, 미래에도! 이제 움직여야 할 시간이다! 이제 그 외로운 아파트에서 나왔기 때문에 그녀는 피아노를 배울 수 있고, 노래를 연주하고 쓰는 것만 배우면 하느님에 관한 노래를 쓸 수 있고, 그런 다음 레코드를 만드는 것에 관해 알아볼 수 있다. 하느님에 관한 레코드, 이 생에서 하느님이 그녀에게 얼마나 잘해주었는지 보여주는 레코드. 정말 얼마나 잘해주었는지. 그녀를 보라! 멋진 가정의 볼품없는 소녀! 오, 자신이 볼품없다는 건 알고 있다, 다리는 굵고 허리도 굵고 머리카락은, 오 하느님—아니, 오 이런—머리, 도대체 이런 머리를 갖고 살아야 하다니, 못난 하얀 머리. 그래서 그녀는 여러 번 생각했다, 이건 머리가 아니야, 이건 시험이야. 하얗고 성긴 머리의 시험, 아주 많은 사람이 길고 멋진 머리카락을 갖고 있는 상황에서. 그래서 우연히 거울을 보다가 희고 끔찍한 머리가 눈에 들어오면 늘 속으로 생각하려고 했다, 하느님을 찬양하라!

널-널은 역대급 달콤한 파이 같은 사람이다. 그 여자들이 미친 거다! 남자가 작고 대머리라고 해서 사랑이 없다고 생각하는 건가? 작은 보퉁이에는 나쁜 게 들어 있다고 생각하는 건가? 널-널은 성경에 나오는 착한 형제 같다, 농장에서 아버지와 함께 살면서 작은 파티 한 번 열지 않는 사람. 다만 그들에게 나쁜 형제는 없고, 그들 둘뿐이지만. 따라서 파티는 없다. 물론 그녀를 위한 파티는 열리겠지만, 천국에서, 큰 파티가. 그리고 사실 지금도 말하자면 자신의 파티를 열고 있다, 지상에서. 왜냐하면 렉스올 드러그에서 온몸에 오줌이 묻은 그 자그마한 남자를 볼 때, 구걸하는 게 아니라 그냥 들어가는 모두에게 남자든 여자든 다 말쑥해 보인다고 말하는 그 남자를 볼 때, 그녀는 진실로 그가 형제들 가운데 가장 작은 자라는 걸 알고 있으니까. 세상은 그리스도가 그녀에게 해주는 이야기다. 그녀가 렉스올의 오줌-남자에게 그 남자 자신도 말쑥해 보인다고 말해주자 그는 큰 소리로 그녀가 너무 못생겨서 씨—도 하고 싶지 않다고 대꾸했는데 그때 그녀는 그저 속으로 생각했을 뿐이다, 알았어, 하느님을 찬양하라, 저 사람은 아파서 저런 말을 하고 있을 뿐이다. 그러면서 빛나는 눈으로 미소를 지었다. 자신의 눈에 가장 밝은 빛이 담겨 있기를 바라면서. 왜냐하면 그녀는 좀 못났다 해도 그리스도의 눈에는 여전히 아름답고, 따라서 그녀에게는 그 모든 것이 파티, 더 큰 파티, 아니 가장 큰 파티에 앞서 벌어지는 작은 파티이기 때문이다. 하지만 닐-닐은 어떨까, 그의 파티는 어디에 있을까?

그녀는 할 수 있는 일을 할 거다! 이것은 그의 파티가 될 거다. 그가, 오빠가, 그녀의 끝까지 함께 갈 친구가, 그녀가 이 세상에서 발견한 유일하게 사랑스러운 영혼이 받아 마땅한 엄청나게 크고 큰 파티의 작고 작은 일회분 파티가 될 거다.

초인종이 울렸고 그녀가 문을 활짝 열었고, 거기에는 닐-닐이 있었다.

"집에 돌아온 걸 환영합니다!" 그녀는 거창하게 말하며 허리를 굽혀 절을 했고, 그 바람에 어깨에서 양말이 떨어졌다.

야니키는 광분하여 집으로 걸어올 때 진열창을 들여다보았다. 이제 머지않은 미래에 섹시한 아내와 함께 이런 가게로 들어가 말채찍으로 가리키기만 하면 기다리고 있는 벤츠에 물건이 실릴 것임을 알고 있었다. 그런데 생각해보니 왜 말채찍일까? 누가 말채찍을 사용하나? 벤츠에 말채찍을 사용하나? 허어, 이 사람아, 그는 지금 불타오르고 있다! 재규어가 낫겠다, 벤츠가 아니라! 황금 거위 조각상, 고급스러운 꽃병, 커다란 도기 개구리, 뭐든지, 배만 들어오면 그걸 다 가질 수 있다, 일단 그가 불타오르면 어떤 걸로도 막을 수 없으니까.

아빠가 지금 자신을 볼 수 있다면. 빌어먹을 하얏트에서 열린

세미나에 참석하고 양복 차림으로 집으로 걸어가는 모습을! 가엾은 아빠, 아빠를 비난하자는 것은 아니지만, 아빠는 과연 뭔가를 추구하는 사람이었을까? 글쎄, 아니다, 아빠는 뭔가를 추구하는 사람이 아니었다, 인생이 아빠를 두들겨패버렸다. 아빠는 매일 저녁 다이밴 침대에 누워 이불을 덮고 맥주와 함께 시간을 보냈다. 그는 나들이옷을 입은 가엾은 엄마를 기억했다. 원피스는 찢어졌지만 꿰맬 수 없었기 때문에 테이프를 붙였고 그 무렵 다시 해고된 아빠는 너무 큰 모자를 쓰고 있었다. 그들 모두 교회에 가는 길이었다. 발을 질질 끌며 길모퉁이 스페인계 불량배 무리를 지나가는데, 한 스페인놈이 엄마의 젖통을 갖고 뭐라 했다. 젖통이 크긴 했지만 엄마는 모든 것이 다 컸는데 왜 그 불량배는 엄마의 큰 젖통을 갖고 뭐라 했을까, 마치 그게 멋지기라도 한 것처럼? 그게 멋지지 않다는 걸, 그저 비 오는 일요일 아침 너무 꽉 끼는 원피스를 입고 잿빛 머리가 젖지 않게 하려고 빵 봉투를 잘라 뒤집어쓰고 있는 몸집이 큰 여자의 젖통에 불과할 뿐이라는 걸 모두가 알고 있는데. 불량배가 그런 말을 한 것은 아빠를 한 번 보면 그런 말을 해도 된다는 걸 알 수 있었기 때문이다. 아빠는 어깨를 웅크리고 계속 눈을 깜빡이면서 엄마의 팔을 잡고 불량배에게 중얼거리기만 했을 뿐이다, 그런 말은 모욕을 당하는 사람보다 모욕하는 사람에게 더 큰 피해를 준다니 뭐니 어쩌고저쩌고. 그러자 불량배는 암소 울음소리를 냈다, 엄마를 향해. 그리고 그때 아홉 살이었던 닐은 잡힌 손을 뿌리치고 건달에게 주먹을 휘두르려 했지만 엄마는 그의 손을 쥔 채 놓아줄 생각이 없었으며 그도 내심 그것이 기뻤다, 무서

웠기 때문에. 그러다 어두운 교회에 들어서면서 찾아온 안도감이 부끄러웠다. 회중이 점점 줄어들던 교회에서 공황에 빠진 비쩍 마른 설교자는 아버지와 교활한 성경 인용문을 나누었다. 그러는 동안 윙키는 밖에서 그런 일이 있지도 않았다는 듯 활짝 웃으며 서 있었고, 스테인드글라스를 통해 들어온 빛 속에서 그녀의 하반신이 환각을 일으킬 것만 같았다.

오, 이 사람아, 세상이 아빠한테 똥을 싸질렀다, 하지만 그에게는 어림없을 것이다. 절대 안 된다. 세상 사람들이 그가 스페인놈들한테 아내의 젖통을 조롱당하는 동네에 살 거라고 생각한다면, 가족에게 베이컨 기름 범벅인 빵을 먹게 하면서 그걸 '품팔이의 낙樂'이라고 부를 거라고 생각한다면, 그 사람들이 틀린 거다. 그는 성공할 거다, 『힘이 있는 사람들』에 묘사된 사람들처럼, 정원이 타운 전체보다 크고 배 한 척을 몽땅 소유하고, 힘을 믿는, 오로지 힘만 믿는 사람들처럼. 장미를 구하는 데 마차 서른 대가 필요한가? 주변 타운들로 연락을 하니 어스름녘에 마차들의 등불이 울퉁불퉁한 돌길로 다가오는 것이 보인다. 시중을 드는 젊은 여자가 매력적으로 보이는가? 그녀의 남편은 전쟁에 보내버린다. 그 사람들은 '힘이 있는 장소'를 찾아서 차지하는 방법을 알고, 그도 안다. 가끔 집세를 내기 위해 한밤에 삼각형 조각 천 개를 납땜해야 할 때, 새벽까지 커피를 마시고 각성된 상태를 유지하기 위해 WMDX 방송을 최대 볼륨으로 키울 때 그걸 알 수 있다. 그런 밤이면 윙키가 잡담을 하러 다가올 때 그는 대담하게 손을 저어 그녀를 내쫓았고, 그가 손을 저어 내쫓으면 그녀는 쫓겨났다. 그녀가 그의 신체 언어에서 그가 왕이라는 것, 그가 하고 있는 일이 대단히 중요하다는 것을 느꼈기 때문에. 그녀가 쫓겨갈 때 그는 기분이 좋았다, 강해진 느낌이었다. 그는 더 빨리 납땜을 했고, 이것이 그 책이 '힘의 충천'이라고 부르는 현상이었다. 그 책은 '위대한 성공자'들은 '힘의 충천'에 '힘의 충천'을 계속 이어갈 수 있는 사람들이고, 그렇게 이어가려면 어떤 주어진 시간에 자기가 하고 싶다고 느끼는 바로 그 일을 확신을 품고 기쁘게 해야 한다고 했는데 그것이 바로, 그는 깨달았다, 그가 지금 막 하려고 하는 일이다, 윙키를 쫓아내는 일!

지금은 그가 승리할 시간이다! 도대체 왜 베벌리를 위해 특별한 미트볼을 만들어준 뒤 소파에서 그녀와 사랑을 나누며 그녀에게 그의 꿈과 계획을 이야기해주면서 그녀가 과연 그의 삶의 조력자가 될 운명인 사람인지, 다음날의 작업을 위해 반드시 운송해야 할 화학물질에 밤새 라벨을 붙인 토머스 앨바 에디슨 부인 같은 사람인지 확인해보지 못한단 말인가? 하지만 글렀다. 베브는 지금 다른 남자, 쇼핑몰에서 무슨 경비 일을 하는 남자와 데이트하고 있다. 그는 미트볼 저녁식사를 기억했다. 브로콜리에서 피어오르는 김 속으로 윙키가 자꾸 분홍색 얼굴을 내밀고 성흔聖痕과 진짜 육체가 썩는 데 걸리는 시간에 관해 평소처럼 헛소리를 주절거리던 일. 그녀의 룸메이트들이 그녀를 쫓아내고 싶어 그에게 몰래 연락한 것도 놀랄 일이 아니고, 목사가 그녀에게 자원봉사를 그렇게 많이 하지 말라고 요구한 것도 놀랄 일이 아니다—목사가 또 몰래 전화를 했는데, 사람들이 그녀 때문에 교회를 떠나는 것 같았다. 그녀는 미치광이, 진짜 에너지를 빨아먹는 존재다. 그녀에게 함께 살자고 권유한 것은 엄청난 실수였고, 이제 그녀는 무조건 떠나야 한다.

슬픈 일이다, 그래, 약간 슬프다. 하지만 훌륭해지는 게 쉬운 거라면 누구나 훌륭해질 거다.

그래, 그녀도 한때는 귀여운 아이였다, 그래, 그들은 좋은 순간들을 함께 나누기도 했다, 그래 그래 그래, 그래 그녀는 그에게 크래커와 조그만 라디오를 가져다주기도 했다, 아빠가 저녁을 먹다 울기 시작하는 바람에 그가 계단 밑에서 꼬박 다섯 시간 동안 숨어 있었을 때, 그래, 큰 남자애들과 낚시를 하다 관자놀이에 미늘이 걸려 그에게 달려왔을 때 겁에 질려 있던 그녀의 눈을 기억한다, 그리고 그래, 그가 그녀를 집에 안고 갈 때 큰 남자애들은 낄낄거렸다, 그래, 그녀는 노래를 너무나 못하는데도 스스로 잘한다고 생각하는 것은 슬프고 세탁물에서 발견한 그녀의 팬티가 이제 엄청나게 큰 것도 슬프지만, 책에 나와 있는 것처럼 다른 사람의 화장용 장작더미를 가로지르려면 염병할 몸이 엄청나게 뜨거워질 각오를 해야 하는 법이다.

그녀가 그의 열쇠를 갖고 있기 때문에 그는 초인종을 눌렀다.

그녀가 문간에 나타났고, 평소처럼 미친 듯한 모습이었다.

"집에 돌아온 걸 환영합니다!" 그녀가 말하며 허리를 굽혀 절을 했고, 그 바람에 어깨에서 양말이 떨어졌고, 양말을 주우려고 몸을 굽히다 덧창에 머리를 찧었다, 가엾고 멍청한 것.

오 젠장, 오 젠장, 그는 약해지고 있었다, 그는 그것을 느낄 수 있었다. 이제는 집에 오는 길에 연습한 말이 문간에 서서 눈물을 글썽이며 탈모가 생긴 부분을 문지르고 있는 여자애와 상관이 없는 것 같았다. 그는 힘이 세지도 않고 훌륭하지도 않고, 그저 다른 모두와 똑같을 뿐이었다. 아니 다른 모든 사람보다 약했다. 다른 사람은 결혼을 하고 진짜 일자리를 갖는다, 다른 사람은 들러붙는 뚱뚱한 여동생과 살지 않는다. 그는 패배자이고 남은 인생 내내 패배할 거다, 한 번도 기회를 얻은 적이 없기 때문에, 나쁜 아빠와 나쁜 엄마와 나쁜 여동생이라는 저주를 받았기 때문에, 변하기에는 너무 약하고, 새로 출발하기에는 너무 약하기 때문에. 그녀에게 밀려 차 냄새가 나는 집안으로 들어갈 때 그의 상상 속에서는 앞으로 다가올 세월이 기쁨 없이 황량하게 펼쳐졌고, 가슴이 갑자기 분노로 미어졌다.

"닐-닐." 그녀가 말했다. "무슨 문제 있어?"

그는 그녀를 후려갈기고, 모욕을 주고, 정신 차리게 할 만한 말을 하고 싶었지만, 그냥 계속 자기 방으로 움직이며, 나지막이 그녀에게 끔찍한 욕을 해댈 뿐이었다.

SEA OAK

시오크

여섯시에 프렌트 씨가 확성기로 외친다. "조이스틱스에 오신 걸 환영합니다!" 이어 '셔츠 벗기' 시간이 왔다고 선언한다. 우리는 항공 재킷을 벗어서 갠다. 우리는 셔츠를 벗어서 갠다. 스카프는 남겨둔다. 토머스 커스터는 우리가 자랑하는 아름다운 청년이다. 근육들이 길고 눈이 밝은 파란색이다. 그의 셔츠가 벗겨지는 순간 뚱뚱한 여인 둘이 서둘러 통로로 와서 그의 바지에 돈을 찔러넣고 그에게 자신들의 '조종사'가 되겠느냐고 묻는다. 그가 물론이라고 대답한다. 그는 그들의 샐러드를 가져온다. 그들의 수프를 가져온다. 내 전화벨이 울리고 전화를 건 사람이 나에게 스핏파이어* 모형으로 자신을 보러 오라고 말한다. 내가 자기 '조종사'가 되기를 바라나? 나는 바라고 있다. 스핏파이어 안에는 마지가 있는데 그녀는

* 2차대전 때의 영국 전투기.

자신이 '만성 수줍음 증후군'이라는 진단을 받았다고 말하더니 인스터매틱*을 나에게 건네면서 토머스의 엉덩이 클로즈업을 찍어다 주면 십 달러를 주겠다고 제안한다.

그렇게 하겠는가? 그렇다, 한다.

더 나빠질 수도 있다. 로이드 베츠는 실제로 더 나쁘다. 최근 그는 몸무게가 늘었고 머리카락이 빠졌다. 그는 근무시간 내내 연락 한 통 받지 못하고 테이블 시중을 한 번도 들지 못하고 결국 P-51 날개에 앉아 늘어져 출렁이는 뱃살이 드러나는 웅크린 자세로 솔리테어 게임이나 하게 되었다.

나는 여섯 테이블의 '조종사'를 하여 팁으로 사십 달러, 거기에 보수로 시간당 오 달러를 받는다.

문을 닫은 뒤 우리는 '보고'를 위해 바닥에 앉는다. 프렌트 씨가 말한다. "우아하게 삶의 다음 단계로 이동해야 할 때가 있지. 예를 들어 아프리카나 브라질의 어떤 여자들처럼, 어느 쪽인지는 잊어버렸네. 이 사람들은 폐경에 이르자마자 얼굴에 칠을 하거나 독특한 헤드 드레스를 써. 내 말 알아들어? 우리 대오에서 한 사람은 이제 우리를 떠나야 해. 영원히 귀엽다는 얘기를 들을 수는 없고, 이 점에서는 누구도 외딴섬처럼 예외일 수 없어. 따라서 오늘 우리는 우리의 친구 로이드와 작별인사를 해야 해. 로이드, 우리가 작별인사를 할 수 있도록 일어서. 미안해. 우리 모두 무척 미안하게 생각해."

---

* 아마추어용 소형 고정 초점 카메라 상표명.

"오 맙소사." 로이드가 말한다. "이게 사실이 아니기를."

하지만 사실이다. 로이드는 끝났다. 우리는 그에게 한바탕 박수를 치고 프렌트는 그에게 '작별 펜'과 로커에 있던 그의 물건을 담은 쓰레기봉투를 준다. 그는 밖으로 나간다. 가엾은 로이드. 그에게는 아내와 아이 둘이 있고 그들은 셀프스토리지 파크웨이의 후줄근한 작은 복층 아파트에서 산다.

"즐거웠습니다!" 그가 어떤 다리도 태우지 않고 남겨두려는* 마음에 문간에서 필사적으로 소리친다.

얼마나 스트레스가 많은 일터인지. '귀여움 등급'이 내려가는 순간 떠나야 한다니. 손님들은 우리 등급을 '빽 가는 아이' '귀염둥이' '그저 그런 놈' '진상'으로 나눈다. 그렇다고 내가 불평하는 건 아니다. 적어도 나는 일을 하고 있다. 적어도 나는 로이드처럼 '진상'은 아니다.

나는 확실히 '귀염둥이/그저 그런 놈' 쪽이며 현금 사십을 들고 집으로 간다.

시오크에는 바다도 오크도 없고** 그저 보조금 지원 아파트 백 개와 페덱스의 뒷모습뿐이다. 민과 제이드는 텔레비전에서 〈내 아이는 어떻게 폭력으로 죽었나〉를 보면서 각자 아기를 먹인다. 민

---

* '관계를 돌이킬 수 없을 만큼 망치지 않으려는'이라는 의미의 숙어.

** Sea Oak. 바다와 오크를 합친 지역명.

은 내 누나다. 제이드는 우리 사촌이다. 〈내 아이는 어떻게 폭력으로 죽었나〉의 사회자는 백구십오 센티미터의 금발머리 맷 머튼인데 그는 늘 부모의 어깨를 문질러주면서 그들이 고통으로 성자가 되었다고 말해준다. 오늘 쇼의 주인공은 자기 패거리에 가담하는 것을 거부했다는 이유로 다섯 살짜리를 죽인 열 살짜리다. 열 살짜리는 줄넘기로 다섯 살짜리의 목을 조르고 입에 야구 카드를 쑤셔 넣었으며 욕실에 들어가 문을 잠그고 부모가 펀타임존에 데려가겠다고 약속하기 전까지는 나오려 하지 않았다. 그곳에 가자 아이는 자백을 한 다음 플라스틱 공이 가득한 그물 우리 안으로 비명을 지르며 뛰어들었다. 청중은 소리를 지르며 살인자의 부모를 위협한다. 피해자의 부모가 자제와 용서를 강하게 요구하자 결국 청중은 소리를 지르며 그들도 위협한다. 그다음은 광고다. 민과 제이드는 아기들을 내려놓고 담배에 불을 붙인 다음 방을 어슬렁거리며 GED*를 따기 위해 소리를 내어 공부를 한다. 잘되는 것 같지 않다. 제이드는 '레지사이드'가 바이러스라고 말한다. 민은 비아프라**가 토성의 한 행성이라고 한다. 내가 도와주겠다고 하지만 그들은 잘난 척하지 말라고 나에게 소리를 지르기 시작한다.

"너는 운이 좋은 거야, 야!" 누나가 말한다. "너는 고등학교를 나왔잖아. 빌어먹을 졸업장을 받았잖아. 우리는 없어. 그래서 우리가 이 똥 같은 GED를 따야 하는 거라고. 우리한테 졸업장이 있으

---

* 정규 고교 교육을 마치지 못한 사람을 위한 고졸 학력 인증서.

** 레지사이드(regicide)는 '국왕 살해'를 의미하고, 비아프라(Biafra)는 본래 아프리카 나이지리아 동부 지역의 명칭이지만 아주 먼 곳을 가리킬 때도 사용한다.

면 우린 그냥 텔레비전이나 보고 있을 거야, 딴 데 한눈팔지 않고 말이야."

"정말이야." 제이드가 말한다. "이제 입다물어, 이 병아리*야! 우린 공부해야 해. 쇼가 곧 시작한단 말이야."

그들은 삼각형의 변이 몇 개인지 토론한다. 처칠이 오페라에 나온 인물이라는 데 합의를 본다. 맷 머튼이 돌아와 부모가 아들의 자살 재연 장면을 지켜본 지난주의 자살에 관한 쇼가 부모에게 치유의 과정이었다고 설명하면서, 부모가 그것이 치유의 과정이었다고 인정하는 비디오를 보여준다.

민의 아기는 트로이다. 제이드의 아기는 맥이다. 아기들은 부엌으로 기어간다. 트로이의 손가락이 난방 통풍구에 걸린다. 민이 얼른 달려가 빼기 시작한다.

"이런 빌어먹을!" 제이드가 소리를 지른다. "조심해! 애 잡아빼지 말고 빌어먹을 바셀린이나 가져와. 너 때문에 애 팔이 길게 늘어나겠어, 야!"

트로이가 울기 시작한다. 맥이 울기 시작한다. 나는 그쪽으로 가 아무런 문제 없이 트로이를 풀어준다. 그러는 동안 제이드와 민은 아옹다옹하며 싸우고 그러다 텔레비전을 쓰러뜨릴 뻔한다.

"어라, 이런 병아리가!" 민이 있는 힘껏 소리친다. "너 지금 분명히 나 때리고 있는 거지? 그러고 나서 빌어먹을 텔레비전을 쓰러뜨리는 거고? 상관없다 이거야?"

---

* chick. 여자를 낮추어 부르는 말.

"상관있지!" 제이드가 응수한다. "너야말로 빌어먹을 아무런 이유도 없이 자기 자식 손가락을 뽑아버릴 뻔한 걸레잖아, 야!"

바로 그때 드러그타운에서 퇴근한 버니 이모가 드러그타운 캡을 쓴 채 들어와 절뚝거리며 걸어가 트로이를 안아올리자 분위기가 한결 차분해진다.

"소란 피울 거 없어요, 꼬마 사나이." 그녀가 말한다. "다 괜찮아. 모두 다 그냥 쥬아 쥬아."

"쥬아 쥬아." 민이 말하며 마지막으로 한번 더 제이드를 꼬집는다.

버니 이모는 중재자다. 이모는 문제가 생기는 걸 좋아하지 않는다. 한번은 푸드킹에서 어떤 남자가 차를 후진하다 이모의 발을 치었는데 이모는 뼈가 열 군데 부러진 채 그냥 집에 걸어왔다. 이모는 한 번도 결혼한 적이 없다. 할머니가 죽은 뒤 할아버지가 이모에게 살림을 맡겼기 때문이다. 그러다 할아버지는 죽으면서 돈을 모두 우리가 들어본 적도 없는 여자에게 물려주었고 버니 이모는 드러그타운에서 일하기 시작했다. 하지만 이모는 원한을 품지 않았다. 가끔은 이모가 아무런 원한이 없는 게 거슬린다. 내가 시오크는 똥구덩이에 불과하다고 말하면 이모는 머리를 덮을 지붕이 있는 게 다행이라고 한다. 무일푼인 게 지겹다고 하면 이모는 할아버지가 크리스마스에 연필을 준 적이 있는데 너무 기분이 좋아 온종일 앉아서 헌 봉투 뒷면에 말을 그렸다고 한다. 한번은 자식이 없는 게 아쉽지 않냐고 묻자 아니, 전혀 하더니 우리가 다 자기 자식 아니냐고 덧붙였다.

그래서 나는 그렇다, 맞다 하고 대답했다.

하지만 물론 그렇지는 않다.

저녁은 비니위니*다. 디저트는 냉동 보관이 잘못된 아이스크림이다.

"아주 멋진 하루를 보냈네." 우리가 아기들을 침대에 눕히고 나자 버니 이모가 말한다.

"이야, 대단한 검안사**시네." 제이드가 말한다.

다음날은 목요일이고 그 말은 보건국의 에드 앤더스가 온다는 뜻이다. 그는 우리 음경이 절대 보이지 않게 할 책임을 맡고 있다. 또 우리가 누구에게도 키스하지 않게 할 책임도. 우리 누구도 누구에게도 키스하거나 음경을 보인 적이 없다. 서니 밴스만 예외인데 그는 팩스잇 가맹점 영업권을 사기 위한 돈을 모으려고 둘 다 한다. 우리의 음경 시뮬레이터, 그래, 그건 보여줄 수 있다. 그건 우리 바지 위쪽에서 밖으로 튀어나오게 할 수 있다. 심지어 주기적으로 우리의 꼭 끼는 바지를 분무기로 적셔서 시뮬레이터가 정말로 윤곽을 드러내게 할 수도 있다. 하지만 우리의 진짜 음경은, 안 된다, 그건 뜨겁고 불편하고 지나치게 큰 시뮬레이터 안에 가만히 있어야 한다.

* 소시지와 콩을 넣은 음식.

** optometrist. '낙관주의자'를 뜻하는 optimist를 잘못 말한 것.

"미안 여러분, 안녕 여러분." 앤더스가 지친 표정으로 들어오며 말한다. "나도 이걸 여러분만큼이나 좋아하지 않는다는 걸 알아주셔. 나는 학교에 다니며 고기를 검사하는 방법은 배웠었지만 이건 확실히 내가 생각했던 게 아니야. 하 하!"

그는 린드버그 엔칠라다를 주문하더니 마치 그게 살아 있어서 깨어날까 걱정되기라도 하는 것처럼 조심스럽게 먹는다. 서니 밴스는 진탕 술을 마신 헤어스타일리스트들이 앉아 있는 테이블에 수프를 가져다주면서 이십을 받고 그들에게 자기 물건을 얼른 보여준다.

바로 그때 앤더스가 린드버그를 먹다 흘끗 올려다본다.

"이런, 세상에나." 그는 말하더니 '영업정지' 서류를 작성하고 우리는 모두 일찍 집에 가게 된다. 이건 나쁘다. 한푼이 중요한데. 최근 나는 내 서류 가방에 화장지를 넣어 몰래 집으로 가져왔다. 두루마리 세 개를 집어넣을 수 있다. 집에 도착할 때면 대개 납작해져 롤러에서 잘 돌아가지 않지만 그래도 몇 달러를 아낄 수 있다.

카드를 찍고 퇴근하여 페덱스 뒤를 따라 자리잡은 띠 같은 숲을 가로지른다. 너구리 한 마리가 쓰러진 오크를 넘어 종종걸음을 치더니 녹이 슨 자전거를 갉아먹기 시작한다. 숲에서 나갈 때 총소리가 들린다. 어쨌든 나는 그게 총소리라고 생각한다. 엔진 폭발음일 수도 있다. 하지만 아니, 총소리다. 잠시 후 다시 들리기 때문이다. 아이들 몇 명이 그 '빅 스케어리 도그스'*의 세상이라고 외치며 마

* Big Scary Dawgz. '크고 무서운 개들'이라는 뜻의 갱단 이름.

당을 가로질러 빠르게 달려간다.

나는 집으로 달려간다. 민과 제이드와 버니 이모와 아기들이 소파 뒤에 모여 웅크리고 있다. 총소리가 시작되었을 때 아기들을 밖에 두었던 것이 분명하다. 트로이의 보행 보조기가 총에 맞았다. 다행히도 트로이는 그 안에 없었다. 오리처럼 보여야 하는 보행 보조기인데 지금은 부리가 사라졌다.

"이야, 이 좆같은 똥덩어리!" 민이 소리친다.

"이 엿같은 쓰레기라는 말이겠지." 제이드가 말한다. "저애들이 우리처럼 똥 같은 입을 달고 자라게 하고 싶어? 아, 쓰레기 같은 입을 달고."

"나는 그냥 저애들이 자랄 수 있기만 바랄 뿐이야, 그게 다야." 민이 말한다.

"엉엉, 드라마를 찍으세요." 제이드가 말한다.

"씨발 꺼져, 이 중국년아." 민이 소리친다.

"진심으로 하는 얘기야, 이 왕짜증, 나 농담 아니라고." 제이드가 소리치며 민의 팔을 주먹으로 친다.

"아가씨들, 세상에나!" 버니 이모가 말한다. "우리는 감사해야지. 그래도 우리는 집에 왔잖아. 그리고 적어도 그 총알이 실제로는 아무도 맞히지 못했잖아."

"기분 상하게 하려는 건 아닌데요, 버니?" 민이 말한다. "그런데 이런 걸 빌어먹을 집이라고 부르는 거예요?"

시오크는 안전하지 않다. 세탁실에는 즉석 코카인 밀매소가 있고 지난주에 민은 애들 수영장에서 브래스너클*을 몇 개 발견했다.

내 마음대로 할 수 있다면 모두를 캐나다로 올려보낼 것이다. 그곳은 아주 좋다. 아주 예의바르다. 지난가을에 일주일 동안 다녀왔는데 차가 펑크나자 얼굴이 빨갛게 빛나는 농부 두 명이 자기들이 고쳐주겠다고 고집을 부리더니 저녁값도 내고 아기들을 위한 대학 펀드도 들어주었다. 일주일 뒤에 우리에게 주식 증서를 보내면서 우리 모두 식당에서 함께 코블러**를 먹는 사진도 보내주었다. 하지만 캐나다로 이사하는 데는 돈이 든다. 아빠는 죽으면서 우리에게 아무것도 남기지 않았고 엄마는 지금 프레디와 사는데 그는 우리를 좋아하지 않는데다가 그 자신도 딱히 부자라 할 수 없다. 그는 전화 여론조사를 한다. 이번달에는 이혼한 여자들한테 얼마나 자주 예전으로 돌아가 전남편과 자느냐고 묻고 있다. 여론조사를 완료할 때마다 십을 받는다.

따라서 수익이 크지 않으니 캐나다는 논란의 여지가 있는 문제다.

나는 밖으로 나가 트로이의 오리 부리를 찾아 엘머 접착제로 붙인다.

"사실 그거 알아?" 버니 이모가 말한다. "지금이 훨씬 더 진짜 오리처럼 보이는 것 같아. 오리 부리는 가끔 금이 가거든? 그런 오리를 한 마리 시내에서 본 적이 있어."

"오 하느님." 민이 말한다. "아이 오리가 얼굴에 총을 맞았는데 이모는 우리가 운이 좋다네."

---

* 싸울 때 주먹에 끼우는 무기.

** 위에 밀가루 반죽을 두껍게 씌운 과일 파이의 일종.

"뭐 우리는 운이 좋지." 버니가 말한다.

"누군가의 부리에 금이 갔다고요." 제이드가 말한다.

"뭔가 나쁜 일이 생기면 내가 어떻게 하는지 알아?" 버니가 말한다. "그 생각을 하질 않아. 너무 심각하게 받아들이지 마라. 세상이 끝난 것도 아니잖니. 그게 내가 하는 말이야. 늘 그렇게 해왔어. 그래서 내가 지금 여기에 이르게 된 거야."

이 순간 내 느낌. 버니, 저는 버니를 사랑해요, 하지만 지금 어디와 있다는 거예요? 최저임금을 받으면서 드러그타운에서 일하고 있잖아요. 예순 살인데 가진 게 아무것도 없잖아요. 기본적으로 이모의 아버지의 노예이고 평생 데이트 한 번 해본 적이 없잖아요.

"그러니까, 원한다면 불평해." 그녀가 말한다. "하지만 나는 우리가 스스로 아주 잘하고 있다고 생각해."

"오, 우리는 대단히 잘하고 있죠." 민이 말하며 트로이를 소파 뒤에서 끌어내 아이의 슬리퍼에서 오리 조각을 몇 개 털어낸다.

조이스틱스는 금요일에 다시 연다. 아수라장 같다. 안개 뿜는 장치를 틀어놓았다. 브리지 클럽 손님들이 멜 터너와 오일 레슬링을 하면 십오를 주겠다고 한다. 그래서 멜 터너와 오일 레슬링을 한다. 손으로 치킨윙을 먹여주면 이십을 주겠다고 한다. 그래서 손으로 치킨윙을 먹여준다. 오후가 훌쩍 지나간다. 이어 저녁도. 아홉시에 브리지 클럽이 떠나고 여학생 클럽이 내 손님으로 온다. 그들은 영리하면서 지저분한 노래를 부르고 내 시뮬레이터를 더듬으며 다시는 남자친구의 빈약한 생식기를 눈뜨고 볼 수 없을 거라고 말한다. 잠시 후 프렌트 씨가 다가와 전화가 왔다고 전한다. 민이다. 말하는 게 미친 사람 같다. 집으로 오라고 네 번 연달아 악을 쓴다. 진정하라고 말하자 전화를 끊는다. 내가 전화를 다시 걸지만 아무도 받지 않는다. 별일 아니다. 민은 쉽게 공황에 빠진다. 아마 아기가 토하거나 하는 문제일 것이다. 다행히도 내 근무는 유연 시간제다.

"돌아올게요." 프렌트 씨에게 말한다.

"고대하고 있을게." 그가 말한다.

나는 가볍게 달려 늪지대를 가로질러 페덱스를 통과한다. 언덕에 올라가자 마지막 남은 농장의 불빛이 보인다. 가끔 우리는 애들을 데리고 근처의 세차장으로 가서 암소를 구경한다. 하지만 오늘 밤에 암소는 다른 데 있다.

집에 가니 민과 제이드가 버니 이모 앞에서 팔짝팔짝 뛰고 있고, 이모는 소파 한쪽 끝에 아주아주 가만히 앉아 있다.

"아기들을 데리고 나가 있어!" 민이 악을 쓴다. "아기들이 죽은 걸 보는 건 싫어!"

"입다물어, 야!" 제이드가 악을 쓴다. "이모를 죽은 거라고 부르지 마!"

그녀는 쭈그리고 앉아 버니 이모의 뺨을 꼬집는다.

"버니 이모?" 제이드가 악을 쓴다. "씨발!"

"그건 이미 두 번이나 해봤어, 이 병아리야!" 민이 악을 쓴다. "왜 그런 똥 같은 짓을 또 하고 있는 거야? 목에 손을 대서 그 뛰는 게 있는지 봐!"

"똥같이 똥같이 똥같이!" 제이드가 악을 쓴다.

나는 911에 전화를 하고 구급요원들이 와서 이십 분 동안 열심히 일하더니 포기하고 미안하다면서 그녀가 오후 내내 죽은 상태였던 것처럼 보인다고 말한다. 아파트는 엉망이다. 그녀의 돈 서랍은 텅 비어 있고 가족사진은 욕조에 들어가 있다.

"몸에는 아무 흔적이 없는데." 경찰관이 말한다.

"겁이 나서 죽은 것 같아." 다른 경찰관이 말한다. "침입자에 겁이 났을까?"

"내 추측은 그렇다입니다." 구급요원이 말한다.

"오 하느님." 제이드가 말한다. "하느님, 하느님, 하느님."

나는 버니 옆에 앉는다. 생각한다. 너무 안타까운 일이에요. 그런 일이 있었을 때 내가 여기 없었던 것이 안타깝고 평생 이모가 아무런 재미도 누려보지 못한 게 안타깝고 이모를 어딘가 안전한 데로 이사시킬 만큼 내가 부자가 아니었던 게 안타까워요. 이모가 젊었을 때 분홍색 스판 바지를 입고 〈개구리가 연애하러 갔네〉를 부르며 드러그타운 영수증으로 우리에게 종이 목걸이를 만들어주던 때가 기억난다. 그녀는 평생 열심히 일했다. 누구도 해친 적이 없다. 그 결과가 지금 이거다.

쓰레기 같은 아파트에서 겁이 나서 죽다니.

민이 부엌에 둔 아기들이 계속 밖으로 기어나온다. 버니 이모는 수의에 싸여 바퀴 달린 수레 같은 거에 올라가 있고 소파에는 서명할 양식이 한 묶음이다.

우리는 엄마와 프레디에게 전화한다. 자동응답기 음성이 흘러나온다.

"엄마, 전화 받아!" 민이 말한다. "나쁜 일이 일어났어! 엄마, 제발 빌어먹을 전화 좀 받아!"

하지만 아무도 받지 않는다.

그래서 메시지를 남긴다.

롭턴 장례식장은 그냥 보통 거리에 있는 보통 주택이다. 안에는 '왜 나의 사랑하는 사람이 약간 커 보일까?' 같은 제목의 브로셔가 놓인 선반이 있다. 롭턴은 건강해 보인다. 어쩌면 너무 건강해 보이는지도. 노란 골프 셔츠를 입었고 이두근이 그의 의지와는 관계없이 꿈틀거린다. 롭턴은 어깨 근육이 여전히 소프트볼만한 크기인지 확인하려는 듯 자주 그 부분을 만진다.

"정말 슬픈 일이로군요." 그가 말한다.

"얼만가요?" 제이드가 묻는다. "그러니까, 가령 기본으로. 아주 호화롭지 않게 할 때."

"하지만 쓰레기같이 하지도 않고." 민이 말한다. "우리 이모는 최고였으니까."

"어느 가격대를 생각하시는지요?" 롭턴이 말하며 손가락 관절을 꺾는다. 우리는 대답을 하고 그의 눈썹이 위로 올라간다. 그는 우리를 이사용 상자처럼 보이는 것 쪽으로 이끌고 간다.

"사용 전에 래커 스프레이로 습기 방지 처리를 할 겁니다." 그가 말한다. "꼭 나무처럼 보이게 만들 수 있지요."

"우리 돈으로 살 수 있는 게 그거뿐이에요?" 제이드가 말한다. "판지 상자?"

"사실 이미 약간 할인을 해드린 겁니다." 그는 말하며 벽에 대고 일종의 팔굽혀펴기를 한다. "비극적인 상황 때문에요. 이건 '시에라 선셋'입니다. 정확히 말하면 판지가 아니죠. 섬유판에 가까워요."

"모르겠네요." 민이 말한다. "이집트 거처럼 보여요."

"생각을 좀 해봐도 될까요?" 엄마가 말한다.

"그럼요." 롭턴이 말한다. "마지막으로 확인해봤을 때까지는 아직 미국 거였습니다."

내가 한 걸음 나서서 더 자세히 본다. 버니 이모의 척추가 놓일 곳에 철사 침들이 있다. 아래쪽 발이 놓일 곳에 '날개 A를 구멍 B에 끼운다'는 말이 적혀 있다.

"빌어먹을 절대 안 돼." 제이드가 말한다. "평생 일을 하다가 결국은 메이플라워 상자*에 들어간다고? 아니라고 봐."

우리 저축은 빵이다. 우리는 책상에 앉고 롭턴은 '신용 계산'이라고 부르는 걸 한다. 칠 년 동안 매달 돈을 내면 '앰버 미스트'를 살 수 있는데 여기에는 이중 발사나무 상자에 래커 칠 두 겹에 경야 한 시간이 포함된다.

"하지만 칠 년이라니, 맙소사." 엄마가 말한다.

"이모한테는 좋은 걸 해줘야 돼." 민이 말한다. "이모는 살면서

* 이사용 상자 상표명.

평생 좋은 걸 가져본 적이 없어."

그래서 '앰버 미스트'로 결정난다.

우리는 이모를 저 위쪽 배스트 주식회사 근처 언덕에 있는 세인트리오에 묻는다. 묘지에서 이모가 차지한 곳은 아주 평범하다. 천사도 없고 작은 바위 집도 없고 꽃도 없다. 주차 범퍼 같은 납작한 돌만 잔뜩 있고 여기저기 스티로폼 컵이 널려 있다. 브라이언 신부가 기도를 하고 나면 우리 가운데 한 명이 이야기를 해야 한다. 하지만 할말이 뭐가 있나? 이모는 평생 삶을 가져본 적이 없는데. 결혼한 적도 없고 아이도 없고, 오로지 일 일 일만. 크루즈를 탄 적이 있나? 평생 버스뿐이었다. 버스 버스 버스. 한번은 엄마하고 버스를 타고 캔자스주 퀴글리에 가서 도박을 하고 아웃렛에서 쇼핑을 한 적이 있다. 그들이 〈로이 클라크 쇼〉를 보러 간 동안 누가 이모 방에 침입해 옷을 훔치고 여행 가방에 똥을 쌌다. 그게 다였다. 그게 이모 여행의 전부였다. 그뒤에는 드러그타운이었다, 밤이나 낮이나. 십오 년 동안 캐셔로 일한 뒤 접객 담당으로 강등당했다. 사람들이 감기약이 어디 있냐고 물으면 이모는 벽에 '감기약'이라고 적힌 큰 글자를 가리켰다.

엄마의 남자친구 프레디가 나서서 이모를 아주 오래 알지는 못했지만 이모가 엄청 착한 여인이고 많은 사랑을 남겼다느니 뭐니 어쩌고저쩌고한다. 그녀가 인생에서 별로 한 일이 없는 것은 사실이지만 그래도 그녀를 아는 우리에겐 그녀가 매우 소중했으며 그녀는 어떤 것으로도 불평하지 않고 자신에게 무슨 일이 일어나든 늘 만족하고 살았다느니 뭐니 어쩌고저쩌고.

그것으로 다 끝나고 우리는 떠나야 한다.

"우리는 여기 오게 될 거야, 예를 들어 일주일마다." 제이드가 말한다.

"나는 분명히 그럴 거야." 민이 말한다.

"뭐야, 나는 안 올 것처럼?" 제이드가 말한다. "이모는 정말이지 빌어먹을 착했어."

"너는 틀림없이 무덤에서도 욕을 할 거야." 민이 말한다.

"언제부터 빌어먹을이 욕이야, 이 병아리야?" 제이드가 말한다.

"아가씨들." 엄마가 말한다.

"내가 저 여인 얘길 잘한 거였음 좋겠군." 프레디가 특유의 쓰레기를 늘어놓는 식으로 말하며 잉글랜드 해군의 나쁜 냄새를 풍긴다. "사실 나 자신에게 좀 놀랐지."

"안녕, 버니 이모." 민이 말한다.

"안녕, 번." 제이드가 말한다.

"오 내 소중한 언니." 엄마가 말한다.

나는 눈을 질끈 감고 이모가 행복하게 웃음을 터뜨리며 내 갈빗대를 쿡쿡 찌르는 모습을 그려보려 한다. 하지만 눈에 보이는 건 이모가 소파 위에서 겁에 질려 있는 모습뿐이다. 끔찍하다. 저 밖에, 어딘가에 그 짓을 한 놈이 있다. 누군가 우리집으로 들어와 이모가 죽도록 겁을 먹게 하고 이모가 죽는 것을 지켜보고 우리 물건을 뒤지고 이모의 돈을 훔쳤다. 아직 살아 있는 누군가, 바로 지금

파이 조각을 먹고 있거나 심부름을 하거나 엉덩이를 긁고 있을지도 모르는 누군가, 원한다면 차를 몰고 서쪽으로 사흘이든 얼마든 가서 바닷가에서 해를 쬐며 앉아 있을 수 있는 누군가가.

우리는 고개를 숙이고 두 손을 포갠 채 몇 분 서 있는다.

프레디가 우리를 데리고 점심을 먹으러 트라반티 식당으로 간다. 작년에 트라반티가 죽어 세 베트남 가족이 힘을 합쳐 그곳을 인수했는데, 아직도 파스타와 피자를 팔고 아직도 벽에는 트라반티의 커다란 유화가 걸려 있지만 이제 주방에서는 그 아주 고운 베트남 음악이 들리고 음식은 왠지 전보다 나아졌다.

프레디가 건배를 제안한다. 민이 말한다, 버니가 늘 점심을 정찬이라고 하고 정찬을 저녁이라고 하던 거 기억나? 제이드가 말한다, 이모가 턱에서 딸깍 소리가 나면 기름을 쳐줘야 한다고 말하던 거 기억나?

"훌륭한 여인이었어." 프레디가 말한다.

"벌써 너무 보고 싶어." 엄마가 말한다.

"이모를 죽인 그 씨발 것을 죽이고 싶어." 민이 말한다.

"점심 먹을 때는 씨발 소리 좀 하지 않는 게 어떨까." 엄마가 말한다.

"그건 그냥 말이야, 엄마, 응?" 민이 말한다. "사발이 그냥 말인 것처럼? 내가 사발이라고 하면 상관없어? 사발 사발 사발?"

"뭐 똥도 그냥 말이지." 프레디가 말한다. "하지만 점심 먹을 땐

그딴 말 하지 않잖아."

"토 나와도 마찬가지고." 엄마가 말한다.

"똥 토 나와, 똥 토 나와." 민이 말한다.

웨이터가 헛기침을 한다. 엄마가 민을 노려본다.

"우리 아가씨들 예절이 정말 마음에 드는구나." 엄마가 말한다.

"특히 장례식장에서." 프레디가 말한다.

"여긴 장례식장이 아니에요." 민이 말한다.

"내 마음속 질문은 이제 너희 꼬마들이 뭘 할 거냐 이거야." 프레디가 말한다. "이 모든 일이 기상나팔 같은 거라고 생각하기 때문이지. 그니까 너희가 나처럼 스스로 군화 손잡이를 끌어당겨* 지금 사는 그 위험한 쓰레기장을 떠날 때가 됐단 뜻이야."

"라고 전화 여론조사 씨가 말합니다." 민이 말한다.

"어쨌든 거기가 그렇게 위험하지는 않아요." 제이드가 말한다.

"한 여자가 살해당했는데 그렇게 위험하진 않다?" 프레디가 말한다.

"우리한테 필요한 건 이중 자물쇠하고 바깥을 보는 구멍이에요." 민이 말한다.

"군화 손잡이가 뭐야." 제이드가 말한다.

"군화에 달린 손잡이 같은 거야, 멍청아." 민이 말한다.

"게다가 우리가 어디로 가느냐고요?" 제이드가 말한다. "두 분

* 예전에 군화에 달려 있던 가죽 손잡이를 잡고 스스로 몸을 일으킨다는 말로, 자력으로 행동한다는 뜻.

사는 데로 들어가도 되나요?"

"나 개인적으론 아주 좋아, 너희도 알겠지만." 프레디가 말한다. "하지만 누가 좋아하지 않느냐 하면 바로 우리 집주인."

"내 생각에 프레디가 하는 말은 이제 너희 아가씨들이 일자리를 얻을 때가 됐다는 거야." 엄마가 말한다.

"그럼 맞고말고, 엄마." 민이 말한다. "지난번 그런 일이 벌어졌는데도 말이지?"

내가 처음 들어가 함께 살게 되었을 때 제이드와 민은 하드웨어니치의 안내부스에서 일하고 있었다. 어느 날 우리는 어린이집에 아기들을 찾으러 갔다가 트로이는 빨가벗고 세탁기 위에 앉아 있고 맥은 마당에서 베이징 아이에게 꼬집히고 담당자는 술에 떡이 된 채 닌텐도로 킬러버드를 하고 있는 걸 보았다.

그걸로 끝이었다. 하드웨어니치는 이제 없었다.

"어쩌면 한 사람은 일을 하고, 한 사람은 아기를 볼 수 있을 것 같은데?" 엄마가 말한다.

"왜 재가 집에서 아기를 볼 수 있게 해주려고 내가 일을 해야 하는지 모르겠어." 민이 말한다.

"나는 왜 재가 집에서 아기를 볼 수 있게 해주려고 내가 일을 해야 하는지 모르겠어." 제이드가 말한다.

"이게 그러니까 빌어먹을 역도 성립, 그런 거네." 민이 말한다.

"내가 한마디만 할게." 프레디가 말한다. "이 나라에 관한 거야. 누구나 뭐든 할 수 있어. 하지만 먼저 시도를 해야 돼. 하지만 너희는 안 해. 둘은 일을 하지 않고, 하나는 벌거벗고 스트립쇼를 해?

나는 그걸 시도라고 생각하지 않아. 꼬마들 너희는 불법 거주를 하고 있어. 따라서 위험한 쓰레기 구덩이에 사는 거야. 그러면 위험한 쓰레기 구덩이에서는 무슨 일이 벌어지냐? 나쁘고 비극적인 똥 같은 일이 벌어지지. 빌어먹을 미국식은 이런 거야—위험한 쓰레기 구덩이에서 출발해서 언젠가 약간 덜 위험한 쓰레기 구덩이로 올라갈 수 있도록 열심히 노력하라는 거. 그러다 마침내 저택이 생길 수도 있고. 하지만 이런 속도라면 너희는 약간 덜 위험한 쓰레기 구덩이까지도 못 가."

"자긴 저택에 살기라도 하는 것처럼." 제이드가 말한다.

"내가 저택에 산다고 주장하는 게 아냐." 프레디가 말한다. "하지만 그렇다고 슬럼에 사는 것도 아니지. 또 한 가지 내가 하지 않는 건 벌거벗는 스트립쇼야."

"작은 은혜를 베풀어주시는 하느님께 감사를." 민이 말한다.

"어쨌든 저애는 절대 홀딱 벗지는 않아." 제이드가 말한다.

그건 사실이다. 나는 늘 적어도 T팬티는 입고 있다.

"이러니 우리가 이 꼬마들을 데리고 절대 좋은 데로 점심 먹으러 가지 않는 것도 놀랄 일은 아니지." 프레디가 말한다.

"나는 이걸 좋은 데서 먹는 점심이라고 생각하지 않는데요." 민이 말한다.

저녁으로 제이드는 무슨 스타즈-앤-플래그스를 전자레인지에 돌린다. 중독성이 있다. 소스에 설탕이 들어가 있고 고기 너깃에 설탕이 들어가 있다. 카페인도 들어가지 않았을까. 어떤 사람이 플래그스의 갈색 줄무늬가 카페인이라고 말해준 적이 있다. 우리는 각각 대략 다섯 그릇 정도 먹는다.

저녁식사 뒤에 아기들이 보채기 시작하자 민은 곤죽 같은 아이스크림과 허시 시럽을 아기들 병에 넣어준다. 우리는 〈일어날 수 있는 최악〉을 본다. 실제로 일어난 적은 없지만 이론적으로는 일어날 수 있는 비극을 보여주는 삼십 분짜리 컴퓨터 시뮬레이션이다. 아이가 열차에 치어 동물원으로 날아가 이리들에게 잡아먹힌다. 남자가 나무를 하다가 손을 베어 도와달라고 소리를 지르며 돌아다니다 토네이도에 휘말려 위로 솟구쳤다가 쉬는 시간의 유치원으로 내려와 임신한 교사에게 떨어진다.

"버니가 몹시 보고 싶어." 민이 말한다.

"나도." 제이드가 슬픈 표정으로 말한다.

아기들이 아이스크림을 더 달라고 울부짖기 시작한다.

"정말 귀엽다." 제이드가 말한다. "저것들 꼭 〈개판으로 만들자!〉 같아."

"우리가 개판으로 만들 거야, 애들아, 걱정 마." 민이 말한다. "우리는 너희를 잊지 않았어."

그때 전화벨이 울린다. 브라이언 신부다. 괴상한 목소리다. 너무 늦게 귀찮게 해서 미안하다고 말한다. 하지만 이상한 일이 일어났다. 나쁜 일이다. 어떤, 그러니까, 이루 말로 할 수 없는 어떤 일이다. 지금 앉아 있나? 난 앉아 있지 않지만 그렇다고 대답한다.

누군가 버니의 무덤을 오손汚損한 것 같다.

처음 든 생각은 거기에는 묘비가 없다는 것이다. 그냥 풀뿐이다. 풀을 어떻게 오손하나? 무슨 짓을 했나, 무덤의 풀에 오줌을 눴나? 하지만 신부는 거의 울먹인다.

그래서 나는 엄마하고 프레디에게 전화를 해 만나자고 하고, 아기들을 안고 K-카*에 집어넣는다.

"오손이라." 가는 길에 제이드가 말한다. "그게 무슨 뜻이야, 오손이라니?"

"그니까 개판으로 만드는 거 비슷해." 민이 말한다.

"하지만 어떻게?" 제이드가 말한다. "그니까, 예를 들어 무슨 짓을 했다는 건데?"

"우리도 모른다니까, 멍청아." 민이 말한다. "그래서 우리가 지금 거기 가는 거잖아."

"하지만 왜?" 제이드가 말한다. "왜 그런 짓을 하겠냐고?"

"셜록 홈스 양에게 확인해봐." 민이 말한다. "그런 짓을 한 건 그놈이 똥구멍 같은 놈이기 때문이야."

"엄청 똥구멍 같은 놈이야." 제이드가 말한다.

브라이언 신부가 정문에서 손전등을 들고 골프 카트에 앉아 우리를 맞이한다.

"그걸 봤을 때 나는 말 그대로 놀라 주저앉았소." 그가 말한다. "여기에서는 이런 일이 일어난 적이 없는데. 정말 미안하구려. 여러분은 착한 사람들 같은데."

---

* 1980년대에 크라이슬러에서 만든 차.

우리가 너무 무거워서 카트가 언덕을 올라갈 때 바퀴가 헛돈다. 나는 내려서 옆에서 뛴다.

"자, 여러분, 마음을 굳게 먹어요." 신부가 말하고 엔진을 끈다.

무덤이 있던 곳에는 구멍뿐이다. 구멍 안에 '앰버 미스트'는 있는데 뚜껑이 사라지고 없다. 버니 이모가 없다.

"이런 젠장." 제이드가 말한다. "버니는 어디 있어?"

"누가 버니를 훔쳐간 거야?" 민이 말한다.

"그래도 여러분은 서 있기는 하는구려." 브라이언 신부가 말한다. "정말이지 나는 말 그대로 바로 주저앉았소. 저 흙더미에 그대로 주저앉았어. 총 맞은 것처럼 털퍼덕. 저기 자국 보이나? 저기가 내가 주저앉은 데요."

무덤 흙더미 위에 엉덩이 모양의 자국이 있다.

경찰들이 나타나더니 한 명이 줄자와 카메라를 들고 구멍 안으로 내려간다. 서너 번 플래시를 터뜨리고 다시 기어나와 엄마에게 파란 펌프스 한 켤레를 건네준다.

"언니의 귀여운 신발." 엄마가 말한다. "오 하느님."

"그게 그거야?" 제이드가 말한다.

"그게 그거야." 민이 말한다.

"나 미칠 것 같아." 제이드가 말한다.

"나는 완전 미칠 것 같아." 민이 말한다.

"나 좀 앉을게." 엄마가 말하고 골프 카트 안에 풀썩 주저앉는다.

"내가 이해 못하겠는 건 누가 이모를 원하냐는 거야." 민이 말한다.

"그냥 아주머니였잖아." 제이드가 말한다.

"전형적인 십대 짓?" 한 경찰관이 말한다. "전형적으로 우리는 돌아가신 분을 근처에서 발견하는데. 한번은 돌아가신 분을 근처에서, 그러니까, 입에 담배를 물고 솜브레로를 쓰고 있는 모습으로 발견했어요. 요즘 애들은 전에 우리가 그랬던 것보다 훨씬 배짱이 좋아요. 내가 십대였을 때는 죽은 시체를 파낸다는 건 꿈도 꾸지 못했는데. 물론 묘비를 쓰러뜨릴 수는 있어도, 스프레이 페인트로 지하 묘지에 뭘 적을 수는 있어도, 또 그러니까, 술 취한 부랑자한테 장난을 칠 수는 있어도요."

"하지만 이건, 어이구야." 프레디가 말한다. "이건 게임 수준이 완전히 다른 시합이네요."

"그렇고말고요." 경찰관이 말하고, 우리는 모두 엄마의 손에 들린 신발을 내려다본다.

다음날 나는 일을 하러 돌아간다. 하고 싶지는 않지만 우리는 돈이 필요하다. 풀은 축축하고 정장용 구두를 신고 협곡을 가로지르는 건 힘들다. 신발 바닥이 미끄럽다. 게다가 신발이 너무 낀다. 몇 번이나 내 서류 가방 위로 엎어진다. 서류 가방 안에는 T팬티와 무스 같은 게 있다.

가자마자 테이블을 가득 채운 메디벤 여자들이 내 차지가 된다. 그들 위로 최고의 행운을, 비어트리스, 서로 기분 상하지 말고라고 적힌 배너가 걸려 있다. 나는 셔츠를 벗고 그들에게 샐러드를 가져다

준다. 비행 바지를 벗고 수프를 가져다준다. 한 여자가 바닥에 일 달러를 떨어뜨리며 마음대로 집어도 좋다고 말한다.

그걸 줍는다.

"그렇게 말고, 그렇게는 말고." 그녀가 말한다. "반대로 보고. 그래야 허리를 굽혔을 때 네 갈라진 데를 볼 수가 있지."

백만 번은 해본 일이지만 어쩐지 지금은 하기 싫다.

나는 그녀를 본다. 그녀는 나를 본다.

"왜?" 그녀가 말한다. "내가 그런 말 하면 안 되나? 나는 그게 여기 오는 이유라고 생각했는데."

"그게 여기 오는 이유지, 필리스." 다른 여자가 말한다. "물러서지 마."

"이봐." 필리스가 말한다. "내가 말한 것처럼 굽히거나 그 돈 도로 내놔. 그러는 게 공평하다고 생각해."

"잘한다." 그녀의 친구가 말한다.

나는 그 돈을 돌려준다. '탈의실'로 가서 잠시 앉아 있는다. 처음으로 '진상'으로 뽑힌다. 메디벤 테이블에는 여자가 열세 명 있는데 모두 나를 '진상'으로 뽑는다. 메디벤 여자들이 내 상황을 알까? 알아도 나를 '진상'으로 뽑을까? 하지만 내가 어찌해야 하나, 나가서, 제발 여러분, 우리 이모가 방금 죽었어요, 게다가 시신이 사라졌어요, 하고 말해야 하나?

프렌트 씨가 나를 옆으로 끌고 간다.

"너 집에 가야겠는걸." 그가 말한다. "상을 당한 건 안됐어. 하지만 사랑하는 사람이 죽으면 검지를 물어서 끊는 그 코만치 여자들처럼 행동하지는 말라고 권하고 싶네. 애도는 좋아, 애도는 괜찮아. 하지만 너무 심한 애도는, 우리가 모두 알다시피, 지나쳐. 네 이모의 죽음 때문에 네 입속에 물어서 끊은 손가락이 너무 가득하면, 세상에나. 일주일 쉬어. 절대 우리 손님한테 화풀이하지 마. 저 사람들이 네 빌어먹으실 이모를 죽인 게 아니잖아."

하지만 나는 일주일 쉴 여유가 없다. 며칠 쉴 여유조차 없다.

"우리는 정말로 돈이 필요해요." 나는 말한다.

"그게 내 문제야?" 그가 말한다. "네가 돈이 필요하다는 이유로 네가 매가리 없이 춤을 추도록 놔둬야 하는 거야? 왜 내가 돈이 필요한 모든 슬픈 사람을 찾는 광고를 신문에 내지 않는 걸까? 이 동네 슬픈 사람은 다 여기 와서 스트립쇼를 할 수 있을 텐데. 잘 가. 반쯤이라도 정상이 되면 돌아와."

나는 공중전화로 집에 전화해 푸드소쿼크에서 먹을 걸 사갈지 묻는다.

"그냥 집에 와." 민이 뻣뻣하게 말한다. "그냥 곧장 집으로 와."

"왜 그러는데?" 내가 말한다.

"집에 와." 그녀가 말한다.

어쩌면 누가 시신을 찾았을지도 모른다. 나는 벌거벗은 버니, 둘로 잘린 버니, 버스 정류장 벤치에 앉힌 버니를 상상한다. 제발 버니한테 나쁜 일이 조금만 생겼기를, 우리가 견딜 수 있는 일이기를 바라고 기도한다.

집에 가니 문이 활짝 열려 있다. 민과 제이드가 소파에 앉아 꼼짝도 하지 않는다. 아기들을 허벅지에 올려놓은 채 흔들의자만 바라보고 있다. 흔들의자에는 버니가 있다. 버니의 시신이.

똑같은 파마, 똑같은 안경, 똑같은 드레스. 우리가 묻을 때 그대로.

저게 여기서 뭘 하고 있는 걸까? 누가 이리도 잔인할 수 있을까? 그리고 우리는 이걸 어떻게 해야 할까?

이윽고 이모가 고개를 돌려 나를 본다.

"씨발 자리에 앉아." 그녀가 말한다.

살았을 때 이모는 욕을 한 적이 한 번도 없다.

나는 앉는다. 민이 내 손을 쥐었다 풀고, 쥐었다 풀고, 쥐었다 푼다.

"거기, 아저씨." 버니가 나에게 말한다. "아저씨는 이제부터 좆을 보여줄 거야. 그걸 보여주고 또 보여줄 거야. 아저씨가 여자 손님한테 다가갈 때, 그 손님이 그걸 보고 싶어하면, 그걸 보려고 돈을 낼 사람이면, 내가 그 여자 이마에 엄지 지문을 찍을게. 엄지 지문이 보이면 손님한테 물어봐. 하루에 다섯 명은 보내도록 해볼게. 한 번 보여주는 데는 이십. 그러면 하루에 백. 일주일이면 칠백. 그것도 현금으로. 따라서 세금도 없고. 원천징수 없고. 알아? 그래서 이 일이 아름다운 거야."

이모는 머리카락에도 흙, 이에도 흙이고, 머리는 엉망이고 입술을 핥기 위해 쏜살같이 튀어나오는 혀는 검은색이다.

"너, 제이드." 이모가 말한다. "너는 내일부터 일을 시작해. 앤더슨 라벨스, 오번가와 리베라가 만나는 곳이야. 갈 때 옷 좀 차려입어. 좋은 걸로 입어. 다리도 조금 보여주고. 그리고 껌 짝짝 씹지 말고. 렌을 찾아. 이달 말에 우리는 네가 번 돈과 좆 돈을 챙겨서 새로 집을 얻을 거야. 안전한 곳으로. 그게 '일 단계'의 일부야. 너, 민. 너는 애를 봐. 또 담배 끊어. 그리고 요리 배워. 캔 음식은 인제 그만. 우리가 최고의 모습을 보여주려면 제대로 먹어야 돼. 내게 지금 애인이 아주 많이 생기는 중이기 때문이야. 혹시 꼬마들 너희가 모를까봐 말해주는데, 나는 빌어먹을 처녀로 죽었어. 아기도 없었고 애인도 없었지. 아무것도 들어오지 않고 아무것도 나가지 않았어. 하 하! 뼈처럼 바싹 마른 상태로 완전히 낭비해버린 거지, 하느님이 내 두 다리 사이에 주신 이 예쁘고 귀여운 걸. 자 이제 나는 애인을 둘 거야, 이 씨발 것들아! 영화에서처럼, 심지어 어깨 같은 것도 넓은 애들로, 그리고 여름 별장, 또 멋진 여행, 또 아침이면 내 방에 커다란 꽃병, 그리고 바다에서 불어오는 바람을 맞으며 서 있으면 내 젖꼭지가 단단해질 거야, 컵에 든 새우를 먹고 있으면, 이 개새끼들아, 내 애인이 베란다에서 나를 지켜볼 거고, 그이의 어깨는 빛날 거고, 나를 위해 완전히 단단해져 있을 거야. 그게 내가 꼬마들 너희에게 장담할 수 있는 염병할 한 가지야! 하 하! 내가 농담한다고 생각하지? 나는 빌어먹을 농담을 하는 게 아니야. 나는 아무것도 얻은 게 없어! 내 인생은 똥이었어! 나는 심지어 빌어먹을 비행기도 못 타봤어. 하지만 그건 그 인생이고 이건 이 인생이야. 내 새로운 인생. 이제 나를 덮어줘! 담요로. 나의 아름다움을 쉬게 해줄 필요가 있어. 누구한테든 내가 여기 있다고만 말해봐, 다 죽는 거야. 또 그 사람도 죽어. 너희가 누구한테 말하건 그 사람도 죽어. 내 정신으로 죽일 거야. 그럴 수 있어. 나는 이제 빌어먹을 아주 세다고. 힘이 있단 말이야! 따라서 손님은 사절. 내가 지금 딱히 내 최고의 모습은 아니거든. 알아들었어? 너희 모두 알아들었어?"

우리는 고개를 끄덕인다. 나는 담요를 가지러 간다. 이모의 손과 발이 떨리고 있다. 이모는 이를 갈고 있다. 이 하나가 툭 떨어진다.

"나한테 덮어, 너 씨발, 완전히 다 덮으라고!" 그녀가 악을 쓰고 나는 담요로 이모를 덮는다.

우리는 살금살금 아기를 데리고 빠져나와 부엌에서 소곤거린다.

"이모처럼 보여." 민이 말한다.

"이모야." 내가 말한다.

"이모고 또 이모가 아니야." 제이드가 말한다.

"이모가 하라는 대로 하는 게 좋겠어." 민이 말한다.

"장난 아냐." 제이드가 말한다.

밤새 이모는 담요를 뒤집어쓰고 흔들의자에 앉아 몸을 떨며 욕을 한다.

밤새 우리는 옷을 다 입고 민의 침대에 앉아 손을 맞잡고 있는다.

"내가 얼마나 센지 봐!" 이모가 자정쯤에 소리친다. 우지끈하는 소리가 들린다. 나가보니 전자레인지 문이 떨어져나갔는데 이모는 여전히 의자에 앉아 있다.

아침에도 이모는 여전히 거기에서 몸을 떨며 욕을 하고 있다.

"담요 걷어내!" 이모가 악을 쓴다. "우리 쇼를 시작할 때란 말이야."

담요를 걷는다. 냄새가 좋지는 않다. 귀 하나가 이모의 허벅지 위에 있다. 이모가 멍한 표정으로 계속 그걸 다시 머리에 붙인다.

"너, 제이드!" 이모가 소리친다. "옷 입어. 가서 그 일자리를 얻어. 렌을 만나면 약간 허리를 숙여. 그 인간이 네 가슴을 볼 수 있게 해줘. 희망을 약간 주란 말이야. 그 인간은 정신이 좀 이상하지만 우리한테는 그 인간이 필요해. 너, 민! 아침 만들어. 아무거나 집에서 만드는 걸로. 비스킷 같은 거."

"왜 이모 힘으로 하지 않고요?" 민이 말한다.

"똑똑한 척하지 마, 이년아!" 버니가 악을 쓴다. "내가 저 전자레인지 어떻게 했는지 보여?"

"나는 빌어먹을 비스킷 만들 줄 몰라요." 민이 징징거린다.

"읽을 줄은 알지, 그치?" 버니가 소리친다. "너 조리법이란 말 들어봤어? 너 무덤에 들어가봤어? 아주 엿같아! 자기가 하지 않은 모든 일을 후회하게 돼. 너희 조그만 년들은 뭐든 시작을 해보지 않으면 무덤에서 아주 나쁜 시간을 보내게 될 거야, 내 말 믿어! 온도를 낮춰! 춥게 해. 나는 추운 게 좋아. 내 몸에 뭔가 문제가 생겼어. 정상이 아닌 느낌이야."

난방을 낮춘다. 이모가 나를 본다.

"가서 네 좆을 보여줘!" 이모가 외친다. "그게 '일 단계'의 첫 부분이야. 새집으로 가게 되면 그때 '이 단계'의 첫 부분이 끝나는 거야. 그때도 너는 여전히 네 좆을 보여주겠지만 일주일에 세 번만일 거야. 그때는 전문대학에 다니고 있을 테니까. 법대 준비반. 법대 준비반이 최고야. 너는 잘나가게 될 거야. 멍청하지 않거든. 그리고 제이드가 주말에도 일을 해서 좆 돈이 줄어드는 걸 메울 거야. 알았어? 어떤 식으로 되는 건지 봤지? 이제 여기서 나가. 너는 뭐 한다고?"

"내 좆을 보여준다?" 내가 말한다.

"네 좆을 보여준다, 그거야." 이모가 말하고 손으로 머리를 뒤로 빗어 넘긴다. 머리카락 한 뭉텅이가 커다랗게 빠져나와 머리 한쪽이 거의 대머리가 된다.

"오 하느님." 민이 말한다. "그거 알아요? 절대 나하고 아기들만 여기 있을 수는 없다고요."

"너희만 있는 게 아니야." 버니가 말한다. "나도 여기 있어."

"제발 가지 마." 민이 나에게 말한다.

"오, 그만 좀 해." 버니가 말하자 문이 활짝 열린다. 뒤에서 어떤 보이지 않는 주먹이 나를 때리는 느낌이다.

밖은 화창하다. 보통날. 어떤 남자가 오일을 갈고 있다. 구름은 보통 구름이고 해는 보통 해고 유일하게 보통이 아닌 것은 내 옷에서 버니 냄새가 난다는 거다. 축축한 지하실과 썩은 베이컨 조합의 냄새.

일은 잘된다. 나는 이럭저럭 계속 웃음을 지으며 떨리는 손을 감춘다. 중간근무시간 등급은 '귀염둥이'다. 점심식사 뒤에 나이가 좀 든 여자 하나가 다가오더니 내가 진짜 '조종사'와 너무 비슷하게 생겨서 견딜 수가 없다고 말한다.

그녀의 머리에는 엄지 지문이 있다. '재의 수요일'*처럼, 다만 좀 빛이 날 뿐이다.

어째야 좋을지 모르겠다. 그냥 대놓고 내 좆을 보고 싶으냐고 물어야 하나? 아니라고 하면 어쩌나? 걸리면 어쩌나? 보여주었는데 이십의 값어치가 없다고 생각하면 어쩌나?

그때 그녀가 생일 테이블 댄스로 자기 절친을 깜짝 놀라게 해줄 수 있겠느냐고 묻는다. 그녀는 손가락으로 친구를 가리킨다. 예쁘고 젊은 여자, 엄지 지문은 없다. 어쩐지 낯익어 보인다.

우리는 그쪽으로 걸어가고 약 육 미터 거리에서 나는 그게 앤절라라는 것을 깨닫는다.

앤절라 실베리.

우리는 졸업반 때 데이트를 했다. 그때 아빠는 죽었고 엄마는 패티-멜트 디포에서 일을 해야 했다. 엄마는 기름 때문에 발진이 심해 블라우스도 간신히 입었다. 게다가 민은 미쳐 날뛰고 있었다. 그래서 앤절라가 집에 오면 민은 간이 차고의 방수포 밑에서 약에 취해 있고 엄마는 선풍기를 배에 겨눈 채 브라 차림으로 부엌 스툴에 앉아 있곤 했다. 앤절라에게는 꿈이 있었다. 계획이 있었다. 공책에 제이시 페니 백화점 카탈로그에 나오는 사무실 사진을 붙여놓고 그 밑에 (언젠가?) 나의 사무실이라고 적어놓았다. 한번은 검은 포르셰를 보았는데 아주 멋지긴 하지만 자기 건 빨간색으로 해달라고 말했다. 마지막 지푸라기**는 에드 에드워즈, 엄청난 술꾼으로 아빠의 사촌 가운데 하나였다. 상황이 아주 나빠져서 엄마는 그

---

* 머리에 재를 뿌리는 의식을 진행하는 사순절의 첫날.

** '낙타의 등을 부러뜨린 지푸라기'라는 관용구로 누적효과로 인해 예측할 수 없는 큰 결과를 야기하는 사소한 일을 뜻함.

에게 다용도실을 세주었다. 어느 날 밤늦게 앤절라와 소파에서 뒹굴고 있는데 에드가 술에 절어 들어오더니 식기세척기에 오줌을 누기 시작했다.

내가 무슨 말을 할 수 있겠는가? 그는 나와 간신히 친척 관계일 뿐이라고. 좀처럼 그러는 적이 없다고.

앤절라의 눈이 작은 파이만해졌다.

그녀를 집까지 데려다주었지만 키스를 받지 못했고 돌아와서 최대한 깨끗하게 식기세척기를 청소했다. 며칠 뒤 우편으로 졸업 기념 반지와 『예언자』를 받았다.

너는 언제까지나 나의 첫사랑일 거야. 하지만 이제 나의 길은 더 높은 땅과 이어지고 있어. 늘 잘살기를. 기쁨 속에 걸어가. 내가 잔인하다고 생각하지 마. 내가 성취의 맥락에서 아주 많은 것을 원하기 때문일 뿐이야. 거기에 더하여, 나는 그 사람이 너희 그릇에 대고 오줌을 누는 게 믿기지 않았어.

내가 앤절라 실베리를 위해 테이블 댄스를 추는 것은 있을 수 없는 일이다. 앤절라 실베리의 친구에게 내 좆을 보고 싶으냐고 묻는 것은 있을 수 없는 일이다. 여기서 얼쩡거리다 앤절라가 항공재킷에 T팬티 차림을 한 나를 보고 속으로 내가 어쩌다 이렇게 잘못되었는지 등등을 궁금해하는 것은 있을 수 없는 일이다.

교대 시간이 끝날 때까지 주방에 숨어 있다가 아주아주 천천히 집으로 걸어간다. 집에 가면 버니가 나를 어떻게 할지 두렵기 때문이다.

민이 문에서 나를 맞이한다. 그녀의 블라우스는 밀가루투성이고 울고 있었던 것처럼 보인다.

"더는 견딜 수가 없어." 그녀가 말한다. "버니는 꼭 허물어지는 것 같아. 그니까 버니한테서 똥이 떨어진다는 거야. 그뿐만이 아니라 나더러 빌어먹을 파이를 구우래."

테이블에는 아주 울퉁불퉁한 파이가 있다. 버니의 팔 하나가 떨어져나와 허벅지에 가로놓여 있다.

"무슨 생각을 하는 거야!" 이모가 소리친다. "좆을 한 번도 안 보여줬다는 거야? 그 엄지 지문 만드는 게 쉽다고 생각해? 한번 해봐, 이 똑똑한 똥구멍 같은 놈아! 너 계획을 아는 거야 모르는 거야? 네가 우리를 여기서 빼내줘야 해! 우리를 빼내려면 네가 가진 걸 이용해야 하고. 그런데 너는 가진 게 별로 없어. 잘생긴 얼굴. 그리고 괜찮은 물건. 거대하지는 않지만 모양이 괜찮잖아."

"버니, 하느님." 민이 말한다.

"왜 그러셔, 새침데기 아가씨?" 버니가 소리치며 끊어진 팔로 자기 허벅지를 세게 내리치자 남은 귀가 떨어져나온다.

"미안하지만 이거 너무 씨발 역겨워." 민이 말한다. "난 나갈 거야."

"뭐가 역겨워?" 버니가 말한다. "내가 역겹다는 거야? 글쎄, 나는 네가 역겹다고 생각해. 인생에는 멋진 게 아주 많은데 네 정신은 어디에 가 있는 거야? 네 게으른 똥구멍으로 좀 생각해봐. 인생이 너에게 뭘 주건 그걸 받아. 너는 아무데도 못 가. 너는 집에 붙어앉아 공부할 거야."

"내가 뭐라고요?" 민이 말한다. "뭘 공부해요? 난 공부 안 해. 저런 병아리가 내 집에 들어와 나한테 공부하라고 명령하기 시작한다고? 빌어먹을 믿기지가 않네."

"너는 아무것도 몰라!" 버니가 말한다. "아무것도 모르면 인생이 무슨 재미가 있어? 지도에서 자기 사는 동네도 못 찾아. 대통령 이름을 하나도 몰라. 우리가 로마에 가도 거기 역사에 관해서는 아무것도 모를 거야. 너는 '세계의 책'을 공부해야 돼. 우리 아직 그 '세계의 책'들 있니?"

"그렇고말고요." 민이 말한다. "우린 로마에 가겠죠."

"저 녀석이 변호사가 되면 우린 로마에 갈 거야." 버니가 말한다.

"계속 꿈꾸세요, 병아리 아줌마." 민이 말한다. "내가 주식 중개인이 되면 우린 화성에 가겠네요."

"감히 나를 놀릴 생각 하지 마!" 버니가 소리치자 우리의 유일한 꽃병이 방을 가로질러 날아가 민의 머리에 박힐 뻔한다.

"온종일 저 모양이었어." 민이 말한다.

"무슨 모양?" 버니가 소리친다. "우린 완벽하게 멋진 하루를 보냈잖아."

"내 브라를 차보겠다며 도와달라고 하더라고." 민이 말한다.

"나는 전에는 멋지고 섹시한 브라를 차본 적이 없어." 버니가 말한다.

"그래서 내 게 다 망가졌어." 민이 말한다. "그 찐득찐득한 게 다 묻어버렸거든."

"이 배은망덕한 똥덩어리 같으니라고!" 버니가 소리친다. "내가 널 위해 뭘 해주고 있는지 알기나 해? 내가 네 아이를 구해주고 있다고. 그런데도 무슨 배짱으로 내가 네 브라에 찐득찐득한 걸 묻혔다는 말을 해! 트로이는 마당에서 십자포화를 맞을 거야. 9월에. 9월 18일에. 귀여운 세발자전거를 타다 날아가버릴 거라고. 다리 하나가 비틀려 몸 밑으로 들어가고 귀에서는 피가 쏟아져나오고. 이건 빌어먹을 예언이야. 너 예언이라는 말 알아? 예측이란 뜻이야. 그 말은 알아? 내가 헛소리를 한다고 생각해? 흥 나는 헛소리를 하는 게 아냐. 나한테는 능력이 있어. 잘 봐. 제이드는 온종일 창가 책상에 앉아 라벨을 핥고 있었어. 그애 상사가 점심으로 모두에게 서브 샌드위치를 사줬어. 제이드는 그걸 녹색 봉투에 좀 담아서 집에 가져올 거야."

"트로이 얘기는 사실이 아니죠, 그쵸?" 민이 말한다. "그쵸? 나는 안 믿어요."

"텔레비전을 켜봐!" 버니가 소리친다. "리모컨 줘봐."

텔레비전을 켠다. 이모에게 리모컨을 준다. 이모는 〈네이선의 보디숍〉을 켠다. 네이선은 빨래판 복근이 여자들을 미치게 만든다고 말한다. 이어 그의 빨래판 복근이 클로즈업된다.

"오 그렇지." 버니가 말한다. "저건 내 거야. 저걸 핥아주고 싶어. 핥아주고 꼬집어주고. 저 위에 그러니까 올라타고 싶어."

바로 그때 제이드가 커다란 녹색 봉투를 들고 문으로 들어온다.

"오 하느님." 민이 말한다.

"거봐!" 버니가 말하며 민의 갈빗대를 찌른다. "하 하! 나한테 정말로 그 능력이 있다고!"

"이해가 안 돼." 민은 필사적이다. "어떻게 되는 거야? 제발. 애한테 무슨 일이 생기는 거야? 빌어먹을 나한테 말해주는 게 좋을걸."

"이미 말했잖아." 버니가 말한다. "오 미터쯤 날아가 삼 분 정도 살 거라고."

"버니, 오 하느님." 민이 울기 시작한다. "전에는 정말 착했잖아요."

"나는 지금도 정말 착해." 버니는 샌드위치를 몇 입 먹고 손가락 끝을 떼어내 씹기 시작한다.

동이 트기 시작하자 이모가 내 이름을 큰 소리로 부른다.

"담요 걷어." 이모가 말한다. "기분이 별로 안 좋아."

담요를 걷는다. 버니는 기본적으로 그냥 신체 부위들을 쌓아놓은 것에 불과하다. 팔 두 개는 허벅지 위에, 머리는 팔들 위에 있고, 한쪽 뒤꿈치는 다른 쪽 뒤꿈치에 닿아 있으며, 이 모든 것이 그러니까 그녀의 드레스로 싸여 있는 셈이다.

"수건 가져와." 이모가 말한다. "내가 열이 있나? 열이 있는 것 같아. 오, 나도 이게 너무 좋아서 믿기지 않기는 했어. 하지만 좋아. 새 계획이야. 새 계획. '일 단계'의 첫 부분을 바꾸겠어. 엄지 지문 두 개가 보이면 그건 그 여자 손님이 현금을 주고 너하고 박겠다는 뜻이야. 우리는 지금 곤란한 처지에 놓여 있어. 따라서 속도를 내야 돼. 나는 아무것도 남지 않을 거야. 이제 누가 내 애인이 되어주겠니?"

초인종이 울린다.

"개새끼." 버니가 으르렁거린다.

도넛 한 상자를 들고 온 브라이언 신부다. 나는 얼른 밖으로 나가 뒤로 문을 닫는다. 신부는 그냥 확인차 들렀다고 말한다. 혹시 이야기하고 싶은지? 혹시 버니의 상황 때문에 아직 분노가 남아 있는지? 그렇다 해도 물론 얼마든지 이해할 수 있다고. 예전에 젊은 사제 시절 어떤 사람이 침입해 지워지지 않는 마커로 동정녀 마리아에게 콧수염을 그렸는데 그 때문에 몇 주 동안 그 문화 파괴자의 손가락을 뒤로 꺾어버리는 환상에 시달렸고, 범인이 울음을 터뜨리며 사과하고 나서야 그게 사라졌다고.

"나도 그게 온당하지 않다는 걸 알았지." 신부가 말한다. "그런 환상에 빠지는 게 폭력을 찬양하는 꼴이란 걸 알았소. 그래도 기분은 좋더라고. 또 그들을 현장에서 잡아 돌멩이로 머리를 쾅 때리는 상상도 했지. 척추에서 뭐가 부러지는 소리가 날 때까지 등에 올라가 펄쩍펄쩍 뛰는 상상도 했고. 사실 백만 가지 상상을 했소. 그러다 결국 내가 뭘 했는지 아시오? 우리 성모를 닦고 또 닦았소. 곧 새것처럼 깨끗해지더라고. 그분의 조각상이 말이야. 그분 자신이야 물론 언제나 새것처럼 깨끗하지만."

안에서 유리가 깨지는 소리가 들린다. 유리가 깨지고 그다음에는 뭔가 무거운 게 떨어지고, 제이드가 소리를 지르고 민이 소리를 지르고 아기들이 울고.

"혹시, 아이쿠?" 신부가 말한다. "내가 안 좋은 시간에 온 건가?

이봐요, 내가 지금 하려고 하는 말은 그저 가능하다면 범인을 용서하라는 거요. 내가 나의 동정녀 마리아에게 그림을 그린 범인을 용서했듯이. 잃어버린 건, 결국, 댁의 이모의 시신뿐이잖소. 핵심은, 장담하지만, 다른 데 있고, 거기에서 잘 돌봄을 받고 있소."

나는 고개를 끄덕인다. 미소를 짓는다. 들려주어 고맙다고 말한다. 도넛을 들고 안으로 들어간다.

텔레비전은 부서졌고 냉장고는 쓰러졌고 버니의 신체 부위가 대포를 맞은 것처럼 거실에 흩어져 있다.

"이모가 일어서려고 했어." 제이드가 말한다.

"도대체 어디로 가려고 한 건지 모르겠어." 민이 말한다.

"이리 와봐." 머리가 말하고 나는 쪼그리고 앉는다. "나는 끝이야. 좆됐어. 늘 그랬던 것처럼. 늘 신부 들러리만 하고 신부는 한 번도 못해봤지. 생각해보니 빌어먹을 들러리도 한 번 못해봤구나. 야, 사람들한테 네 좆을 보여줘. 그게 두 점을 잇는 가장 짧은 선이야. 세상은 좋은 인생을 거저 주지 않아. 너 신탁 펀드 있어? 너 천재야? 네 좆을 보여줘. 그게 네가 가진 거야. 그리고 기억해. 9월의 트로이. 세발자전거를 타고. 한 다리는 뒤틀리고. 잊지 마. 그리고 또. 나를 이런 식으로 기억하지 말아줘. 우리 모두 레드 랍스터에 갔던 날, 내가 새로 파마를 했던 날 밤의 내 모습으로 기억해줘. 아 그리스도여. 적어도 묘비 하나는 사줘."

이모의 어깨를 쓰다듬는다. 그것은 이모의 발 옆에 있다.

"우린 이모를 사랑했어요." 내가 말한다.

"왜 어떤 사람은 모든 걸 갖고 나는 아무것도 못 가졌을까?" 이모가 말한다. "왜? 왜 그럴까?"

"모르겠어요." 내가 말한다.

"네 좆을 보여줘." 이모는 말하고, 다시 죽는다.

우리는 거기 서서 신체 부위들 더미를 내려다보고 있다. 맥이 그곳을 향해 기어가고 민은 발로 아이를 뒤로 민다.

"이건 빌어먹을 너무해." 제이드가 말하고 울기 시작한다.

"이제 어떡하지?" 민이 말한다.

"경찰에 전화해." 제이드가 말한다.

"그래서 뭐라고 해?" 민이 말한다.

우리는 잠시 그 생각을 해본다.

나는 헤프티 대형 비닐봉지를 가져온다. 겨울 장갑을 가져온다.

"나는 안 볼래." 제이드가 말한다.

"나도 안 봐." 민이 말한다. 둘은 아기들을 데리고 방으로 들어간다.

나는 눈을 감고 버니를 헤프티 봉지에 담아 입구의 끈을 돌려 묶은 다음에 들고 나가 K-카의 트렁크에 넣는다. 삽도 넣는다. 세인트리오까지 차를 몰고 간다. 고무끈을 이용해 봉지를 구멍 안에 내리고 다시 구멍을 메운다.

아래 도시에는 멋진 집들과 그저 그런 집들이 있고 연인들이 어두운 마당에서 몸을 비벼대고 아기들이 엄마를 찾아 우는데, 나는 예수 말고 다른 사람에게도 이런 일이 일어난 적이 있는지 궁금하다. 어쩌면 늘 일어나는 일인지도 모른다. 어쩌면 성난 죽은 자들이 사방에 있을지도 모른다. 방에 숨어 담요를 뒤집어쓴 채, 겁에 질리고 당황한 친척한테 이래라저래라 하고 있을지도 모른다. 우리가 어떻게 알겠는가?

물론 나는 이 일을 떠들고 다닐 생각은 없다.

흙을 토닥이고 짧게 기도한다. 이모가 돌아온 게 잘못이라면 이모를 용서해주세요, 이모는 이생에서 한 번도 욕을 먹은 적이 없습니다, 게다가 이모는 우리를 도와주려고 한 거예요.

차에서 나는 기도가 또 떠오른다. 하지만 제발 이모가 다시 오지는 않게 해주세요.

집에 가니 아기들은 자고 있고 제이드와 민은 폰섹스에 관한 해설식 광고를 보고 있다. 가죽 점프슈트를 입은 젊은 여자 세 명이 느린 동작으로 바나나를 먹고 있고 스크린 건너편에는 계속 책임 부인 문구가 흐르고 있다. "여기 있는 이 여자들이 반드시 전화를 받는 건 아닙니다! 여기 있는 이 여자들이 반드시 전화를 받는 건 아닙니다!"

"저 병아리들 저 바나나 정말 맛있게 먹네." 민이 가늘고 작은 목소리로 말한다.

"근데 저 점프슈트는 마음에 들어." 제이드가 말한다.

"그래, 저 점프슈트 괜찮아 보여." 민이 말한다.

이윽고 그들은 고개를 들고 나를 본다. 그들이 그렇게 슬프고 지치고 아파 보이기는 처음이다.

"끝났어." 내가 말한다.

이어 우리는 끌어안고 울면서 버니의 진짜 모습을 절대 잊지 않겠다고 다짐한다. 나는 리졸브*로 바닥 깔개를 좀 닦고 그들은 '세계의 책'을 좀 읽는다.

다음날 일찍 출근한다. 엄지 지문이 하나도 보이지 않는다. 상관없다. 나는 서니 밴스를 쫓아가고 그는 나에게 방법을 알려준다. 먼저 여자한테 개별 답사를 하고 싶으냐고 묻는다. 그런 다음 가짜 P-40**, '역사적 에이스 갤러리', 우리가 기름을 바르는 샤워실 등등을 안내해주고, 그러다 화장실 근처 복도에서 더 보고 싶은 게 있느냐고 묻는다. 지저분하다. 상스럽다. 하지만 그걸 할 때 나는 9월을 생각한다. 9월과 십자포화 속의 트로이, 밑으로 비틀린 작은 다리 등등.

대부분이 없다고 말하지만 그래도 꽤 많은 사람이 있다고 말한다.

나는 '백조의 계곡'이라는 이름이 붙은 단지를 고른다. 여기에서는 총질이나 칼질이 벌어진 적이 없고 공립학교는 훌륭하며 매주 토요일 클럽하우스 뒤쪽에서 아이들을 위한 자연 속 걷기가 있다.

나는 백을 벌 때마다 오는 버니의 묘비를 위해 떼어둔다.

그런 거에는 뭐라고 쓰나? 삶이 그녀를 스쳐지나갔다? 실망하는 마음으로 죽었다? 삶으로 돌아왔지만 허물어졌다? 모두 사실이지만 너무 슬프다. 결단코 그런 건 쓰지 않을 거다.

버니 코왈스키, 이렇게 시작할 거다. 사랑하는 이모.

---

* 얼룩제거제 상표명.

** 전투기 이름.

가끔 이모는 꿈으로 나에게 온다. 전혀 좋아 보이지 않는다. 가끔 더러운 작업복을 입고 있다. 한번은 수갑을 차고 있었다. 한번은 벌거벗고 있었고 더러웠으며 그 나쁜 고양이가 그녀의 몸 앞쪽을 따라 기어오르고 있었다. 그러나 매번 똑같다.

"왜 어떤 사람은 모든 걸 갖고 나는 아무것도 못 가졌을까?" 이모가 말한다. "왜? 왜 그럴까?"

매번 나도 모르겠다고 말한다.

진짜로 모른다.

THE END OF FIRPO IN THE WORLD

세상에서 퍼포의 끝

자전거를 탄 소년은 쏜살같이 짱깨의 집을 지나고, 땅딸이 여자의 집을 지나고, 죽은 남자가 닷새 동안 썩고 있던 집을 지나면서, 짱깨가 그를 심술쟁이라고 부른 적이 있고, 그가 줄에 큰 나사를 매달아 땅딸이 여자의 고양이를 때렸을 때 그녀가 경찰을 부른 적이 있고, 죽은 남자의 집에서 짱깨가 그에게, 코디에게, 이를 닦기는 하느냐고 물은 적이 있다는 것을 기억했다. 언젠가 특수 축소 광선의 발명을 끝내면 그들의 집을 다 작게 줄여서 변기 물에 흘려 내려보낼 것이다. 그러면 세 명 모두 아주 작은 목소리로 교양 있게 자비를 베풀어달라고 애걸하겠지만 그는 그냥 이렇게만 말할 것이다, 교양 있게? 당신들은 언제 나한테 교양이 있었어? 그러면 그들은 변기에서 말할 것이다, 아, 그래, 네 말이 맞아, 우리가 정말로 못되게 굴었지, 그냥 물을 내려, 우리는 당해도 싸. 하지만 아니, 마지막 순간에 그는 그들을 건져 도시락통에 넣어두었다가 레스터

핀이 도덕 시간에 또다시 왜 그의 엉덩이에서 쓰레기를 추가한 뜨거운 솜 냄새가 나느냐고 물을 때 레스터 핀의 보온병에 무시무시한 암살용 코딱지를 설치하는 일 같은 비밀 임무를 맡길 것이다.

아름답고 화창한 날이었다. 유원지에서 에어로빅 수업이 끝나 차들이 후드에서 반짝반짝 햇빛을 반사하며 물밀듯이 빠져나오고 있었고, 그는 보도를 따라 달리며 지나가는 차들과 경주를 했다.

이곳에는 고개를 숙이고 지나가야만 하는 가지를 낮게 드리운 버드나무가 있고, 이곳에는 자전거 손잡이를 갑자기 세게 들어올리려 할 때 받침대로 이용하는 기울어진 보도블록이 있었다. 그가 그렇게 손잡이를 들어올리자 사람들이 흥분했고, 버드나무 위쪽 중계석의 아나운서들은 고개를 저으며 말했다, 우와, 마치 내일이 없는 사람처럼 점프하는군요, 다른 선수들은 앵앵 우는 작은 아기들처럼 겁내며 떨고 있는데 말입니다!

댈마이어네가 집에 있나?

그들의 회색 차가 아직 진입로에 있었다.

그러면 한 바퀴 더 돌아야 한다.

어제 선홍색 골키퍼 보호대를 집어들자 댈마이어네 세 명이 모두 그에게 소리를 질러댔다, 그 보호대가 아니야 코디 이 병신아, 우리는 진입로에서는 긁힐까봐 절대 그 보호대를 사용하지 않아, 이 똥꼬 같은 놈아, 그건 얼음에만 쓰는 거야, 너는 직장의 똥으로 만든 뇌를 갖고 태어난 거냐 아니면 직장의 똥으로 만든 뇌가 되는 특별 교육을 받은 거냐, 직장의 똥으로 만든 뇌 교육에서는 모든 사람의 물건을 망치는 법을 가르쳐주디?

뭐 그래, 살다보니 댈마이어네 물건 몇 개를 망가뜨린 적은 있다, 그래 새로 산 좋은 배구공에 철로 스파이크를 박아넣은 적은 있다, 그래 스키를 몰래 못으로 긁은 적은 있다, 그래 댈마이어네 개 루디의 다리를 삽으로 찢은 적은 있다. 하지만 그건 사고였다. 그는 삽을 장미 덤불에 던졌을 뿐이고 멍청한 루디가 그 앞을 걸어가고 있었던 거다.

그런데 댈마이어네는 골키퍼 보호대를 낚아채가더니 콧구멍 소리를 내며 진입로 주위를 행진했다. 그는 자기가 좋은 녀석이라는 걸 보여주려고 웃음을 터뜨릴 때면 진짜 콧구멍 소리를 냈고 그들은 완전히 자지러졌다. 제인 댈마이어는 수천 명이 똥을 지리며 웃을 수 있도록 브로드웨이에 가서 그의 트레이드마크인 콧구멍 소리를 내는 게 어떠냐 하고 말했다. 에릭 댈마이어는 야 각각 다른 소리를 낼 수 있는 크기가 다른 콧구멍 쉰 개만 있다면 노래도 연주할 수 있겠다 하고 말했다. 그들은 그가 크기가 다른 콧구멍 쉰 개로 브로드웨이에서 노래를 연주한다는 생각에 폭소를 터뜨리다가 멍청한 댈마이어 팔다리를 휘두르며 진입로에 쓰러졌다. 심지어 지니, 그러니까 아기 댈마이어까지도. 그리고 웃음소리 하 하 하, 그게 너무 웃겨서 그는 하나 둘 셋 네 번을 돌아다니며 그들의 두개강頭蓋腔을 자신의 싸구려 브랜드 운동화로 두들길 뻔했다. 그런데 그게 또하나의 딜레마 비슷한 거였는데, 왜냐하면 댈마이어는 모두가, 심지어 지니까지, 뒤꿈치에 반짝이는 불이 달린 나이키를 신었는데 왜 그의 신발은 애로즈일까?

이제 유원지 쪽에서 오는 차들의 수가 줄었다. 차들의 속도가 빨라지고 있었고, 그는 이제 그들과 경쟁하려 하지 않았다.

자, 복수가 될 것이다, 달콤한 복수. 그가 목공장木工場에서 훔친 마름모꼴을 댈마이어네 호스에 쑤셔넣으면 다음에 그들이 물을 틀 때 호스가 폭발하여 댈마이어네가 모두, 심지어 아빠 댈마이어까지 멋진 탠 바지를 입고 〈노바〉*에 나오는 사람들처럼 어리둥절한 표정으로 둘러선다. 하지만 댈마이어네는 너무 멍청해서 그게 기적이라는 결론을 내리고, 기적이라는 걸 확인하려고 과학 연구소에 있는 사람들을 부르는데 연구소 사람 하나가 마름모꼴 나뭇조각을 공중에 날리며 아빠 댈마이어에게 말한다, 그거 아세요, 아저씨 동네에 아주 영리한 아인슈타인 같은 인간이 살고 있는데 앞으로는 이 호스를 잠글 수 있는 곳에 보관할 것을 권합니다, 이 사람을 막을 수 없을 확률이 아주 높거든요. 그러면 그는, 코디는 연구소 사람에게 슬쩍 윙크를 하고, 연구소 사람은 나중에 연구소 밴을 타다가 말한다, 보세요, 우리하고 함께 우리 연구소 위쪽 실험실에 살면서 이 놀라운 마름모꼴을 생각해낸 게 분명한 그 과학 두뇌로 우리가 어떤 놀라운 화합물을 발견하는 걸 도와주겠소, 왜냐하면 솔직히 우리 연구소 사람들은 그쪽 나이 때 이런 마름모꼴 개념에는 전혀 도달할 수 없는 수준이었거든, 우리는 그저 아기 장난감을 가지고 놀면서 아기 수학을 하고 있었어, 하지만 그쪽, 그쪽은 정말이지 과학적으로 뛰어나군요.

그래서 댈마이어네가 학교에서 연구소 답사를 와 크고 자신만

---

* 과학 다큐멘터리 프로그램.

만한 방수 시계를 찬 채 그에게 다가와서 우와 오 이런 자기들이 그와 관련하여 뭔가 놓친 건가, 하고 묻는다, 정말 너무 미안하다, 이 비커는 뭐에 쓰는 건가, 이 버너는 어떻게 작동하나, 그가 아무것도 없는 데서 티라노사우루스 렉스를 완전히 다시 만든 다음 우주 천둥의 기적적인 힘을 길들여 거기에 에너지를 집어넣었다는 게 사실인가? 저 아래 지하실에서 티라노사우루스 렉스가 그 추한 머리를 들고 댈마이어를 물어뜯으려 하지만 그가 알파벳 글자마다 난방 파이프를 두드리는 횟수를 달리하는 특별한 암호 체계를 이용하여 티라노사우루스 렉스에게 말한다, 아니 아니 아니 댈마이어는 한 명도 잡아먹지 마, 하지만 그냥 재미삼아 에릭 댈마이어를 네 엄청난 녹색 주둥이 끝으로 들어올려서 만일 그가, 코디가 죽여 죽여 죽여라고 난방 파이프를 두드리면 그 무시무시한 아가리가 어떤 힘을 발휘하게 될는지 좀 가르쳐주는 게 어떨까.

그는 이제 미친듯이 페달을 밟으며 몬테 비스타 세 개가 연속으로 이어지는 이상하고 위험한 지역으로 들어갔는데, 그 각각의 안에는 다고 티*를 입은 늙은 이탈리아놈이 하나씩 살고 있었다. 가끔 으스스한 나무들 속에 위협적인 고릴라들이 있어 그가 자전거에 탄 채 그들에게 무차별 사격을 가하곤 하지만 오늘은 아니었다. 지금은 복수로 너무 바빠 원숭이를 생각할 틈이 없었다. 이윽고 그는 나무들 밖으로 빠져나가 빛으로 들어갔고, 솔직담백한 코끼리 같은 부에노 베르데스 구역으로 부드럽게 진입했다. 아까보다 행

* 주로 이탈리아계 사람들이 즐겨 입는 소매 없는 티셔츠.

복한 이 구역은 이층 창문을 큰 눈처럼 뜨고 아주 정직하게 앉아 있었다. 그는 지나가면서 마음속으로 두 코끼리에게 안녕 안녕 하고 말했고 그들도 그에게 친절한 덤보* 목소리로 어이 코디 어이 코디 하고 응답했다.

그 블록은 남아메리카 비슷하게 생겼다. 그는 케이프혼의 급한 커브를 돌면서 더 필드 건너 자신의 작은 노란색 집을 보았다. 그것은 몬테 비스타도 아니고 부에노 베르데스도 아니고, 그 구획보다 먼저 생겼으며 고양이 오줌과 햄버거 피 비린내가 났고 얼마 전에 엄마의 남자친구 대릴, 그 엿같은 자식이 거기에 '퍼포의 집'이라고 이름을 붙였다. 퍼포는 그가, 코디가 하는 나쁜 짓이나 이상한 짓을 묘사할 때 대릴이 사용하는 말이었다. 가끔 엄마와 대릴은 그 말을 하면서 코디의 머리카락을 쓰다듬어 헝클어뜨리며 퍼포가 마치 달콤한 말이라도 되는 것처럼 굴려고 했다. 하지만 또 가끔은 그를 쿡 찌르거나 꼬집었고 또 어떨 때는 그가 듣지 못한다고 생각하여 아주 어둡고 비열하게 서로 퍼프 발작 진행중이라고 속삭였고 그러면 그는 자기 방으로 가서 옷장 안에서 콧구멍 소리를 내곤 했다. 그러고 나면 그들이 안으로 들어와 자기들이 들었다고 생각하는 콧구멍 소리 하나에 쿼터**씩 벌금을 물렸는데, 그 횟수는 종종

* 월트 디즈니 영화에 나오는 아기 코끼리.

** 이십오 센트.

그가 진짜로 콧구멍 소리를 낸 것보다 훨씬, 훨씬 많았다.

가끔 밤에 그의 방에서 엄마는 그의 크고 넓은 머리를 아기 돌보듯 쓰다듬어주면서 콧구멍 소리를 내는 것 때문에 빚진 모든 쿼터를 다 낼 필요는 없다고 말하기도 했지만, 어떨 때는 이제 그만 좀 하고 몸무게를 몇 파운드 빼지 않으면 중학교에서 어떻게 여자를 사귈 수 있겠느냐고, 누가 크고 통통하고 콧구멍으로 킁킁거리는 아이와 데이트를 하고 싶겠느냐고 말했다. 그 순간 그도 어쩔 수가 없었다. 중학교 생각을 하자 신경이 곤두서는 바람에 콧구멍 소리를 내고 말았다. 그녀는 말했다, 웃기고 자빠졌네 나는 정말로 재미가 없어서 배꼽이 꼼짝도 하지 않는데 너 혼자라도 재미있으면 좋겠구나.

이제 댈마이어 집이 눈에 보였다.

댈마이어 차는 사라지고 없었다.

'일을 벌일 시간'이었다.

그가 이제 댈마이어 호스에 먹이려고 하는 결정적인 한 방은 세상에서 퍼포의 끝이 될 것이고 엄마를 포함한 모두가 그의 앞에 고개를 숙이며 말할 것이다, 우와 우와 우와, 우리가 너와 관련해서 잘못을 인정하는 날이 올 줄이야, 어떻게 퍼포 같은 인간이 그런 과감하고 사내다운 계획을 생각하고 또 실행할 수 있는 거지?

이제 군중은 일어서서 그의 이름을 소리쳐 부르고 있었고 그는 다시 짱깨의 집을 지나갔다. 댈마이어네로 가려면 들어가야 할 진입로가 여기에 있었지만, 오 젠장 너무 빠르게 움직이는 바람에 그곳을 놓치고 말았고, 버드나무 위 중계석의 아나운서들은 그가 갑자기 빙그르 원을 그리며 땅딸이 여자의 새로 심은 잔디를 가로지르겠다고 단호하게 결정하자 기뻐하며 입을 떡 벌렸다. 자전거가 잔디에 홈을 파며 쿵 하고 연석을 넘었다. 그때 하얀 차가 그를 치었고 소년과 자전거는 우스꽝스러운 높은 호를 그리며 함께 거리를 건너 맞은편 오크나무에 거세게 부딪혔다. 자전거는 휘며 나무를 둘러쌌고 소년은 다시 날아 거리에 떨어졌다.

아아악 아아악 대릴은 화를 내며 코디에게 말할 것이다, 왜 찔린 돼지처럼 피를 흘리고 있어 이 조그만 똥덩어리야. 그의 애로즈에는 뭔가 빨갛게 잘못된 것이 있었다. 페이레스에서 애로즈를 살 때 엄마는 말했다, 한 번만 더 꿈틀거리면 너를 이 카펫에 눕히고 내 손으로 네 크고 통통한 엉덩이를 갈겨줄 거야. 대릴은 말할 것이다, 나는 너한테 좋은 자전거를 사주는데 너는 도대체 뭐하는 거냐, 그걸 망가뜨리기나 하고. 엄마는 행주를 들고 다가와 피를 닦기 시작할 거고 대릴은 말할 것이다, 그 행주 더럽히지 마, 애가 침대를 정리했으니 거기 들어가 자게 해, 내가 마당에서 호스로 애를 씻겨줄 거야, 좀 떤다고 죽지는 않아, 범죄를 저질렀으니 징역을 살게 해야지. 아니면 엄마는 그가 학교 연극에서 미끄러져 넘어졌던 밤처럼 발작을 일으킬 것이다. 필립스 선생님은 말했다, 어머니한테 말씀드려, 코디, 네가 학교 연극에서 미끄러져서 강당의 모든 사람이 그때 마침 가장 중요한 대사를 하고 있던 줄리아 대신 너를 봤다는 걸.

그러자 엄마는 말했다. 코디 너 귀머거리냐?

그러자 필립스 선생님은 말했다. 아이가 미끄러진 건 말이에요,

내가 그 대걸레질을 한 자리에서 물러나 있으라고 했는데 애가 그렇게 했을까요? 아니 그러지 않았어요, 일부러 바로 그곳을 통과해서 걸었고 그래서 넘어진 거예요.

그게 바로 애가 집에서 하는 짓이에요, 엄마가 말했다. 가끔 나는 애 머리의 배선이 잘못됐다는 생각이 들어요.

그러자 필립스 선생님이 말했다. 자, 코디, 오늘 너는 귀중한 교훈을 얻었어, 그건 누가 너한테 뭘 하지 말라고 하면 하지 말라는 거야, 어떤 사람은 너보다 오래 살았기 때문에 네가 모르는 어떤 걸 알고 있을지도 모르거든.

그러자 대릴이 말했다, 아니면 저 녀석은 자기 친구들 모두 앞에서 엉덩방아 찧는 걸 좋아하는 건지도 모르지.

이제 셔츠를 입지 않은 백발의 작대기 인간이 그에게 몸을 굽히고 있었다. 아주 여위었다. 만지고 만지고, 그의 온몸을 만진다, 마치 방탄조끼를 입고 있는지 보려는 것처럼. 아주 신경이 곤두서서 입으로 숨을 쉬고 있었고 은 십자가가 늘어져 있었으며 젖꼭지 주변에는 하얀 털이 잔가지처럼 뻗어 있었다.

오 이런, 오 하느님, 작대기 인간이 말했다. 뭐라고 이야기 좀 해봐, 친구, 말할 수 있어?

그래서 그는 말을 하려고 했지만 아무 말도 나오지 않았고, 움직이려 했지만 아무것도 움직여지지 않았다.

오 하느님, 작대기 인간이 말했다, 가지 마, 친구, 뭐라고 말 좀 해봐, 나와 여기 함께 있어, 우리는 이걸 이겨낼 거야.

얼마나 미친 이빨인가. 얼마나 대단한 작대기 인간인가. 강물이 차오르고 남자들은 떠나는 영화 속 초조한 노파의 두 손처럼 작대기 인간의 손이 계속 뒤집혔다. 얼마나 대단한 광신도인가. 얼마나 대단한 펴포인가. 젖꼭지에 털이 나고 거기에다가 입에서는 커피 같은 냄새가 나는 광신도 펴포 작대기 인간.

잘 들어, 하느님은 너를 사랑해, 작대기 인간이 말했다. 가는구나, 그래, 네가 가는 게 보인다, 하지만 봐라, 가더라도 네가 아름답고 사랑받는다는 건 알고 가야 해. 응? 내 말 들려? 너는 착해, 너 그거 알아? 하느님은 너를 사랑해. 하느님은 너를 사랑해. 하느님은 너를 위해 아들을 보내 죽게 했어.

오 저 빌어먹을 펴포, 왜 저건 그냥 입을 다물지 못하는 거야? 만일 작대기 인간이 그가, 코디가 착하다고 생각한다면 그는 펴포일 게 틀림없다. 왜냐하면 그는, 코디는 착하지 않기 때문이다. 그는 펴포다. 엄마가 그렇게 말했고 대릴이 그렇게 말했고 심지어 과학 선생님 딘도 그가 유성을 본 이야기를 하려고 했을 때 거짓말하지 말라고 했다. 그가 엄마의 무릎에 앉아 그런 펴포 아들 노릇을 해서 정말 미안하다고 말하자 창문 위 중계석의 아나운서들이 울기 시작했다. 엄마는 말했다, 오 고맙구나 고마워, 코디, 마침내 그걸 인정해줘서, 그렇게 해주니 정말 좋구나. 엄마의 미소가 너무 달콤해서 그는 눈을 감고 다 좀 털어버리고 싶은 충동, 오 예수여 춤을 추고 싶은 어떤 충동을 느꼈다.

너는 아름다워, 아름다워, 소년이 몸부림치는 걸 멈춘 지 오래였음에도 작대기 인간은 계속 말하고 있었다, 하느님은 너를 사랑해, 너는 하느님 보시기에 아름다워.

THE BARBER'S UNHAPPINESS

이발사의 불행

1

아침마다 이발사는 스타일리스트들을 안에 두고 가게 앞에 나와 앉아 커피를 마시며 눈에 보이는 모든 여자에게 추파를 던졌다. 늙은 여자와 임신한 여자와 사진이 버스 옆면에 붙어 지나다니는 여자에게 추파를 던졌고 오늘 아침에는 검은 머리를 아주 짧게 자르고 뺨에 눈물 자국이 있는 여자에게 추파를 던졌다. 조금만 노력을 한다면, 얼굴을 좀 닦고 어떤 괜찮은 옷, 가령 하얀 타이츠에 짧은 스커트, 혹은 롱부츠와 카우보이모자와 가느다란 담배에 투자를 한다면 지금보다는 꽤 괜찮을 거다. 그는 그녀가 작은 진흙 오두막의 엉성한 멕시코 소파에 앉아 무릎을 꿇고 어디 자기를 한번 가져보라고 덤벼드는 모습을 상상했다. 곧 그들은 박으면서 어떤 콩밭으로 들어가고 어떤 가우초* 사내들이 부드럽게 기타를 친다.

사실 그는 가우초 사내들을 어떤 나무나 돌벽 뒤에 갖다놓고 싶다. 둘이 박는 것을 지켜보다 그들이 너무 달아오르고 신경이 쓰이는 바람에 둘을 덮쳐 그를 찌르고 그가 피를 흘리며 죽어가는 동안 미스 하시엔다를 자기들 마음대로 할까봐 걱정이 되기 때문이다. 그런데 생각해보니, 가우초는 없어도 된다. 그냥 오두막 안 스테레오에서 부드러운 기타 소리가 흘러나오게 해놓고 문을 열어두면 되니까. 물론 멕시코 오두막에 스테레오가 무슨 볼일이 있겠느냐마는. 전기나 들어올까? 게다가 애초에 그녀를 어떻게 만날 수 있겠는가? 머리를 칭찬한 다음에 커피나 한잔하러 가자고 청할 수는 있다. 그는 이렇게 말할 수 있다, 머리를 돌보는 전문가로서 머리에 관해서는 조금 아는데 이야 정말이지 머리카락이 훌륭하군요, 그런데 커피 좋아하쇼? 문제는 그들이 늘 싫다고 한다는 거. 최근에는 싫다 싫다 싫다, 라는 말만 들었다. 게다가 그는 콩밭이나 진흙 오두막에는 전혀 접근할 수가 없다. 자신의 마당에서 그럴 수는 있지만 그게 그거와 똑같을 수는 없다. 왜냐하면 지프 타는 인간들이 그곳을 기본적으로 똥의 박물관으로 만들었기 때문이다. 게다가 엄마는 섹시한 신음 비슷한 게 나오는 기척만 있어도 911에 연락할 거다.

지금 저거, 저 주차위반 단속 여경의 저거, 저건 약간 장난 아닌 가슴이다. 얼굴은 비록 좀 지쳐 보이지만. 하지만 저 가슴을 떼어다가 미스 하시엔다에게 착 붙인다면, 우와, 그럼 다들 수군댈 거

* 남미의 카우보이.

다. 딱 주차위반 단속 여경의 가슴에 좀 괜찮은 옷에 입술 왁스, 거기에 그가 추파를 보낼 때마다 외면하는 사서의 초섹시 목소리, 그럼 완벽한 여자가 나오고, 우와 둘이서 함께 영원히 행복할 텐데, 그녀가 긍정적인 태도를 유지하기만 한다면. 하지만 생각해보니 그게 문제가 될 수도 있겠다, 지금도 사람들 다 보는 데서 울고 있으니, 도대체 왜?

미스 하시엔다는 산울타리 사이의 틈을 통과하여 영국성공회교회 안으로 사라졌다.

왜 저 여자는 주중에 교회로 들어가는 걸까? 아마도 문제가 있을 거다. 아마도 애를 가졌을지 모른다. 아마도 여자를 따라 교회로 들어가 여자에게 그가 문제에 관해서라면 좀 안다고, 발가락 없이 태어났기 때문에 그건 좀 안다고 말하면, 여자가 커피를 마셔줄 거다. 그는 집으로 그냥 엄마에게로 가는 게 지겨웠다. 요즘 엄마는 함께 텔레비전을 보다가 그의 어깨에 머리를 얹고 잠이 들었다. 가끔 누가 창문 안을 보다가 왜 그가 그런 늙은 여인과 결혼을 했는지 의문을 품을까봐 걱정되었다. 게다가 가끔은 엄마가 잠을 깨는 바람에, 1-900-DREMGAL*에서 젊은 검은 여자가 은색 비키니를 입고 느린 동작으로 말을 타고 조수 웅덩이를 통과하는 모습을 지켜보다 들킬까봐 걱정되었다.

미스 하시엔다가 은색 비키니를 입고 느린 동작으로 움직이면 어떻게 보일지 궁금했다. 물론 애를 가졌다면 말을 타면 안 되지

* 유료 방송 채널.

만. 그냥 앉아서 쉬어야 한다. 누가 차도 한잔 갖다주고. 그와 엄마가 사는 곳으로 이사를 와야 한다. 그녀가 애를 가졌다는 건 들먹이지 않는다. 그 문제에 관해서 그는 사랑하는 태도를 보인다. 그녀에게 좋은 친구가 되어주고 심지어 박으려고도 하지 않는다. 곧 그녀는 왜 안 그러는지 궁금해할 테고 그러다 정말로 그를 원하게 된다. 그는 그녀의 진통 코치가 되고 즐겁게 새벽에 기저귀를 갈아주고 마침내 그녀는 살을 다 빼고 그의 침대로 와 고마워하며 빽가도록 박게 해주고, 그런 뒤에 그는 창가에서 생각에 잠겨 담배를 피우며 그녀와 결혼하겠다고 결심한다. 자신이 한쪽 무릎을 꿇고 청혼을 할 때 그녀의 눈에 눈물이 맺히는 것을 생각하다 그는 눈에 눈물이 맺힐 뻔했다. 그렇게 무릎을 꿇는 것은 그녀에게 애를 갖게 한 얼간이는 백만 년이 가도 생각하지 못했을 멋진 한 수다, 그 멍청이. 그 개자식은 원하는 대로 몇 번씩이라도 차를 몰고 와볼 수 있다, 마당에서 아기가 뛰노는 것을 보면서 자신의 어리석음을 깊이 후회할 거다. 하지만 너무 늦었다. 그들은 가족이고, 어떤 것도 이 가족을 깰 수는 없다.

하지만 생각에 잠겨 담배를 피우는 동안 문 밑에 수건을 쑤셔넣는 건 잊지 말아야 한다. 아니면 엄마가 엄청 앙앙거린다. 그가 담배를 피우고 나면 엄마는 늘 모든 것에서 담배 냄새가 난다며 집안의 모든 천을 빨게 했다. 그리고 결혼을 하지 않았다면 조용히 박는 게 낫다. 엄마는 구식이니까. 엄마와 함께 사는 것은 좀 고통스럽다. 하지만 미스 하시엔다는 엄마를 너그럽게 받아들일 각오를 하는 게 좋다. 실제로 엄마는 약을 먹기만 하면 함께 지내기에 아주 좋은 사람이다. 그러니 여든이 다 되어 브라 차림으로 치실질을 하며 집안을 돌아다닌들 어떠랴? 그건 엄마의 염병할 집인데. 미스 하시엔다가 엄마에 대해 나쁜 소리를 하는 건 절대 듣지 않는 게 좋다. 엄마는 아들이 이발 전문대학을 다니도록 돈을 대준 사람이니까. 예를 들어 엄마한테 왜 귀에서 흰 털이 잔뜩 삐쳐나왔느냐는 질문 같은 건 하지 않는 게 좋다. 그건 엄마에게는 곧 죽음일 테니까. 엄마는 늘 가스 검침원한테 자기가 고등학교 때 접시*였다고 일깨워주는 사람이다. 평생 힘들게 일하는 바람에 주름이 지고 건망증이 늘었는데 어떤 애를 밴 잡년이 멕시코 카우걸 차림으로 살러 와 자기의 귀 털을 가지고 불만을 늘어놓기 시작한다면, 미스 하시엔다라면 기분이 어떻겠는가? 미스 하시엔다는 자기가 뭐라고 생각하는가, 시바의 여왕? 그녀가 염병할 성공회교회에 가서 진통을 한다 해도 그는 눈 하나 깜짝하지 않을 거다. 엄마에게 상처를 주느니 차라리 평생 식료품 저장실의 그 작은 착유용 스툴에서 딸딸이나 칠 거다, 더 말할 필요도 없다.

미스 하시엔다는 교회에서 나오다, 허리가 굵은 매부리코 중년 남자가 화가 나서 나무 벤치에서 벌떡 일어나 쿵쾅거리며 '미키 헤어포트'**로 들어가 문을 쾅 닫는 것을 보았다.

---

* 섹시한 사람.

** 주인공의 이발소 이름.

2

다음날 아침 엄마는 오믈렛을 원했다. 그가 늦었다고 하자 엄마는 됐다고 말했지만, 자기 먹을 오믈렛을 만든다는 구실로 다시 사고로/고의로 화상을 입을 것임을 분명하게 밝히는 목소리였다. 그래서 그는 오믈렛을 만들었다. 맛있냐고 묻자 엄마는 훌륭하다고 말했는데, 그것은 맛없으니 펜케이크를 만들어야 한다는 뜻이었다. 그래서 그는 팬케이크를 만들었다. 그러고 나서 엄마의 뺨에 키스하고 얼른 문밖으로 뛰어나갔다. '운전학교'에 아주아주 늦었다.

'운전학교'는 카터 대통령 시절에는 최신 상업 지구였지만 지금은 생기 없이 지나치게 크기만 한 하얀 치장 벽토 벙커에 불과한 곳에서 열렸다. 그곳에는 색유리가 달려 있었고 이동식 간판에 '운전학교'라고 적혀 있었다. 안에는 회의용 테이블이 방 대부분을 채우고 있었는데, 탄내 나는 커피가 쏟아진 채로 직사광선을 받는 곳에 놓여 있던 회의용 테이블 같은 냄새가 났다.

"앞으로 지각생은 맞을 겁니다." '운전학교' 강사가 말했다.

"미안합니다." 이발사가 말했다.

"농담이에요!" 강사가 말하며 뒤죽박죽인 유인물 묶음을 이발사에게 내밀었고 이발사는 안경에 클립으로 끼운 선글라스를 벗겨내려 애쓰고 있었다. "내가 방금 하던 말은, 우리 목적은, 우리가 어떤 사물이나 측면을 보게 될 겁니다, 운전의 맥락에서? 그러니까 안전, 그러니까, 과속이 우리가 진공 상태에서 하는 일인가, 아니면 보행자나 사망자나 즐겁게 드라이브를 하러 외출한 가족이 관련될 수 있는가, 그런데 여기에 여러분이 간다, 과속하며, 그 가족의 안전이나 운명이 여러분 마음에 확고하게 자리잡지 못한 채로, 그러면 다음에 무슨 일이 벌어질까요? 누구 아는 분?"

"충돌?" 누가 말했다.

"사고?" 다른 사람이 말했다.

"충돌이나 사고 둘 다 가능하죠." 강사가 말했다. "어느 쪽이든 그렇게 될 수도 있거나 그럴 가능성이 있죠. 왜냐하면 나는 봤거든요, 내가 구급대원으로 심폐소생술을 맡았을 때, 자주. 혹시 이게 역겹거나 너무 심하다면 미안한데, 나는 잘린 팔이나 손과 함께 구조 차량에 앉아 있었어야 했습니다. 심지어 아이 것도 있었죠, 정말 작은 팔이나 심지어 다리. 철저한 훈련을 받지 못한 사람처럼 그냥 울었죠. 여러분 가운데 누구도 그 훈련을 받지 못했다는 건 알지만 나는 받았어요, 그런데 왜 내가 그 작은 팔이나 다리를 들고 울어댔을까요? 바로 여러분 같은 사람, 선량한 사람들 때문입니다, 나는 여러분이 그렇다는 걸 알아요. 내가 하는 말은 그게 아니지만, 여러분은 무슨 결정을 했나요? 뭘 결정했어요? 아니면 그 사람들은. 방금 내가 말한 그날 내가 들고 가던 그 아이의 팔을 자른 그 사람은?"

아무도 알지 못했다.

"과속하겠다고 결정한 게 그 사람들이 한 일입니다." 강사가 슬픈 표정으로 말했다. 팔 없는 아이와, 어느 운명적인 날 과속하기로 결정한 나머지 지금 삶이 망가진 채 그의 앞에 앉아 있는, 그것만 빼면 선량한 사람들에게 동정심을 느끼고 있었다.

“나는 아무도 치지 않았어요.” 짱나라고 적힌 티셔츠를 입은 젊은 여자가 말했다. “경찰관이 그냥 나를 세웠어요.”

“하지만 나는 가능성의 측면을 말하고 있잖아요?” 강사가 상냥하게 말했다. “지금부터 내가 보여주려는 시각자료나 그림과 관련한 자료에 의해 남자든 여자든 여러분의 사고방식이 바뀌지 않은 채 여기에서 걸어나가면 무슨 일이 벌어질지 말하고 있는 겁니다. 자료의 일부는 충돌이고 일부는 나 자신이 직접 붕대를 감았던 근무와 관련된 부상이고 일부는 전국적인 부상을 여러분이 볼 기회를 가질 수 있도록 우리가 인터넷에서 내려받은 부상이에요. 왜 때문이냐? 결과 때문입니다. 왜냐하면, 우리가 이 땅에 있는 건가요, 아니면 어디 섬에 있나요?”

“오.” ‘짱나 아가씨’가 말했다. 그녀는 이제 누그러졌고 설득을 당한 듯했다.

색유리 바깥에는 작은 숲과 개울과 보험사무소와 어떤 파이프라인 터 파기 공사 때문에 기울어진 페덱스 보관소가 있었다. 학생은 여섯 명이었다. 한 명은 이발사였다. 한 명은 서류 가방을 든 시골 청년으로, 과속으로 걸린 참에 이제 법집행 쪽에서 경력을 쌓는 걸 고려해보기라도 하려는 듯 열심히 필기하고 이맛살을 찌푸리며 질문을 해댔다. 레이더는 수중 음파 탐지 광선을 통해 작동하나? 어떤 사람이 얼마나 건방지게 굴어야 전기 충격기로 충격을 줄 수 있나? 시골 청년 옆에는 ‘짱나 아가씨’가 있었다. ‘짱나 아가씨’ 옆에는 머리를 짧게 자르고 나이가 좀 들어 보이는 아주아주 행복한 표정의 남자가 카우보이 셔츠와 볼로 타이 차림으로 앉아 모든 일에 웃음을 터뜨렸다. 그는 이 특정한 날에 이 특정한 훌륭한 무리와 함께 여기 '운전학교'에 있다는 게 큰 특권이라고 여기는 것 같았으며 수업이 끝나자 관계가 끊어지지 않도록 자기 집에서 매달 바비큐를 열자고 제안했다. '행복한 남자'와 테이블을 사이에 두고 이발사 나이의 머리가 흰 여자가 앉아 있었는데, 그녀는 계속 이발사는 들어보지도 못한 영화나 책 이야기를 슬쩍슬쩍 던졌으며 강사가 하는 말에 눈알을 굴리면서 공책에 '살려줘요!'나 '연락주세요!'라고 적어 '행복한 남자'더러 읽으라고 테이블 건너로 보냈는데, 이 때문에 '행복한 남자'는 불편해 보였다.

머리가 흰 여자 옆에는 예쁘고 젊은 여자가 있었다. 아주 예쁜 여자. 우와. 이발사가 지금까지 본 가장 예쁜 여자로 꼽을 만했다. 이야 정말 예쁘다. 머리카락은 구불구불하게 허리까지 늘어졌으며 눈은 암사슴 같고 이집트인 같았으며 전체적으로 진지하면서도 지적인 분위기가 느껴져 도무지 눈을 뗄 수가 없었다. 물론 그녀는 여기 회의 테이블에 어울리지 않아 보였다. 앞에 놓인 한 손이 햇빛의 띠 안에 들어가 아주 예쁜 터키석 반지가 빛났고, 그 반지는 그녀가 이국적이고 거무스름하며 동양의 것들을 배운 사람, 가령 나일강의 바지선에서 괴상한 냄새가 나는 수천 개의 초에 둘러싸여 사랑을 나누는 모습이 쉽게 상상이 되는 사람임을 확인해주는 것 같았다. 또는 생각해보니 그녀는 아메리칸인디언일 수도 있었다. 그는 그녀가 지금과 똑같은 진지하고 지적인 표정으로 티피* 문간

* 아메리칸 원주민의 전통 천막.

에 서 있는 모습을 보았다. 그는 사냥을 마치고 죽은 토끼들을 길게 꿰어 집으로 가는 길이다. 사람들이 보는 데서 귀여운 하얀 토끼를 죽여 자신이 숲의 사나이라는 것을 증명한 뒤 그녀의 요청에 따라 부족이 그를 받아들여주었다. 아니 사실은 그가 백인의 사악함을 아주 솔직하게 이야기하고 나서 그들에게 아이와 여자는 절대 죽이지 않겠다는 약속을 먼저 받아낸 뒤 어떤 중요한 요새에 관한 비밀 정보를 주자 토끼 부분은 건너뛰게 해주었다. 그는 장관을 이루는 메사* 근처의 사그라드는 햇빛 속에서 그녀가 옥수숫대 두 개를 마주 비비고 있고 한 전사가 그녀에게 이발사를 만나다니 운이 좋은 거라고, 이발사는 막강한 치료 주술사라서 강력한 치료의 힘을 갖고 있다고 말하는 모습을 그려보았다. 그 말을 들은 그녀는 말없이 미소를 지으며, 그들의 티피 안에서 벌거벗고 있는 이발사를 기억하고 아마도 약간 더 빨리 옥수숫대를 비빈다. 자세히 살펴보니 사실 그녀는 이탈리아인처럼 보이지만.

여자는 고개를 들다가 그가 자신을 빤히 보고 있는 것을 보았다. 그는 눈길을 떨어뜨리고 강의 자료를 넘기기 시작했다.

끔찍한 부상을 보여주는 슬라이드가 여러 장 지나가고 난 뒤 강사는 시속 팔십 마일로 달리다 교각이나 소를 친 뒤 앞유리로 튕겨 나갈 때 얼마나 큰 중력을 받는지 아는 사람이 있느냐고 물었다. 아무도 몰랐다. 강사는 아주 크다고 말했다. '행복한 남자'는 아주 크다고 느끼고 있었다고 말했다. 그러니 사람들이 죽는 거다, 안

* 꼭대기는 평평하고 등성이는 벼랑으로 된 언덕.

그런가? 강사는 그렇게 죽거나 날아오는 파편에 죽거나 몸통이 완전히 으스러져 죽는 거라고 대답했다.

"그럴 거라고 짐작합니다." '행복한 남자'는 싱글거리며 말했다.

"그래서 내 이야기의 요점이 무엇이냐?" 강사는 말하며, 카폰으로 즐겁게 대화하면서 묘석을 향해 작은 차를 몰고 가는 머리 위 만화의 남자를 포인터로 가리켰다. "우리가 기분이 좋다고, 아주 좋다고, 또는 반대로 나쁘다고 해봅시다. 우리에게 막 사망이나 승진이나 아이 출생이나 부인이나 배우자와의 다툼이 있었다고 해봅시다. 어쨌든 내 말은, 우리가 지금 감정적 절정을 겪고 있다는 겁니다? 왜냐하면 그럴 때는, 행복하든 싸우든 슬프든 기쁘든, 뭐든, 우리가 이 톤짜리 차가 뭐냐 하는 걸 잊을 수도 있다는 겁니다. 우리가 그 안에 들어가 있다는 걸, 그걸 타고 있다는 걸, 몰고 있다는 걸. 과속하지 말기 바랍니다. 그러지 않으면, 이 가상의 예를 위해 우리는 그렇다고, 여러분이 과속하고 있다고 가정할 수밖에 없는데, 그러지 않으면 이다음 나쁜 그림이 일어날 겁니다."

이제 머리 위 만화 속 남자의 신체 부위는 흩어져 있고 카폰이 작은 천사의 날개를 달고 하늘로 날아오르고 있었다. 이발사는 다시 예쁜 여자를 보았다. 그녀는 그에게 미소를 지었다. 그의 심장이 빨리 뛰기 시작했다. 이런 일은 일어난 적이 없었다. 그들은 절대 마주 미소를 지어주지 않았다. 그래, 그녀는 어리다. 어쩌면 원치도 않는 나이든 남자에게 마주 미소를 지어줄 만큼 철이 없는 것인지도 모른다. 아니면 그녀가 그를 원하는 것인지도 모른다. 가능하다. 어쩌면 젊고 육감적인 남자들과 그냥 건초 속에서 빨리 뒹굴러 나가는 건 이제 지겨운 건지도 모른다. 어쩌면 정말 자신의 진가를 알아줄 만큼 나이가 든 사람, 너무 빨리 싸지 않고 자기 사업체를 갖고 있고 자기가 어지른 것은 자기가 치울 줄 아는 사람을 원하는 건지도 모른다. 그는 그녀가 심지어 한 번도 건초에서 굴러본 적이 없는 아주 엄격하고 종교적인 처녀이기를 바랐다. 그렇다고 그녀가 불감증이기를 바라는 건 아니었다. 그는 그녀가 일단 결혼하면 모든 걸 마음껏 표현하지만, 모든 걸 마음껏 표현하지 않을 때는 보수적인 옷을 입고 조용히 위엄 있게 움직여 그녀가 원하기만 하면 완전히 전적으로 모든 걸 마음껏 표현할 수 있다는 걸 아무도 짐작조차 하지 못하는 그런, 가난한 집안 출신이며 따라서 작은 사업체를 운영하는 데 들어가는 힘든 노동의 진가를 진정으로 알아줄 수 있고, 어쩌면 심지어 경리 경험도 좀 있어 장부 정리를 도와줄 수도 있는 그런 엄격하고 종교적인 처녀이기를 바랐다. 물론 진심으로는, 설사 그녀가 건초에서 수백 번 굴렀고 고약하게 한 줄로 늘어선 숫자들을 더할 줄 모른다 해도 그는 상관없었다. 그녀는 아주 예쁘고 그들은 풀어나갈 수 있다. 물론 그녀가 그를 받아준다는 전제하에. 그러다 그는 자신의 존재하지 않는 발가락들이 떠올라 가슴이 덜컥 내려앉았다. 호수에서 메리 엘런 코브스키와 함께 있던 그날, 삼십팔 도가 넘었음에도 옷을 다 입고 해변 의자에 앉아 쌀쌀하다고 우겼던 그날을 그는 기억했다. 메리 엘런의 친구들 무리가 모여들어 그녀가 그의 옷을 벗기고 물에 집어넣는 것을 도왔으며, 그는 필사적으로 그녀의 귀에 자신의 발가락 이야기를 소곤거렸다. 그녀는 하얗게 질리더니 친구들을 떼어놓았고 두

달 뒤 필 안페스토, 그 멍청한 키다리와 결혼했다. 오, 그는 발가락을 감추는 데 질렸다. 다 까놓고 싶다. 그것에도 불구하고 사랑받고 싶다. 어쩌면 이 아가씨에게는 나이를 초월하는 지혜가 있을지도 모른다. 어쩌면 아버지가 기형일지도, 의안이나 얼굴 흉터가 있을지도, 어쩌면 오랜 세월에 걸쳐 그 착하지만 기형인 아버지를 사랑해왔기 때문에 자신이 사랑하는 사람은 반드시 약간은 기형이어야만 하는지도 모른다. 그렇다고 그녀가 기형인 남자 무리를 종종걸음으로 쫓아다닌다는 생각이 마음에 드는 건 아니었고, 또 자신이 딱히 기형이라고 생각하는 것도 아니었지만. 물론 간신히 분별할 수 있는 발의 밝은 분홍색 혹들이 장난으로 넘길 일이 아니라는 것은 인정했지만. 그는 그녀가 난로 앞에 발가벗고 누워, 그의 발이 너무 편안해진 나머지 각 혹에 애칭을 붙여주는 것을 그려보았다. 어쩌면 가끔 사랑을 나누는 중에 약간 분위기에 휩쓸려 그의 혹에 입을 맞추거나 혹을 핥을지도 모른다. 물론 그걸 기대하지는 않지만. 사실 그게 좀 역겹다고 생각하고, 찰나의 순간 그녀를 약간 경멸하기도 한다. 그러다가 살며시 그녀를 일으켜 발에서 떨어지게 하고, 그때 그녀의 얼굴에 나타나는 약간 부끄러운 표정 때문에 그녀가 그를 깊고 깊이 사랑하는 마음으로 하려고 한 역겨운 일을 완전히 용서해준다.

강사는 피투성이 아기 인형을 들어올렸고, 그런 다음 방을 가로질러 가 트렁크 안에 던졌다.

"쾅." 그가 소리쳤다. "저 트렁크가 지하실이나 무덤을 표현하게 한다고 해둡시다. 이게 여러분 잘못이에요. 과속 때문에. 그럼 기분이 어떨까요?"

"나쁘죠." '짱나 아가씨'가 말했다.

예쁜 여자가 이발사에게 '출석부'를 건넸고, '강의 학점'과 '관련 유죄 선고 면제/벌점 차감'을 얻으려면 거기에 서명을 해야 했다.

그들은 서로 솔직하게 바라보았다. 아주 길게 느껴지는 시간이었다.

"조옿았어!" 강사가 밝게 말했다. "여러분을 들들 볶아버릴 필요는 없는 것 같으니 이제 쉽시다. 그러니까 나를 여러분 정신이 썩어 문드러질 때까지 역겨운 시각자료나 그림을 보게 하는 무슨 사드 후작이나 엄한 작업 감독 같은 걸로 보지 말라고요."

이발사는 깊은숨을 쉬었다. 그녀에게 말할 것이다. 혹시 소다 한잔 사도 되겠느냐고. 여자가 일어섰다. 이발사는 충격을 받았다. 그녀의 얼굴은 여전히 똑같이 예쁘고 이국적이고 지적이고 갸름한 클레오파트라 같았지만, 몸은 그녀보다 두 배 큰 머리에 맞추어진 것처럼 보였다. 커다란 여자였다. 팔은 둥글둥글하니 굵었다. 몸가짐도 몸이 큰 여자의 몸가짐이었다. 어깨를 구부정하게 구부리고 헐렁한 원피스 자락을 잡아당겼다. 그는 그녀가 자신을 오해하게 만든 것 때문에 약간 발끈했고 그런 뚱뚱이에게 추파를 던진 자신에게도 약간 발끈했다. 글쎄, 딱히 뚱뚱이는 아니었다. 그녀의 몸은 괜찮았다. 꽤 단단한 것 같았다. 다만 머리에 비해 너무 클 뿐이었다. 어떻게든 몸을 머리에 어울리는 크기로 맞추거나, 머리를 확대한 다음 전체를 축소할 수 있다면, 그 아름답고 아름다운 얼굴, 지금 그가 유인물을 정리하면서도 잃어버린 것을 아쉬워하는 그 얼굴에 잘 어울리는 몸이 나올 텐데.

"안녕하세요." 그녀가 말했다.

"안녕하십니까." 그는 말하고 밖으로 나가 차에 앉았고, 그녀가 코카콜라 두 개를 들고 밖으로 나오자 그녀가 떠날 때까지 재떨이를 청소하는 척했다.

3

얼마 후 같은 달에 이발사는 힐튼에서 열린 결혼식 연회에 가서 가짜 일본식 티룸 가장자리에 뻣뻣하게 앉아 있었다. 중절모에 꼬리와 거대한 노란 펠트 머리와 손가락 세 개짜리 노란 펠트 손까지 다 갖춘 완전체 퍼핏플레이어스* 신랑 의상 안에 들어가 있는 어떤 멍청이가 이발사 쪽으로 천하게 골반을 들이미는 시늉을 했다. 마치 이렇게 말하는 것 같았다. 이거 하고 싶어? 이거 해봤어? 이거 어떻게 하는지 알려줄래? 곧 저기 있는 저 퍼핏플레이어스 신부하고 이걸 해야 하니까. 지금 베이스 연주자하고 시시덕거리는—이봐!—시시덕거리는 신부 말이야. 그러더니 퍼핏플레이어스 신랑은 댄스 플로어를 가로질러 달려가 자신을 여자 빼앗긴 남자로 만들려 하는 베이스 연주자 주위를 돌며 권투 자세로 공격을 하기 시작했다. 모두 웃음을 터뜨리며 이발사에게 까닭 모르게 엄지를 치

* 인형극단의 이름.

켜올렸고 퍼핏플레이어스 신랑은 퍼핏플레이어스 신부를 끌고 댄스 플로어를 가로질러 와서 그녀를 이발사에게 소개했다. 그녀는 그에게 반했는지 그의 무릎에 앉아 억지로 그의 머리를 자신의 노란 펠트 가슴골에 집어넣게 했다. 그곳에는 와인 얼룩이 있고 네크라인에는 담배에 탄 자국이 있었다. 온갖 몸짓으로 그녀는 이발사에게 치마 밑을 보라고 했으며 그는 당황하여 어쩔 줄 모르면서 그렇게 했다. 결국 포장지에 싸인 상자를 발견했고, 그것을 열자 포장지에 싸인 원통이 나타났으며, 그것을 열자 댄스 플로어를 가로지르며 배너가 터져나갔고, 배너에는 이렇게 적혀 있었다. 아니와 에벌린, 행운을 빈다. 엄마와 아빠가. 퍼핏플레이어스 신혼부부는 방을 가로지르며 뛰어가더니 싸움이라도 하는 중이었는지 밴드 스탠드에 침울하게 앉아 있는 아니와 에벌린에게 깊게 고개를 숙여 절을 했다.

"미키!" 에드거 아저씨가 이발사에게 소리쳤다. "미키, 그 인형 여자하고 박았어야지! 인형이면 뭐 어때! 네가 뭐 대단한 줄 알아! 까다롭게 굴려고? 생각해봐! 생각해보라고! 아니는 네 나이 반이야!"

"에드거, 정말이지 저 아이를 창피하게 만들고 있잖아요!" 진 아주머니가 소리쳤다. "꼭 저애가 늙었다고 말하는 것 같잖아! 저애가 노처녀라고 말하는 것 같잖아, 저애는 남자인데! 무슨 뜻인지 알죠? 당신은 그게 잘하는 거라고 생각해요?"

"그러는 거야!" 에드거 아저씨가 소리쳤다. "그 말을 하고 있는 거라고! 저애는 염병할 할머니야! 기분 나쁘게 하려는 건 아니야!

그냥 나가서 살라고 하는 얘기일 뿐이야! 나는 저애를 사랑해! 그래서 내가 말하고 있는 거야! 해가 지고 있다고! 젊은 아가씨를 쑤셔. 그래서 마음에 들면, 그 여자가 받아주는 게 마음에 들면, 젠장 뭐 어때, 뿌리를 내리라고. 무슨 상관이야? 사랑은 배울 수 있어! 하지만 어딘가에서는 시작을 해야지! 내 말은 하느님, 여기 이 조그만 그렇고 그런 것들도 어떻게든 그걸 하려고 한단 말이야!"

그러면서 에드거 아저씨는 사춘기 소년 네 명으로 이루어진 그룹에 롤빵을 하나 던졌는데, 이발사는 언젠가 그 아이들을 작은 빨간 왜건에 태우고 동네를 돌아다녔던 일이 희미하게 기억났다. 아이들은 에드거 아저씨에게 손가락을 들어올리고 자신들이 하려고 할 뿐 아니라 실제로 하고 있다는 사실을 확인해주었다. 늘 같은 여자애하고만 하는 것도 아니고, 가끔 하루에 한 번 이상, 또 가끔 풋볼 연습 직후에도. 또 가까운 미래에 아주 화끈한 실과 선생님하고도. 제대로 다가가기만 하면 그 선생은 아마도 당연히 그들 모두에게 즉시 줄 것이라고 믿고 있었다.

"이럴 수가!" 에드거 아저씨가 소리쳤다. "나도 그 학교 좀 다니자!"

"에드거, 이 돼지야, 논리적으로 좀 생각해!" 진 아주머니가 소리쳤다. "미키가 결혼을 하지 않았다고 해서 아예 안 한단 뜻은 아니잖아요! 여성 친구하고, 또는 여러 여성 친구하고 하고 있을 수도 있잖아. 자기 나이 또래의 여성 친구들, 이미 알 거 다 알고, 자식은 다 큰 친구들! 밤에 저애 침대에서 무슨 일이 벌어지는지 당신은 모르잖아!"

"적어도 저애가 남자를 찾는 쪽은 아니라고 생각해!" 에드거 아저씨가 사춘기 애들한테 소리쳤고 이발사는 이제 몇 년 전 그 아이들을 빨간 왜건에 태웠던 날 저녁에 아이들을 미니밴에 실어 재웠던 일이 기억났다.

"그렇다 해도 우리는 쥐 엉덩이만큼도 관심 없어요." 사춘기 아이 하나가 말했다. "그건 저 사람 일이죠."

"우린 학교에서 배웠어요." 다른 아이가 말했다. "'누구하고 하는지는 너에게 달린 일이다.' 짧은 교육이 있었죠."

이제 퍼펫플레이어스 신랑이 진짜 신부의 가터를 벗기려 하고 있고 양복을 입은 작은 사내아이 몇 명이 '결혼식 구역'과 '오키나와의 추억'을 가르는 금붕어 냇물을 따라 설치한 턱을 걷고 있었다. '오키나와의 추억'에서는 일본인이 아닌 것이 분명한 여자 몇 명이 기모노를 입고 마실 것을 팔았으며, 누가 더블을 주문할 때마다 거대한 금속 징을 때렸고, 그럴 때면 스모 선수 차림의 바텐더가 당김줄을 이용해 방을 가로질러 플라스틱 참새를 보냈다. 양복을 입은 작은 사내아이들이 금붕어가 아주 작은 폭포 너머로 가지 못하게 막고 있는 스크린을 들어올리기 시작했다. '자판기 구역' 옆의 얕은 연못에 가면 금붕어가 죽는지 보려는 것이었다.

"예를 들어 저 물고기들을 괴롭히는 저 아이들." 에드거 아저씨가 소리쳤다. "저애들이 누군지 알아? 브렌던의 애들이야. 브렌던이 누군지 알아? 딕의 애야. 딕이 누군지 기억나? 너하고 동갑인 네 육촌이라고, 인마! 내가 너희들을 야구장에 데려갔을 때 그 아이가 내 램블러에서 토한 거 기억나? 그러니까 저애들은 딕의 손자들이고 그 딕은 너하고 동갑이니까, 그 말은 네가 할아버지가 될 만큼 늙었다는 뜻이야, 할아버지가. 하지만 너는 아직 아버지도 아니잖아. 네가 그걸 어떻게 느끼는지 모르겠다만 나는 좀 슬프다고 또는 괴상하다고 생각해!"

"당신은 그렇지만 저 아이는 안 그럴지도 모르지!" 진 아주머니가 소리쳤다. "왜 당신이 생각하는 모든 게 다른 모두가 생각하는 모든 거라고 생각해요? 게다가 딕은 성자가 아니고 그건 저 아이들도 마찬가지야! 딕은 십대 아빠였고 브렌던도 십대 아빠였고 아마도 저 물가 턱에 있는 꼬마들은 저 가엾은 물고기를 죽이자마자 십대 아빠가 될 거야."

"동의해!" 에드거 아저씨가 소리쳤다. "이봐, 나는 딕에게 변치 않는 사랑 같은 건 전혀 없어! 그런데도 당신은 딕에 대한 내 감정을 두고 결혼식에서 나하고 싸우고 싶어하는 거야? 내 램블러에서 토한 게 그 아이가 나에게 한 그 모든 헛짓거리의 시작에 불과했는데 말이야. 내가 하는 말은 그저 여기 미키가 십대 아빠가 될 위험은 전혀 없으니 내가 하는 말을 생각해보고 발사기가 발사도 못하는 발사기가 되기 전에 어서 일을 시작해보라는 것뿐이야!"

"정말이지 결혼식에서 그 가엾은 아이의 발사기 이야기를 꺼내다니!" 진 아주머니가 소리쳤다. "당신 취했어요!"

"안 취한 사람이 어디 있어?" 에드거 아저씨가 소리쳤다. 테이블에서 웃음이 폭발했고 사춘기 아이 하나가 짐짓 취한 척 의자에서 떨어졌고 이것 때문에 웃음이 터지자 다른 사춘기 아이들도 모두 짐짓 취한 척 의자에서 떨어졌다.

이발사는 실례한다고 하고 얼른 '결혼식 구역'에서 나와 짧고 하얀 가운을 입은 놀랄 만큼 아름다운 아가씨 세 명을 지나갔다. 만일 여기가 바깥이고 때가 낮이라면 가지를 늘어뜨린 가짜 벚나무가 그늘을 드리웠을 곳에 그녀들은 서 있었다.

화장실은 동양 분위기가 싹 사라지고 모두 반짝이는 크롬이었다. 이발사는 오줌을 누면서 머릿속으로 에드거 아저씨에 맞서 자신을 방어했다. 우선 그에게는 여자가 많았다. 다섯. 다섯이면 나쁘지 않다. 다섯은 대부분의 남자보다 많고, 에드거 아저씨보다는 틀림없이 많다. 아저씨는 고등학교를 졸업하자마자 아랫입술이 물고기 같은 진과 결혼했다. 에드거 아저씨라면 그가 누구와 결혼하기를 바랐을까? 얼굴이 작고 빨간 새라 델비안코? 그 키가 크고 더운 날의 물 한 모금처럼 매혹적인 엘런 위스트? 등이 굽고 그의 박는 실력이 형편없다고 주장한 앤 드만? 도대체 왜 그가, 성공한 작은 사업가가, 미완성 플랜지를 이 컨베이어 벨트에서 저 벨트로 옮기면서 거기에 보호용 용액을 분무하며 인생의 좋은 시절을 보낸 사람의 조언을 받을 거라고 생각하는 걸까? 에드거 아저씨는 멀리뛰기나 해서 저멀리 가라지, 그 술꾼은. 아저씨는 그냥 알량한 자기 일들이나 걱정하고 자기한테 보호용 용액이나 분무하면 어떨까? 세상의 야심 있는 기업가들은 그냥 좀 놔두고, 응 그 주정뱅이는.

이발사는 고등학교 때부터 늘 빗을 적시던 식대로 빗을 적셔 머리를 뒤로 매끈하게 빗어 넘길 준비를 했다. 얼굴에 땀을 흘리는 크고 활력 넘치는 남자가 들어오더니 오랜 친구라도 되는 것처럼 이발사의 등을 후려쳤다. 거울에는 파란색과 자주색과 분홍색이 섞인 해골 가면, 이발사가 자신의 얼굴이라는 걸 알고는 있지만 도저히 자신의 얼굴이라고 믿을 수 없는 가면이 있었다. 과거에는 자신의 얼굴이 늘 상황에 민첩하게 대처했기 때문이다. 과거에는 매혹적으로 보이려고 미소를 지으면 언제든 부분들의 합 이상에 이를 것이라고 믿을 수 있었지만, 지금은 매혹적으로 보이려고 미소를 짓자 풍동* 속에서 명랑해 보이려고 애쓰는 시체처럼 보였다. 눈은 툭 튀어나왔고, 입술은 얇았고, 이마의 주름은 진흙에 작대기로 그은 금처럼 깊었다. 조명 때문임이 틀림없다. 그는 추하다. 그는 늙었다. 어떻게 이런 일이 일어났을까? 이제 누가 그를 원할까?

"정말 엉망으로 보이는군." 칸에 들어간 큰 남자가 천둥 같은 소리로 말했다. 이발사는 머리를 뒤로 매끈하게 빗지 않고 얼른 거울에서 달아났다.

놀랄 만큼 아름다운 아가씨 세 명을 빠르게 지나갈 때 대학 남학생 클럽 스웨터를 입은 아이가 다가왔다. 그는 이발사를 보자 익살맞게 목구멍으로 늙은이가 기침하는 소리를 냈고, 아가씨 하나가 깔깔거리며 이발사가 드레스 속을 훔쳐보는 것을 막으려는 듯 어깨끈을 조정했다.

* 비행기 등에 공기의 흐름이 미치는 영향을 시험하기 위한 터널형 인공 장치.

4

결혼식 몇 주 전 이발사는 우편으로 카우보이가 수소에게 올가미를 던지는 모습이 그려진 카드를 받았다. 수소의 몸통에 이발사의 이름이 휘갈겨져 있었고 카우보이에는 나(미스터 젱크스)라고 휘갈겨져 있었다.

메모는 이런 내용이었다. 귀하가 우리 운전학교에서 만난 나를 기억하고 우리집에서 열리는 작은 바비큐 파티에 참석하기를 바라오. 나의 희망은 우리가 그때 시작한 그 관계를 갱신하는 것이오. 나는 그때 즐거웠는데 아내를 잃은 뒤로는 그런 즐거움이 극히 적었기 때문이오. 꼭 와주고 아무것도 들고 오지 마시오. 표지에서 볼 수 있겠지만, 내가 귀하에게 올가미를 던지는 것은 낙인을 찍으려는 게 아니라 내 환대를 보여주려는 것뿐이오, 바라건대는. 귀하의 친구, 래리 젱크스.

젱크스가 누굴까? 젱크스가 '행복한 남자'일까? 이발사는 카드를 욕실 쓰레기통에 던지며 '운전학교' 괴짜들이 트레일러하우스의 접는 의자에 침울하게 앉아 있는 광경을 상상했다. 카드는 일주일 정도 쓰레기통에 그대로 있었다. 카우보이가 있는 면이 위를 향하고 있어, 어쩐지 그를 책망하는 것 같았다. 이윽고 그는 쓰레기통을 내갔다.

결혼식 며칠 뒤 그는 젱크스에게서 두번째 카드를 받았다. 앞에 검은 꽃이 그려져 있었다.

모두 좋은 시간을 보냈소. 귀하가 참석하지 못해 아쉽소. 젊은 사람들도 즐거워했소, 내가 보기에는. 많은 사람이 소다를 꽤 집으로 가져갔소. 이제 나는 혼자라 평생 마셔도 그렇게 많은 소다를 다 마시지는 못할 것이기 때문에. 이 편지, 전보다 슬픈 기분으로 쓰는 이 편지, 그래서 검은 꽃이 그려져 있는 건데, 이 편지는 엘도라 론센이 시애틀로 이사할 거라는 소식을 알려주려고 보내는 거요. 기억할지 모르지만 귀하의 바로 옆에 있던 나이가 좀 든 여자가 그 사람이오. 그 사람은 회사에서 높은 자리에 있는데 더 높이 올라갔고, 그건 그 사람한테는 좋은 일이지만 우리한테는 나쁜 일이오. 그 여자가 대단히 멋진 여자이기 때문에. 다음 화요일에 우리와 함께합시다, 코리건스 펍에서, 작별주를 마시는 거요. 지도 동봉하오, 귀하의 친구, 래리 젱크스.

다음 화요일은 내일이었다.

"음, 너 못 가." 엄마가 말했다. "여자애들이 이리 올 거야."

여자애들이란 '제단과 묵주 협회'였다. 그들이 여기로 오면 그는 손으로 발로 시중을 들어야 했고, 그러는 동안 그들은 만일 사제가 사제가 아니라면 어느 사제와 결혼할 것인지 이야기했다. 누가 블라우스를 걷어올리며 최근에 생긴 흉터를 보여주면 그게 자신이 본 최악의 흉터라고 말해주어야 했다. 누가 자기 눈에 눈곱이 많으냐고 물으면 그 눈곱 많은 눈에 바싹 다가가 전혀 눈곱이 보이지 않는다고 말해주어야 했다.

"글쎄, 좀 가고 싶은 거 같기도 한데." 그가 말했다.

"방금 못 간다고 했잖아. 여자애들이 온다니까."

엄마는 그에게 죄책감을 심어주려 하고 있었다. 늘 죄책감을 심어주려 했다. 한번은 그가 헤어쇼를 보러 디트로이트에 가려 하자 발작을 일으킨 척했다. 그에게 친구가 없는 것도 놀랄 일이 아니었다. 그렇다고 친구가 없는 건 아니었지만. 친구는 많았다. 그에게는 우편배달부 릭이 있었다. 우편배달부 릭은 들르는 날마다 이발사에게 그게 잘 달려 있느냐고 묻고*, 그러면 이발사는 잘 달려 있다고 답했다. 그에게는 가게 옆 멜런 드러그스의 늙은 미스터 멜런이 있었다. 그는 귀가 좀 어두웠지만 여전히 좋은 친구였다. 작은 빨간 컵에 가래를 뱉을 때만 빼면.

"엄마," 그가 말했다. "나 갈 거야."

"거물 아저씨," 엄마가 말했다. "노부인이나 괴롭히고 말이야."

"엄마 괴롭히는 거 아냐." 그가 말했다. "그리고 엄마는 늙지 않았어."

"그래, 나는 어리지, 아주 작은 아기지." 엄마가 말하며 틀니를 두드렸다.

그날 밤 그는 예쁘지만 묵직한 아가씨 꿈을 꾸었다. 꿈에서 그녀는 완전히 날씬하게 변신했다. 그녀의 몸은 〈릴 애브너〉 만화에 나오는 데이지 메이의 몸처럼 보였는데, 그는 늘 그녀가 좀 매력적이라고 생각해왔다. 그녀는 컷오프 진**을 입고 풀잎을 씹으며 가게로 들어왔고 그가 이룬 일이 놀랍다고 생각한다고 말했다. 특히 그가 극복한 곤경들을 생각할 때, 특히 그의 아버지가 젊어서 죽고 어머니가 그렇게 신경이 예민한 것을 생각할 때. 그러고는 풀잎을 입에서 빼내 잡지 테이블에 놓더니 그가 옷을 벗는 동안 '대기실'

* 성적인 암시가 있지만 일반적으로 잘 지내느냐는 뜻.

** 유행이 지나거나 오래된 청바지를 잘라내거나 오려내어 입는 청바지.

소파에 벌렁 누워 그의 물건을 보며 자신이 본 가장 큰 물건이라고 말하면서 섹시하게 등을 구부리고 그를 자기 쪽으로 부르더니 입에 깊고 따뜻한 키스를 해주었다. 평생 기다려오던 키스와 너무 흡사했기 때문에 그는 놀라 잠을 깨고 말았다.

그는 침대에 일어나 앉아 그녀를 그리워했다. 그녀가 그를 얼마나 사랑하고 이해했는지가 마음에 사무쳤다. 그녀는 그에 관한 모든 것을 알면서도 그를 좋아했다. 갈망 때문에 뱃속이 좀 아파왔다.

어릴 때부터 사용하던 거울에 자신의 모습이 잡히자 역기를 들던 시절 가슴을 펴듯 가슴을 폈다. 그러자 작고 늙은 남자가 침대에서 똥을 누려는 것처럼 보여 깡충 뛰어 일어나 동그란 녹색 러그 위에 서서 숨을 헐떡였다.

엄마는 복도를 더듬더듬 돌아다니고 있었다. 꿈 때문에 아래쪽에 불완전한 뼈가 생겼다. 그는 불완전한 뼈를 감추려고 사타구니를 문 뒤에 두고 머리만 복도로 내밀었다.

"자면서 걷고 있는 거야." 엄마가 말했다. "너무 걱정돼서 자면서 걷고 있어."

"뭐가 그렇게 걱정인데요?"

"여자애들이 올 때가 걱정이야."

"뭐, 걱정하지 마세요. 괜찮을 테니까."

"백만 번 고맙구나." 그녀는 자기 방으로 돌아갔다. "정말 안심이 되는구나."

뭐, 괜찮을 거다. 커피가 떨어지면 노부인 중 한 명이 커피를 만들 거고, 간식이 떨어지면 조금 배고픈 채로 버티면 되고, 정말 심각한 일이 벌어지면 코리건스에 있는 그에게 연락을 할 수 있을 거다, 엄마한테 전화번호를 남겨놓을 테니.

그는 갈 거기 때문에.

그는 아침에 젱크스에게 전화를 해 초대를 받아들였고, 엄마는 움찔하더니 배를 움켜쥐고 무거운 나무 의자 쪽으로 가서 거기에 털썩 주저앉았다.

5

코리건스는 스코틀랜드 골프 코스 가장자리에 있는 펍 같은 느낌이 들도록 꾸민 곳이었다. 난로에서는 불이 활활 타오르고, 옹이와 흉터가 있는 것처럼 보이도록 만든 단단한 플라스틱 재질의 어마어마한 테이블들 위로 매우 낡아 보이는 골프 클럽들이 걸려 있고, 헤더나 조 같은 이름의 웨이트리스가 킬트를 입고 스코틀랜드 세인트앤드루스의 올드 코스 항공 사진 근처에서 커다란 금속 통에 치킨 윙과 구운 치즈와 랍스터 덩어리를 털썩털썩 던져넣고 있었다.

이발사는 일찍 도착했다. 그는 일찍 가는 것을 좋아했다. 일찍 가는 게 예의라고 생각했다. 지각할 때를 제외하면. 그럴 때는 일찍 가는 게 지나치게 꼼꼼하게 구는 것이라고 생각했다. 도대체 다들 어디 있는 걸까? 예의를 갖출 줄 모르는 사람들이다. 그는 자신의 특수 구두를 내려다보았다. 검은색에 뭉툭했고 양옆에 분리 가능한 커다란 금속 보강재가 붙어 있었고 걸을 때 삑삑 소리가 났다. 뭐 누가 구두 갖고 뭐라고 하면 그길로 골로 가는 거다. 그가 발가락 없이 태어나게 해달라고 빈 것도 아니고, 게다가 이 특수 구두는 카키 룩에 신으면 멋있다.

"미안 우리가 늦었네!" 미스터 젱크스가 소리쳤고, '운전학교' 그룹은 옹이가 있는 긴 테이블 주위에 자리를 잡았다.

예쁘지만 묵직한 아가씨는 핸드백을 의자 등받이에 걸어놓았다. 머리카락이 꼼속 그녀의 머리카락처럼 보였고 눈이 꼼속 그녀의 눈처럼 보였지만, 몸에 관해서는 뭐라고 할 수가 없었다. 무무* 를 입고 있었기 때문이다. 물론 얼굴만 보자면 그녀는 예뻤다. 안 그런가? 만일 외계인이 내려와 모든 남자에게 자기들이 기록을 하는 동안 체인링크** 울타리 안에 있는 여자 가운데 자신과 생식을 할 여자를 한 명 고르라고 강요한다면 그는 그녀를 고르지 않을까, 오로지 얼굴을 기준으로? 엉덩이는 훌륭하지만 얼굴이 개처럼 생긴 여자가 있고, 파마는 멋지지만 코끝에 방울 같은 게 달린 여자가 있고, 닭처럼 생긴 '짱나 아가씨'가 있고, 얼굴이 온통 주름투성이인 머리가 하얀 여자가 있고, 예쁘지만 묵직한 아가씨가 있었다. 그녀가 가장 예쁠까? 얼굴로 볼 때? 그는 그럴 가능성이 아주 크다고 생각했다.

그는 테이블 맞은편에서 그녀에게 다정한 눈길을 주었고, 자신

---

* 헐렁하고 화려한 하와이의 전통 의상.

** 굵은 철사를 다이아몬드 모양으로 엮은 울타리.

이 다정한 눈길을 주는 것을 그녀가 보기를 기다렸다. 그래야 그가 얼른 눈길을 피할 수 있고, 그래야 그녀도 그가 아직 관심이 있을 수도 있다는 것을 알 수 있기 때문이었다. 그때 그녀가 메뉴판을 떨어뜨렸고 그것을 줍느라 허리를 굽히는 바람에 이발사는 잠깐 그녀의 드레스 속을 볼 기회가 있었다.

그래, 분명히 그녀의 가슴 범주에는 뭔가 대단한 것이 있었다. 따라서 얼굴 쪽으로는 방에서 가장 예쁘고, 거기에 가슴도 괜찮았다. 매력적인 가슴. 문제는, 그녀가 그를 원할 것인가? 그는 늙었다. 늙수그레하다. 너무 빨리 일어서면 무릎 관절이 툭 튀어나갈 것 같다. 최근 잇몸에서 피가 나기 시작했다. 게다가 발가락이 없다. 하지만 왜 자신을 싸게 팔겠는가? 그는 자기 소유의 작은 사업체를 갖고 있다. 배는 좀 나왔다, 그래. 머리도 약간 빠졌다. 그래도 어깨와 가슴은 넓다. 따라서 전체적인 결과는, 배는 좀 나왔다 해도, 힘이 있는 쪽이고, 아가씨들은 그걸 좋아한다. 적어도 그의 머리는 몸에 비해 적당한 크기이고, 그것은 그녀가 뭐라 할 수 없는 것이다. 물론 그는 여전히 어머니와 살고 있지만.

뭐, 누가 완벽하겠는가? 그는 완벽하지 않고 그녀도 완벽하지 않지만 그들 사이에는 분명히 어떤 특별한 화학반응이 있었고, 이것은 '운전학교'에서 일어났던 일에 기초하고 있었다. 어쨌든, 뭐 어떠랴, 청혼을 하는 것도 아니고, 그냥 조금 더 알려고 노력해볼까 고려중일 뿐인데.

이런 식으로 그는 예쁘지만 묵직한 아가씨에게 데이트를 청하기로 마음먹었다.

그걸 어떻게 할 것인가, 그게 문제였다. 어떻게 청할까. 단둘이 있을 기회를 만들어 머리카락이 아주 멋지다고 말할 수도 있다. 머리카락이 아주 멋지다고 말하면서 전문적인 솜씨를 발휘해 손가락으로 그녀의 곱슬곱슬한 머리카락을 쓰다듬어볼 수도 있다, 끝이 갈라진 곳을 찾는 것처럼. 정말이지 이런 훌륭한 머리카락을 커트해볼 기회가 있길 바란다고 말한 다음 '일회 무료 커트와 커피' 카드를 찔러줄 수도 있다. 그럼 효과가 있을지도 모른다. 과거에는 효과가 있었다. 실비아 레이놀즈, 눈꼬리에 잔주름이 있고 웃음소리가 괴상했지만 키스는 뛰어나게 잘한다는 것을 알게 된 은행 출납원에게는 효과가 있었다. 그녀가 '무료 커트와 커피'를 들고 찾아왔을 때 그는 커피가 떨어졌다고 하면서 빈 멘 로스터스로 데려갔다. 몇 번 더 데이트하고 난 뒤 그녀의 뛰어난 키스 실력 때문에 안타깝게도 그들은 분위기에 휩쓸렸고, 눈꼬리에 잔주름이 있고 웃음소리가 괴상하고 이상하게도 골반이 넓은 사람과 하게 될 거라고 상상할 법한 것보다 더, 실제로는 훨씬 더 하고 말았다. 그날 밤 집에 돌아와 그들이 하고 난 뒤 그녀가 준 로켓*을 가만히 살피면서 그는 즉시 기분이 나빠졌다. 왜냐하면, 우와 그 사진에서도 눈꼬리 주름이 보일 줄이야. 실비아가 그 사진에서 해가 환하게 비추는 그 초원에 서서 머리를 뒤로 젖히고 기쁘게 웃음을 터뜨리는 중에 눈꼬리 잔주름이 아주 두드러지게 나타난 것을 보는 순간 그의 눈앞에 그녀가 아기를 안고 넓은 골반을 이끌고 그에게로 다가

* 사진 등을 넣어 목걸이에 다는 작은 갑.

오는 이미지가 제멋대로 펼쳐졌다. 그러자 그렇게 특이하게 생긴 사람과 그걸 한 자신이 몹시 실망스러웠으며 그녀와 부지불식간에 두번째로 그걸 해 상황을 더 악화시키는 일이 없도록 두 번 다시 연락하지 않았고 심지어 은행도 바꾸었다.

그는 예쁘지만 묵직한 아가씨를 흘끗 보다 그녀가 여자 화장실로 가는 것을 알았다.

지금이 어떤 때 못지않게 좋은 기회였다.

그는 몇 분 기다리다가 실례한다고 말하고 나가 여자 화장실 밖에서 코르크판 위에 붙은 광고들을 읽었고 마침내 예쁘지만 묵직한 아가씨가 나왔다.

그는 헛기침을 하고 나서 즐거운 시간을 보내고 있나? 하고 물었다.

그녀는 그렇다 하고 대답했다.

그러자 그는 우와 머리카락이 아주 훌륭하다 하고 말했다. 그런데 훌륭한 머리카락이라면 그가 좀 안다, 그는 전문가다 하고 말했다. 머리는 어디에서 커트했나? 그는 마치 갈라진 끝을 찾는 것처럼 손가락으로 그녀의 곱슬곱슬한 머리카락을 쓰다듬은 뒤 이런 끝내주는 머리카락을 작업해볼 기회가 있으면 좋겠다 하고 말하고 나서 셔츠 호주머니에서 '일회 무료 커트와 커피' 카드를 꺼냈다.

"언제 한번 들르시죠." 그가 말했다.

"마음씨도 좋으시네요." 그녀가 말하고 얼굴을 붉혔다.

그러니까 그녀는 수줍음이 많은 아가씨였다. 물정 모르지만 귀엽다고나 할까. 딱히 자신감이 있는 사람이라고는 할 수 없었다.

그건 정말 안된 일이었다. 그는 자신감을 좋아했다. 그게 섹시하다고 생각했다. 반면 누가 그녀를 탓할 수 있으랴, 그도 가끔 아주 위압적일 수가 있는 사람이니. 또 그녀의 자신감 부족은 그가 아마도 좀더 대담해져도 괜찮다는 것을 보여주었다.

"가령, 그러니까, 내일?" 그가 말했다. "가령, 그러니까, 내일 정오?"

"하," 그녀가 말했다. "속도가 빠르시네요."

"너무 빠른 건 아니기를 바라는데요." 그가 말했다.

"아니에요." 그녀가 말했다. "너무 빠른 건 아니에요."

그렇게 그는 그녀를 휘어잡았다. 그가 너무 빨리 움직이는 게 아니라고 함으로써 그녀는 그가 딱 적당한 속도로 움직이고 있다고 암시하고 있는 게 아닐까? 이제 그가 할 일은 벌인 일을 마무리하는 것뿐이었다.

"솔직히 말할게요." 그가 말했다. "'운전학교' 이후로 계속 그쪽을 생각하고 있었습니다."

"그랬어요?" 그녀가 말했다.

"그랬습니다." 그가 말했다.

"그러니까 내일이라는 거죠?" 그녀는 말했고, 다시 얼굴을 붉혔다.

"괜찮으시다면." 그가 말했다.

"나는 괜찮아요." 그녀가 말했다.

그러더니 그녀는 머뭇머뭇 테이블로 돌아가기 시작했고 이발사는 남자 화장실로 달려들어갔다. 그래! 그래 그래 그래. 데이트였다. 그는 그녀를 휘어잡았다. 믿을 수가 없었다. 자신이 정말로 그렇게 멋지게 행동하다니. 뭘 걱정했던 걸까? 그는 귀여웠고, 여자들은 늘 그가 귀엽다고 생각했다. 머리가 빠지고 배가 좀 나왔다는 건 신경쓸 거 없다, 그에게는 딱 여자들이 좋아하는 그런 게 있으니.

우와 그 여자는 예쁘다. 그가 한 것치고는 아주아주 잘한 일이다.

테이블로 돌아오니 미스터 젱크스가 폴라로이드 사진을 찍고 있었다. 그는 한 사람이 한 장씩 가질 수 있도록 '운전학교' 그룹을 여섯 번 찍을 생각이라고 말했고 이발사는 예쁘지만 묵직한 아가씨 뒤에 서서 두 손을 그녀의 어깨에 얹었다. 그녀는 손을 위로 뻗어 그의 손목을 살짝 쥐었다가 놓았다.

6

집에 오니 늙은 부인의 차들이 진입로에 있고 늙은 부인의 코트들이 소파에 수북이 쌓여 있고 집에서는 늙은 부인의 냄새가 났다. '제단과 묵주 협회' 구성원들은 약해 보이는 식탁 주위에 모여 앉아 있었다. 모두 똑같아 보였다. 그는 그들을 제대로 기억할 수가 없었다. 라임색 바지 정장을 입은 노파가 한 명, 분홍색 바지 정장을 입은 노파가 한 명, 파란색 바지 정장을 입은 노파가 두 명 있었다. 그가 들어가자 그들은 엄마에게 그가 어디 갔다 오는 거냐, 왜 이렇게 늦게 나갔냐, 왜 여기서 엄마를 도와주지 않았냐, 평소에는 아주 착한 아들 아니었냐 하고 묻기 시작했다. 그러자 엄마는 그렇다. 그가 평소에는 아주 착한 아들이었다. 다만 아직 손자들을 안겨주지 않았고 종종 하루에 두 번이나 목욕을 해서 물을 낭비할 뿐이다 하고 대답했다.

"내 아들한테도 그런 문제가 있었어." 파란 노파 한 명이 말했다. "그애 처가 한번은 나를 따로 부르더라고요."

"저애 처가 따로 부른 적이 있어?" 분홍 노파가 엄마에게 말했다.

"저애는 결혼 안 했어." 엄마가 말했다.

"어쩌면 결혼을 안 한 거하고 목욕을 너무 자주 하는 게 관계가 있을지도 몰라." 라임 노파가 말했다.

"어쩌면 저애가 다른 사람들과 거리를 두고 있는 건지도 모르지." 파란 노파가 말했다. "내 아들은 다른 사람들과 거리를 두고 있거든."

"내 딸도 다른 사람들과 거리를 두고 있어." 분홍 노파가 말했다.

"그애도 목욕을 너무 자주 해?" 엄마가 말했다.

"그애는 목욕을 너무 자주 하지는 않아." 분홍 노파가 말했다. "그냥 자기가 모든 사람보다 똑똑하다고 생각할 뿐이야."

"너도 스스로 모든 사람보다 똑똑하다고 생각하니?" 라임 노파가 엄하게 물었고, 다행히도 그 순간 엄마가 손을 위로 뻗어 그의 셔츠를 잡고 그를 아래로 끌어내려 뺨에 거칠게 키스했다.

"재미있었어?" 엄마가 말했고 단체사진이 호주머니에서 허벅지로 떨어졌다.

"아주 즐거웠어." 그가 말했다.

"이 사람들은 누구야?" 엄마가 말하며 손가락으로 사진에서 작은 소스 자국을 닦아냈다. "이 사람들을 만나러 갔던 거니? 네가 끌어안고 있는 이 사람은 누구야? 이 커다란 사람."

"내가 그 여자를 끌어안고 있는 건 아냐, 엄마." 그가 말했다. "그냥 뒤에 서 있는 거야. 친구야."

"크네." 엄마가 말했다. "너한테서 맥주 냄새 나는 거 같은데."

"여기 아가씨들 지난 일요일에 미시즈 링크 봤어?" 라임 노파가 말했다. "미시즈 링크는 절대 슬랙스를 입지 말아야 해. 슬랙스를 입으면 골반이 넓어 보여. 보이는 게 골반밖에 없어."

"골반이 그 여자보다 먼저 교회로 들어가는 것 같아." 분홍 노파가 말했다.

"자기 골반하고 동행하는 것 같아." 라임 노파가 말했다.

"어떤 남자들은 그게 큰 걸 좋아하더라고." 파란 노파 하나가 말했다.

"저애 얼굴을 봐." 다른 파란 노파가 말했다. "저애는 그게 큰 걸 좋아해."

"카나리아를 먹은 고양이*로군." 라임 노파가 말했다.

"사실 나는 그 여자가 크다고 생각하지 않아요." 이발사가 무관심한 관심이 담긴 목소리로 말하며 분홍 노파의 어깨 너머로 사진을 내려다보았다.

"뭐래." 라임 노파가 말했다.

"저애가 술을 마셨네." 엄마가 말했다.

* 큰 성공을 거두어 환희에 찬 모습을 가리키는 말.

오 그는 그들이 무슨 생각을 하든 상관하지 않았다. 그는 행복했다. 그는 장난스럽게 사진을 낚아채 한 번에 계단을 두 개씩 뛰어올라 방으로 달려갔다. 이 가엾은 늙은 방귀들, 그들은 모두 초고독하고, 그래서 그렇게 염병 못되게 군다.

개비 개비 개비, 그녀의 이름은 개비였다, 개브리엘의 애칭.

내일 그들은 만나서 점심을 먹는다.

아니, 아침. 그들은 데이트를 아침으로 옮겼다. 개비의 차에 기대어 키스를 하던 도중 그녀는 그를 다시 보고 싶어 점심까지 기다릴 수 있을지 모르겠다고 말했다. 그도 같은 기분이었다. 아침조차도 기다리기에는 너무 먼 시간 같았다. 지금 그녀가 침대 옆에 앉아 있으면 좋으련만. 그의 손을 잡고, 덩굴로 덮인 아주 작은 창을 통해 노파들이 떠나며 깔깔거리는 소리를 들으면서. 그는 마음속에서 그녀의 머리카락을 쓰다듬으며 마침내 그녀를 발견해서 다행이라고 말했고, 그녀는 자신을 발견해줘서 다행이라고 말했다. 이렇게 훌륭한 사람이, 이렇게 가슴이 넓고 어깨가 딱 벌어진 사람이 자기 같은 여자애를 사랑할 수 있을 거라고는 꿈도 꾸지 못했다. 행복해? 그가 다정하게 물었다. 오 정말 행복해, 그녀가 말했다. 이런 놀라운 집에서 이렇게 교양 있고 훌륭한 남자 옆에 앉아 있어 정말 행복하다. 이 집은 그의 마음속에서 현재의 집, 기울어지고 갈라진 보도 옆에 있는 연두색 랜치하우스가 아니라 저택이다. 호숫가에 있는 저택. 근처에 엄마가 사는 작은 집이 있다. 아주 긴 숲길을 따라가면 나오는 작은 집. 그는 국제 이발소 체인에서 번 돈으로 집값을 냈는데, 각각의 이발소들은 지금 이발소의 완벽한 복

제판이다. 그와 개비가 엄마를 작은 집에 남겨두고 잉글랜드 런던의 이발소를 방문해 행복한 한 쌍으로 걸어들어갈 때면 잉글랜드인 이발사들은 늘 환호를 터뜨리며 참말로 좋구먼 참말로 좋구먼 하고 말하곤 한다.

"설거지는 너한테 맡길게, 로미오." 엄마가 층계 아래에서 소리쳤다.

7

다음날 아침 일찍 그는 욕조 속에 앉아 데이트 준비를 했다. 여기 무슨 바다 생물처럼 동동 떠다니는 그의 고추가 있고, 여기 녹색 타일에 그의 뭉툭한 발가락이 있었다. 그는 잠깐 발가락들이 안달복달 춤을 추게 했다. 프레드 애스테어*가 벽에서 춤을 추는 것 같았다. 발가락들로 수건 한쪽 모서리를 잡고 물에서 빙빙 돌리자 수건도 바다 생물 같았다. 파란 가오리, 모노그램이 박힌 파란 가오리가 이제 그의 배라는 땅을 가로질러 그의 고추라는 바다 생물을 공격했다. 그러다 에드거 아저씨가 결혼식에서 그의 발사기가 발사도 못한다는 둥 말한 게 기억나 발사기를 안심시키듯 세게 열심히 흔들어주었다. 마치 아주 잘 발사할 수 있다는 걸 축하하듯이. 훌륭한 발사기였다. 성능이 아주 좋고 완벽하게 멋졌다. 앤 드

* 미국의 뮤지컬 배우.

만이 그가 박는 게 형편없다고 말한 적이 있기는 하지만. 사실 어젯밤에도 아주 빨리 단단해졌고 키스를 하는 내내 단단한 상태를 유지했다. 남자를 찾는 쪽이라니, 웃음이 터질 일이었다. 에드거 아저씨가 그 커다란 딱딱이를 보았으면 하는 마음이었다.

오 기분이 좋았다. 가벼운 숙취에도 불구하고 아주 행복했다.

그는 태평하게 엄지와 검지로 자신의 물건을 좌우로 흔들며 세면대 옆에 둔 폴라로이드 단체사진을 보았다. 하느님, 그 여자는 예쁘다. 그는 운이 아주 좋다. 젊고 예쁜 아가씨와 데이트가 있다. 그 노파들은 제정신이 아니다. 그녀는 크지 않다. 다른 여느 여자보다 크지 않다. 어쨌든 많이 크지는 않다. 그녀의 어깨가, 가령 '짱나 아가씨'의 어깨와 비교해서 얼마나 넓은가? 음, 그런 질문에 대답하는 것 자체가 그게 중요한 것처럼 보이게 만드는 일이었다. 그녀는 그냥 있는 그대로 완벽했다. 그는 욕조에서 밖으로 몸을 빼내 사진을 더 자세히 보았다. 그래, 개비의 어깨는 어쩌면 '짱나 아가씨'의 어깨보다 약간 더 넓을지도 모른다. 분명히 넓다. 머리가 하얀 그 여자의 어깨보다 넓을까? 사실 사진에서는 시골 청년의 어깨보다 훨씬 넓었다.

오, 상관없었다. 그냥 정말로 그녀가 마음에 들었다. 그녀가 웃음을 터뜨리는 것, 회의적인 태도일 때 한쪽 눈썹을 치켜올리는 모습이 마음에 들었다. 차에 기대 그의 손이 그녀의 가슴 쪽으로 움직였을 때 그녀가 행복한 작은 숨을 내쉬는 모습이 마음에 들었다. 몇 분 동안 키스를 하며 가슴을 더듬은 뒤, 가슴은 멋지고 아주 단단했는데, 그런 뒤에 손을 그녀의 다리 사이로 내렸을 때 그녀가 하룻밤에 이 정도면 아마도 충분할 것 같다고 말하는 모습이 마음에 들었다. 그게 좋았다. 훌륭한 도덕을 보여주었다. 언제 그만두어야 하는지 그녀가 안다는 걸 보여주었다.

엄마는 자기 방에서 쾅쾅 소리를 내며 물건을 움직이고 있었다.

잠시 그는 걱정했기 때문이다. 그녀가 자신의 손을 막지 않을까 봐 걱정했다. 그랬다면 실망스러웠을 거다. 그녀는 자신을 거의 알지 못했기 때문이다. 그렇다면 그가 아닌 다른 사람이어도 상관없지 않겠는가. 거기서 차에 기댄 몇 분 동안 그는 그녀가 좀 쉬운 쪽이 아닌가 하는 의문을 품었다. 그는 지금도 이것에 의문을 품고 있었다. 품고 있나? 지금 그는 이것에 의문을 품고 있나? 지금 이것에 의문을 품고 싶나? 그건 그녀를 좀 의심하는 게 아닐까? 그건 좀 의리 없는 게 아닐까? 아니, 아니, 괜찮다, 어떤 걸 정직하게 바라보는 게 죄는 아니다. 그래서 그녀가 정말 그런가? 너무 쉬운가? 다르게 말하자면 왜 그렇게 뭐랄까 필사적인가? 왜 그렇게 빨리 데이트하겠다고 동의했는가? 잘 알지도 못하는 어떤 늙은 남자에게 그렇게 쉽게 그렇게 기꺼이 내주려 하는가? 글쎄, 그는 알 것 같다는 생각이 들었다. 어쩌면 그녀의 몸집 때문일 수도 있다. 어쩌면 그녀 또래 남자들은 커다란 몸뚱어리 때문에 그녀를 무시했고, 이제 서른이 다가오자 자신의 생물적 시계가 똑딱이는 소리가 들리면서 기준을 낮출 때가 왔다고 판단했는데, 어쩌면 그 부분에 그가 들어설 자리가 생긴 것인지도 모른다. 어쩌면 '운전학교'에서 그를 보고 그녀는 생각했을지도 모른다. 나이든 남자는 죄다 젊은 여자를 좋아한다, 큰 몸뚱어리든 아니든 좋아한다, 그러니 몸이 배

모양이고 머리가 벗어지고 있는 이 늙은 남자도 문제없이 넘어올 거다.

그런 건가? 그렇게 된 건가?

"어떤 여자애가 방금 전화했다." 엄마가 욕실 문에 체중을 실어 기대며 말했다. "어떤 여자애. 개비인가 태비인가 뭐라던데. 너랑 데이트가 있다 하더라고. 자기가 좀 늦는다고 전해달래. 그게 그 여자애냐? 네가 끌어안고 있던 그 뚱뚱한 여자애?"

그는 욕조에 앉아 음경이 신경질적인 주먹에 움켜쥐어지다, 풀려나 한쪽으로 쓰러지는 것을 느꼈다. 막 기절한 것처럼.

"그 여자애한테 좋은 일을 좀 해줘라, 미키." 엄마가 말했다. "취소해. 그애는 너한테는 너무 커. 너는 절대 그애하고 오래가지 못할 거야. 너는 누구하고도 오래가지 못할 거야. 너는 엘런 위스트하고도 오래가지 못했잖아. 큰 소리를 내며 운다는 이유로. 그애는 정말 괜찮았는데. 너 솔직히 네가 이 태비인가 지피인가 뭔가하고 오래갈 거라고 생각하니?"

엄마는 당연히 엘런 위스트를 끄집어낼 수밖에 없었다. 엄마는 엘런을 사랑했는데, 그 여자는 여왕의 얼굴과 멋진 예절의 소유자였으며 늘 엄마가 얼마나 훌륭한 어머니인지 모른다는 말로 엄마에게 애교를 떨었다. 그는 엘런과 함께 버터넛 폭포로 하이킹을 하러 가 안개에 젖은 채 손을 잡고 서서 서로 바라보며 달콤하게 미소 짓던 때를 기억했다. 정말 즐거웠다. 그녀는 그를 사랑하는 것 같다고 말했고, 그건 좋았다. 다만 우와 그녀는 키가 컸다. 조금만 오래 손을 잡고 있어도 등이 아파오기 시작했다. 안개 속에서 등이 좀 아파오던 기억이 났다. 게다가 내려오는 길에 그 싸움을 했다. 그래, 엘런에 관해서는 엄마가 알지 못하는 게 많았다. 가령 그 여자의 못된 성질이라든가. 그는 엘런이 그 좁은 길에서 그보다 앞서 쿵쿵 걸어가면서 이따금 고개를 돌려 노려보던 기억이 났다. 단지 그녀의 키에 관해 재미있는 말을 한마디 했다는 이유로, 그녀가 해를 막고 있다고 말했다는 이유로. 그들이 지나가는 길에 있는 가장 키 큰 나무에서 잎을 따먹을 수 있을 거라는 말도 했던가? 글쎄, 그건 재미있는 말이었다, 모두 재미 속에서 이루어진 것이었다. 그런데 왜 그녀는 그렇게 미친듯이 화를 내야 했을까? 지금 엘런은 어디 있을까? 에드 트로트와 결혼하지 않았을까? 그래, 트로트가 그녀를 가졌을 수도 있다. 트로트는 아마 지금도 얇은 피부* 아가씨와 결혼한 결과로 고통을 겪고 있을 것이다. 그 순간 최근 밸류웨이에서 에드와 엘런을 본 게 떠올랐다. 엘런은 임신을 했고 아주 이상해 보였다. 커다란 배로 카트를 압박한 채 기린처럼 목을 길게 뺀 다음 아래로 내려 에드에게 코를 비비고. 에드는 세상에서 가장 운이 좋은 사람인 것처럼 멍청하고 행복한 함박웃음을 짓고.

이발사는 분노하여 욕조에서 일어섰다. 여기 거울에 그의 검버섯이 퍼진 삼각근과 검버섯이 퍼진 둥그스름한 가슴 근육과 이상할 만큼 창백한 사랑의 손잡이**가 있었다.

엄마가 크게 쿵 하는 소리와 함께 다시 문에 기대 자리를 잡았다.

---

* 상처를 잘 받는다는 뜻.

** 허리의 군살.

"그래서 결론이 뭐냐, 사랑에 빠진 아이야." 그녀가 물었다. "취소하는 거야? 전화해서 취소할 거야?"

"아니 안 해." 그가 말했다.

"흠, 여자애가 가엾네." 엄마가 말했다.

8

그는 평생 매일 아침 엄마의 쌍둥이 장미 격자 울타리 사이를 걸어나갔다. 초등학교에 다닐 때, 중학교에 다닐 때, 고등학교에 다닐 때, 이발 전문대학에 다닐 때, 늘 쌍둥이 격자 울타리 사이를 걸어나갔다. 그는 지금 갈색 코듀로이 바지와 파란색 버튼다운 셔츠 차림으로 그 사이를 걸어나갔다. 개비에게 줄 장미를 한 송이 꺾을까 하는 생각이 들었다, 너무 진부하기는 하지만. 좀 늙은이처럼 보일 수도 있었다. 그래서 장미를 꺾으려던 손으로 가볍게 치기만 했다. 그리고 마음속으로 장미의 피부를 찢은 것을 사과했다.

오, 이 일 전체가 그를 긴장시켰다. 몹시 긴장시켰다. 그는 다시 침대로 돌아가 있기를 바랐다.

"미키, 한마디만." 엄마가 문에서 소리쳤지만 그는 어깨 너머로 그녀에게 손을 흔들기만 했다.

사우스 스트리트는 오래된 마찻길이었다. 차들이 굽은 곳을 너무 빨리 달렸다. 출근길에 빠르게 달리는 차들을 쏘아보며, 운전사들이 그의 걸음걸이를 보고 속으로 웃음을 터뜨리고 있다고 상상했다. 특수 신발에 발이 아플 때면 그는 뭐랄까 짧은 보폭으로 빠르고 부자연스럽게 걸었기 때문이다. 오늘은 아팠다. 얇은 회색 양말을 신지 말았어야 하는 건데. 그는 잠깐 짧은 보폭으로 빠르고 부자연스럽게 걸었지만 그렇게 하지 않으려고 노력하고 있었다. 개비가 가게에서 그를 만나려고 남쪽에서 차를 몰고 올라오다가 그가 짧은 보폭으로 빠르고 부자연스럽게 걷는 것을 보면 어쩔 것인가?

풀러턴에는 그네가 있는 집이 연속으로 세 채가 있었다. 그네마다 밑에 풀이 없는 곳이 있었다. 세 집 중 마지막 집에 아기가 앉아 숟가락으로 그네를 때리고 있었다. 그는 링컨 애비뉴를 따라 올라가 술냄새가 나는 리커 마트와 안에 명랑한 개가 있는 골동품점 라벨 에포크를 지났다. 명랑한 개는 평소와 다름없이 하얀 소파 위로 뛰어올라 유리창에 몸을 던졌고, 그다음에 개비가 있었다. 그 블록 맨 아래쪽에서 잠긴 가게 안을 들여다보고 있었다. 그는 짧은 보폭의 빠르고 부자연스러운 걸음걸이를 고쳐, 죽을 만큼 아팠지만 정상적으로 걷기 시작했다.

그녀는 가게가 마음에 들까? 그는 행복해 보이기 위해 고개를 뒤로 젖히고 넓은 보폭으로 대담하게 성큼성큼 걸었다. 행복하고 강하게, 발가락에도 불구하고. 발가락에도 불구하고, 인생의 절정기를 맞이하여. 가게가 얼마나 말끔한지 그녀는 눈치챌까? 얼마나 전문적인지? 또 의자 네 개가 한 가지 유형이고 다섯번째는 완전히 다르다는 건? 가게가 늙은 파란 머리*들에게나 어울리는 곳으

* 노인을 가리키는 말.

로 보일까? 그는 언젠가 쓰레기를 버리러 나왔다가 어떤 젊은 여자가 그렇게 말하는 것을 들은 적이 있었다.

그녀는 어떤 모습일까? 좋아 보일까?

아직은 너무 멀어서 알 수가 없었다.

이제 그녀는 보았다. 이제 그녀는 그를 보았다. 얼굴이 밝아졌고, 어린 소녀처럼 손을 흔들었다. 오, 그녀는 예뻤다. 평생 그녀를 알아온 느낌이었다. 아주 희망차 보였다. 하지만 어이쿠. 오 하느님 그녀는 컸다. 옷을 엉망으로 입었다. 꽉 끼는 청바지에 꽉 끼는 셔츠라니. 그를 시험하듯이. 예수여, 지금까지 본 그녀의 모습 가운데 가장 컸다. 뭘 하는 걸까, 최악을 보여주려고 노력하여 그를 시험하는 걸까? 골목길이 있었다. 골목길로 슬쩍 빠져들어가 나중에 연락할까? 아니면 하지 말까? 나중에 연락하지 말까? 모든 걸 잊어버릴까? 어젯밤이 있지도 않았던 척할까? 하지만 이미 그녀는 그를 보았고, 그는 모든 걸 잊고 싶지 않았다. 어젯밤 아주 오랜만에 어머니 식료품 저장실의 착유용 스툴에서 딸딸이를 치는 남자와는 다른 사람이 된 듯한 느낌이 들었다. 어젯밤에 그는 '운전학교' 그룹을 위해 맥주 한 피처를 샀고 젱크스는 그를 멋쟁이라고 불렀다. 어젯밤에 그녀는 그가 섹시하게 키스한다고 말했다.

어젯밤을 잊을 생각을 하니 가슴이 덜컥 내려앉았다. 어젯밤을 잊는 것은 선택지가 아니었다. 선택지에는 뭐가 있을까? 음, 그녀가 줄어들 수 있었다. 그것은 선택지였다. 좋은 선택지였다. 어쩌면 그녀에게 필요한 것은 간단한 진실을 말해줄 사람, 그녀를 앉혀놓고 이렇게 말해줄 사람뿐인지도 몰랐다. 봐라, 네 얼굴은 믿을 수 없을 정도로 아름답고 지적이다. 하지만 목부터 아래로는, 스위티, 우와, 좀 심각한 작업이 필요하다. 그들이 솔직한 대화를 하고 나면 그녀는 그에게 정직함에 감사하며, 그 작업을 합시다라고 적힌 카드와 함께 꽃을 보내올 것이다. 그런 뒤에 매일 밤 그녀는 팬티와 브라 차림으로 거울 앞에 서 있고 그는 개선이 필요한 곳들을 지적하며, 다음날 그녀는 체육관에서 힘차게 그 구역들을 처리하고, 곧 머리-몸뚱어리 불일치는 제거될 것이다. 그는 베란다의 작은 테이블 옆에 예쁜 옷을 입고 앉아 있는 그녀를 상상했다. 바닷가의 베란다. 가난한 집안 출신으로 이런 육 주짜리 유럽 관광은 말할 것도 없고 휴가 여행조차 한 번도 가본 적이 없는 그녀는 신혼여행에 감사한다. 이윽고 그녀는 말한다, 여보 당신의 국제 이발소 체인 매출을 알려주는 따분한 보고서는 내려놓고 내가 당신에게 얼마나 감사하는지 보여줄 수 있게 방으로 가는 게 어때요. 방에서 그녀는 옷을 벗기 시작하는데 능숙한 솜씨다. 그렇다고 전에 그런 걸 해봤다는 뜻은 아니다. 아니, 해보지 않았다. 그냥 타고나기를 그런 일에 능숙할 뿐이다. 다 벗고 나서 그녀는, 완벽한 얼굴에 데이지 메이의 몸매를 갖춘 그녀는 그에게 무조건적 사랑과 함께 미소를 보낸다.

쉽지 않을 것이다. 힘든 노력이 필요할 것이다. 그도 힘든 노력에 관해서는 좀 안다. 원래 애완동물 가게였던 곳에서 이발소를 만들어냈기 때문에. 카운터 하나를 떼어내다 죽은 쥐를 발견했다. 배출 펌프에서는 딱딱해진 뱀 세 마리를 끌어냈다. 하지만 절대 포기하지 않았다. 그는 일꾼이었기 때문에. 힘든 노력을 두려워하지 않았다. 그녀가 일꾼일까? 그는 알지 못했다. 알아내야 한다.

함께 알아낼 거다.

그녀는 그의 가게 차양 아래 놓인 나무 벤치 옆에 서 있었다. 거무스름한 갈기 같은 머리카락의 그림자가 그의 발치에 떨어졌다.

여기까지 얼마나 거칠게 달려온 것인지, 그가 이미 자신에 관해서 얼마나 많이 알게 된 것인지!

"왔어요." 그녀가 수줍게 예쁜 미소를 띠며 말했다.

"와줘서 정말 기쁩니다." 그는 말하며 허리를 굽혀 가게문에 열쇠를 꽂았다.

THE FALLS

폭포

모스는 학교가 파하는 시간에 세인트주드 학교 구내를 가로지르는 것이 신경 곤두서는 일임을 알게 되었는데, 만일 교복을 입은 가톨릭 아이들에게 미소를 지으면 자신이 괴짜거나 변태라고 생각할지 모르고 미소를 짓지 않으면 세상에 한이 맺힌 나이든 투덜이라고 생각할지도 모른다고 느꼈기 때문이다. 사실 어떤 기준에서 보자면 그는 투덜이가 맞다. 가끔 자신이 어떤 부류의 미치광이일지도 모른다는 사실을 완전히 부정하기는 힘들지만, 변태는 확실히 아니다. 그건 확실하다. 아니 상대적으로 확실하다. 그는 상대적으로 확신했다, 확실하다고 지나치게 믿는 것이, 결국 사람을 미치광이로 만든다고. 따라서 겸손이 중요하다, 그 딴에는 자신의 젊은 시절을 따뜻한 마음으로 되돌아보는 사람의 표정이라고 통할 만한 얼굴, 괴짜나 변태 느낌은 싹 제거한 얼굴로 표정을 조정하며 생각했다, 겸손이 중요하다.

학교는 산비탈의 단풍나무들 사이에 자리를 잡고 있었으며, 비탈을 따라 내려가면 나오는 넓은 타가나크강은 차츰 좁아지며 속도를 내다가 일 마일 하류에서 브라이스 폭포를 넘어가며 부서졌는데, 그 근처에 모스의 작은 셋집이 있었다. 사실 창피할 정도로 작은 셋집이었지만 그럼에도 그에게는 그것이 최선이었으며 그는 자신이 감사해야 한다는 것을 알았다. 하지만 어떨 때는 조금도 감사한 마음이 들지 않고 자신이 어디에서부터 잘못되었는지 궁금했고, 또 어떨 때는 납 페인트가 벗어지고 있는 기우뚱하고 작고 파란 오두막이 대단히 만족스러웠고 자신의 위태로운 똥통보다 훨씬 작고 위태로운 똥통에 세 들어 사는 가난한 인간들에게 큰 동정심을 느끼기도 했는데, 지금은 그런 동정심을 느끼며 환한 햇빛 속으로 내려와 비싼 저택들이 줄지어 선 녹색 강을 따라 집으로 유쾌하게 계속 걸어갔지만 저택의 소유자들에게는 마음 깊은 곳에서 분개하고 있었다.

모스는 키가 크고 여위었고 곧 안전 부적격 판정을 받을 교회처럼 잿빛에 음침했다. 바지는 너무 짧았으며, 얼굴엔 주기적으로 자연스럽지 않은 긴장된 웃음이 나타났다가 마치 갑자기 날카로운 통증이라도 느낀 것처럼 웃음기가 싹 거두어졌다. 직장에서 대화할 때는 짧은 폭소를 구두점처럼 찍으며 막 솟아오르는 의욕을 질풍처럼 쏟아내다가는 곧 창피해하면서 이런 창피함을 호주머니에 두 손을 갑자기 찔러넣는 것으로 표현했고, 그런 뒤에는 얼른 두 손을 호주머니에서 잡아빼며 자신이 부끄러워한 것이 너무 부끄러워 그냥 얼굴을 찌푸린 채 서 있다가 그나마 한순간도 버티지 못하고 사라진다고 알려져 있었다.

뒤의 좁은 길로 불규칙하게 쿵쾅거리는 일련의 발걸음이 다가왔다. 흘끗 보니 앨도 커밍스, 마흔이 되어서도 아직 어머니와 사는 미운 오리였다. 커밍스는 일을 하지 않았고 앞머리를 가로로 반듯하게 잘랐으며 한겨울에도 체육관 반바지를 입었다. 모스는 커밍스가 자신을 붙들어 세우지 않기를 바랐다. 커밍스가 그를 붙들어 세우지 않았을 뿐 아니라 모스가 자신을 내세우지 않으려고 초조하게 씩 웃었음에도 마주 웃어주지 않고 지나가자, 모스는 커밍스가 자신을 붙들어 세우고 싶어할 것이라 여긴 점에 죄책감을 느끼다가 시청 청소부도 붙잡아 세우는 커밍스가 자신을 붙잡아 세우지 않은 것에 발끈했다. 그가 커밍스를 불쾌하게 만들 만한 일을 한 걸까? 커밍스가 그를 좋아하지 않을지도 모른다는 것이 걱정되었고 커밍스 같은 미치광이가 자신을 좋아하는지 아닌지 걱정되는 것이 걱정되었다. 그가 무슨 걱정꾸러기라도 되는 걸까? 그게 걱정되었다. 그가 왜 걱정을 해야 하는 걸까, 지금 그가 하려는 일이라고는 세상 근심 없이 아름다운 아이들과 함께 있는 시간을 누리려고 집으로 가는 것뿐인데. 다만 로버트의 피아노 연주회가 예정되어 있기는 했다. 그것은 대실패로 끝날 것이 분명했는데, 로버트는 절대 연습을 하지 않았고 집에 피아노도 없었고 가족은 연주회가 언제 어디서 열리는지조차 잘 몰랐고, 애니가, 그 아이를 축복하소서, 로버트의 연습을 위해 그가 만들어준 판지 키보드를 먹어버렸기 때문이다. 집에 가면 로버트에게 새 판지 키보드를 만들어주고 연습을 하라고 간청할 거다. 심지어 연습하라고 명령할지도 모른다. 심지어 판지 키보드를 스스로 만들고, 그런 다음 연습하라고 명령할지도 모른다. 물론 그럴 가능성은 크지 않은 것이 그가 로버트에게 강압적으로 나가면 로버트는 엉엉 울었고 모스는 로버트를 너무 사랑하여 그 아이가 엉엉 우는 꼴을 보는 건 참을 수가 없었기 때문이다. 물론 그가 로버트에게 강압적으로 나가지 않으면 로버트는 야구 글러브로 얼굴을 덮고 침대에 누워버리곤 했지만.

선하신 하느님, 하지만 인생은 편치 못할 수도 있다. 그렇다고 물론 인생이 이보다 훨씬 나빠질 수도 있다는 걸 그가 모른다는 말은 아니었지만, 이런 상태로, 맥박은 빨리 뛰고 얼굴은 붉어진 채, 얼마나 신경이 곤두섰는지 다른 사람이 눈치챌 정도로 죽어라 걱정하면서 돌아다니는 것은 물론 이상적이지 못하다. 그는 자신의 몸이 온갖 종류의 해로운 화학물질을 분비하고 있으며, 해로운 화학물질 걱정을 하면 할수록 그곳이 어디든 그게 나오는 곳에서 더 빨리 뿜어져나오게 된다고 확신했다.

집에 가면 계단에 앉아 자신의 만트라, '진정해 진정해'를 되뇌며 몇 분 동안 느긋하게 중앙 호흡*을 할 거다, 아이들이 달려나와 그의 다리를 움켜쥐고 때로는 흥분해서 꽉 깨물기 전에, 루스가 나와서 성난 목소리로 온종일 일한 사람이 혼자뿐인 줄 아느냐고 따끔하게 일깨우기 전에. 그는 걸으면서 조금이라도 고요를 흡수해 보고자 하는 마음에 아름다운 타가나크강을 내다보지만, 자기도 모르게 대문의 고장난 걸쇠가 떠오르면서 거기에 집착하게 되었는

* 스트레스를 푸는 호흡법.

데, 가능성으로만 보자면 그 망가진 걸쇠 때문에 애니가 마당에서 아장아장 걸어나가 강으로 들어갈 수도 있었다. 그는 강가에서 울고 있는 자신을 그려보았고, 이 생각을 지우기 위해 두 손으로 양옆구리를 찰싹찰싹 때리면서 미친듯이 〈성조기여 영원하라〉를 휘파람으로 불어댔다.

커밍스는 아래위로 몸을 까닥이며 복원된 방앗간을 지났다. 모스, 그 음모적인 빌리지 권력 집단의 잘난 체하는 구성원, 억압적인 억압자 동맹의 일원을 그렇게 단호하게 깔아뭉갠 것이 기분좋았다. 그들은 분투하는 예술가의 운명을 알지 못할 거다, 분투하는 예술가의 운명이 궁지에 몰린 와중에도 의연하게 다가가 그들의 폴리에스터에 싸인 엉덩이를 물어뜯는다 해도. 파인 스트리트 다리 위에 통통한 구름이 걸려 있었다. 커밍스는 머릿속의 인터뷰 진행자에게 비가 올 가능성 때문에 화창하고 밝은 날이 더욱더 화창하고 밝게 느껴진다고 말했다. 사라질 가능성 때문이다, 덧없이 사라질 가능성. 쏜살같이 지나가는 시간 속에 덧없이 사라지는 하루. 우쭐대는 시간. 우쭐대며 태어나는 시간, 불한당. 시간은 우리 모두를 게으른 낭비자로 만든다, 그렇지 않은가, 그 홀쭉한 뺨과 무덤 속 같은 울림과 뼈만 앙상한 손가락을 들어올리며 경고하는 눈길로. 뼈만 앙상한 손가락이 가리킨다, 경고하듯이, 이렇게 말하듯이. "궁극적으로 태어날 너 자신의 죽음을 기억하라고 경고하노니, 인간이여, 죽음은 지금 오는 중이며 곧 닥칠 것이다. 닥칠 것이다, 필멸의 몸뚱어리*여. 관을 덮는 그 섬뜩한 보가 네 고랑진 이마에 내려앉지, 빠르게 내려앉지 않을 것으로 생각하지 마라, 내가 지금 너를 가리키고 있는 이 뼈가 앙상한 손가락으로 나의 먼지 가득한 책에서 네 운명의 숫자를 고르기만 하면, 너 헛되고 헛된** 자여, 너 호색한이여, 너 의무의 회피자여, 네가 네 세속적 쾌락의 중심들을 쫓아 발을 질질 끌며 가고 있는 바로 지금."

그건 꽤 괜찮은 토막글이었다. 다가오는 폭풍을 헤치고 남은 산책을 끝낼 때까지 잊어버리지 않고 있다가 열정적인 글자로 노란 수첩 위에 서둘러 적을 수만 있다면. 그는 뜨겁게 갈망하는 마음으로 텅 빈 노란 수첩을 생각했다, 라는 문장을 그는 생각했다. 그는 뜨겁게 갈망하는 마음으로 텅 빈 노란 수첩을 생각했으니, 그 위에서, 바로 이날, 그의 명성이 만들어질 것이다, 아니야—그 위에서, 바로 이날, 그의 막 태어나는 움트는 명성의 전조가 될 첫 미약한 긁적거림이 이루어질 것이다, 아니 글이 쓰일 것이다. 그리고 언젠가 누군가 그의 노란 수첩을 발굴하고 그것이 자잘한 세목, 그러나 핵심적인 세목을 이루는 비옥한 한 조각이라는 것을 깨닫고 말 그대로 유레카를 외칠 것이며 그러면 짧고 검은 재킷을 입은 온갖 종류의 문학 애호 여성이 그를 만나고 싶어하지 않겠는가!

앞으로는 어디를 가나 수첩을 가지고 다니는 것을 늘 잊지 말도록.

---

* mortal coil. 셰익스피어의 『햄릿』에 나오는 표현.

** vanity of vanities. 「전도서」에 나오는 표현.

타운은 강변 지대에 거금을 들였고, 이제 타가나크강은 복원된 방앗간 안의 네일 살롱과 한때 석탄 탑이었던 곳 안의 카페와 예스러운 공공 광장을 지나 콸콸 소리를 내며 거세게 흘러갔다. 광장에서는 특이하게 머리를 깎은 남자 고등학생 몇 명이 주차된 콜트의 약간 열린 창 안으로 축구공을 차 넣으려고 하면서 불쾌한 느낌이 들 만큼 호전적으로 즐거워하고 있어 마치 자기들이 지구 표면을 걷는 첫 소년들이라고 믿기라도 하는 것처럼 보였고, 모스는 그것이 약간 걱정스러웠다. 애니가 자라서 이런 괴물 가운데 하나를 집으로 데려오면 어쩌나? 물론 바로 이 괴물들 가운데 하나는 아닐 거다, 이 아이들은 애니보다 대략 열다섯 살은 위니까. 하지만 애니가 스무 살에 바로 이 괴물 가운데 하나를 집에 데려올 수도 있었다, 이들은 그때 대략 서른다섯일 테니까, 물론 모스는 결사반대하겠지만. 하지만 마음속에서 그는 애니가 지금 막 콜트 안으로 공을 차 넣는 데 성공하여 기뻐서 바다코끼리처럼 소리를 지르고 맨가슴을 서로 맞부딪치며 펄쩍펄쩍 뛰어다니는 괴물 콧물 같은 놈을 데려온다 해도 자신이 그걸 가지고 소동을 부리지 않을 것임을 알고 있었고, 사실 서른다섯 살짜리 괴물을 집에서 쫓아내기보다는 정말이지 그냥 아기에 불과한 애니를 타락시키는 것을 단념시킬 요량으로 커피나 음료를 권할 가능성이 크다는 것을 너무나 잘 알고 있었다. 모스는 내심 자신이 어떤 종류의 인간인지 아주 잘 알고 있었기 때문이다. 소심해서 갈등을 피하고, 지나칠 정도로 타협만 추구하고, 한심할 정도로 잘 속아넘어가고. 그는 졸업반 때 자신을 속여 엉덩이를 파랗게 칠하게 한 렌 벡을 떠올리며 갑작스러운 아픔을 느꼈다. 실제로 '파란 엉덩이 클럽'이 있었다면, 회원 자격으로 엉덩이에 페인트를 칠할 것을 실제로 요구했다면 그것만으로도 나쁜 일이었겠지만, 단지 인정머리없는 수영 선수 무리의 즐거움을 위해 어떤 사람이 엉덩이를 파랗게 칠했고 그들이 나중에 그 사람의 댄스파티 짝에게 어떤 사진을 주었다는 사실을 댄스파티 전날 밤 알게 되는 것, 그건 너무 심했다. 그래서 그는 벡이 술에 취해 폴리스 스내그*까지 헤엄쳐 가려다 실패하여 밤의 어둠 속에서 폭포 너머로 쓸려내려갔을 때 기뻤다, 사실 아주 기뻤다, 적어도 처음에는. 그 사건은 그들이 졸업하던 해의 큰 비극, 그러나 자비롭게도 졸업반의 집단 기억에서 모스의 파란 엉덩이를 지워준 비극이었다.

빨간 머리 소녀 둘이 녹색 카누를 타고 지나갔다. 물의 흐름을 따라 떠내려가고 있었다. 소녀들이 그에게 뭐라고 소리를 질렀고 그는 손을 흔들었다. 애들이 뭔가 모욕적인 말을 외쳤나? 물론 그럴 수도 있었다. 물론 요즘 아이들은 권위에 대한 존중이 없었다. 물론 언제나 그들의 이웃인 벤 악바르, 가끔 모스가 로버트에게 눈을 흘기게 만드는 조그만 파키스탄계 천재도 있기는 하지만. 벤은 주 대표 첼리스트에 레슬링팀 소속이었고 자기보다 작은 아이들한테 어김없이 상냥했으며 장식 칠하는 데 솜씨가 있었고 한 손으로

* Foley's Snag. 스내그(snag)는 '물에 잠긴 나무'라는 뜻.

팔굽혀펴기를 할 수 있었다. 아, 월반생 벤. 모스는 생각했다. 벤을 열 명 데려와도 로버트 한 명과 안 바꾼다, 물론 로버트가 벤, 그 잘난 체하는 조그만 놈보다 나은, 아니 비슷하기라도 한 영역은 하나도 생각할 수가 없지만. 물론 그렇다고 그가 벤에게 반감이 있는 것은 아니다. 벤은 그저 어린아이일 뿐이다. 하지만 자기가 로버트보다 더 재주가 많고 다정하고 재능이 있다고 해서 어떤 식으로든 그게 로버트 위에 군림할 자격을 준다고 잠시라도 생각한다면 벤은 완전히 잘못 생각하고 있는 거다, 그렇다고 벤이 실제로 로버트에게 군림한 적이 있다는 건 아니지만. 오히려 로버트가 종종 벤에게 군림하거나 군림하려 했다. 물론 늘 실패했지만. 벤은 너무 똑똑해서 로버트 같은 조그만 사기꾼에게 속아넘어가지 않으므로. 그 순간 모스는 방금 자신의 아들을 사기꾼이라고 규정한 것을 깨닫고 얼굴이 붉어졌다.

이런 오 이런, 인생은 고문이 될 수도 있다. 인생은 사람을 이상하고 어두운 장소로 밀어넣을 수 있고 그는 그곳에서 자기도 모르게 자신이 사랑하는 첫아이를 중상하는 것과 같은 볼품없고 용서받을 수 없는 짓을 하고 있을 수도 있다. 블라스코프 같은 회사에서 나와 의미 있는, 중요한 백신을 발견하는 것 같은 일을 할 수 있다면. 하지만 너무 늦었다. 그는 생물학에 소질이 있었던 적이 없고 사실 두 번이나 낙제를 했다. 하지만 어떤 햇빛 반짝 같은 순간이 온다면 물론 반갑지 않을 리 없다. 전쟁 포로가 되어 고문을 받아도 입을 열지 않을 뿐 아니라 개인적인 위험을 무릅쓰고 다른 포로들을 이끌어 그들로부터 열광적인 찬양을 받을 수 있다면. 진짜

기적을 보거나 대통령을 암살범에게서 구하거나 로토에 당첨되어 그 돈을 자선단체에 전부 기부할 수만 있다면. PBS 방송에서 본 영감들처럼 헤이마켓 사건에서 두들겨맞거나 메드거 에버스*를 알았거나 타이태닉호에서 행복해하는 어머니를 잃어 어떤 커다란 역사적 사건의 일부가 될 수 있다면. 어린 시절 그는 꿈이 아주 찬란하고 아주 많은 희망을 품었기 때문에 지금 아무것도 아닌 존재라는 것은 사실일 수가 없었다. 하지만 뭔가 되는 사람이 어떻게 인생의 최고 시절을 복사기에 욕이나 하면서 보내겠는가? 그렇다고 불평하는 것은 아니다. 고마워할 게 많다는 것을 모르는 게 아니다. 그는 자식들을 사랑한다. 집이 놀랄 만큼 가라앉고 있어 닫히지 않는 문에 세탁 바구니를 받쳐놓았을 때 촛불 빛에 비치던 침대 속 루스의 모습을 사랑하고, 그가 그녀에게 들어갈 때 그녀가 짓는 표정을 사랑하고, 파란 엉덩이 이야기를 가볍게 받아들이는 태도를 사랑한다. 물론 싸움을 할 때 그녀가 가끔 그 이야기를 꺼내는 것이나—예를 들어 할부금을 못 내 피아노를 도로 가져갔던 끔찍한 밤에—아이들이 다 듣는 데서 그들의 가난이 그의 수동적 태도 때문이라고 비난하는 것, 또는 로버트의 가라테 선생인 리 사부에게 홀딱 반해 로버트를 일주일에 여섯 번이나 가라테 수업에 끌고 간 것은 별로 사랑하지 않는다, 진이 다 빠져버린 가엾은 녀석. 하지만 핵심은 어떤 어려움에도 불구하고 그가 진정으로 루스를 사랑한다는 것이다. 따라서 그들의 몸이 약해지고 뚱뚱해지고 어둠

* 20세기 미국의 인권운동가.

속에서 옷을 벗게 되고 로버트가 모스의 구부정하고 뾰루지가 난 등을 곁눈질로 흘기며 텔레비전에 나오는 건장한 운동선수에게 감탄한들 어떠랴. 그건 상관없다. 언젠가 자기도 등이 구부정해지고 뾰루지가 났을 때 가족의 이익을 위해 자신의 작은 개인적 욕망을 억누른 아버지에게 감사할 것이기 때문이다. 물론, 하느님의 뜻이라면, 로버트는 그때쯤 괜찮은 직업을 갖고 체육관과 피부과를 다닐 만한 여유가 있겠지만.

모스는 가던 길을 멈추고, 어린 여자애 둘이서 폭포를 향해 빠르게 미끄러져가는 카누를 타고 도대체 뭘 하고 있는 것인지 의문을 품었다, 노도 없는 것 같은데.

커밍스는 계속 걸으며 자신의 "원형적 비전의 책", 얼마 전에 그 멍청이 엄마가 포도 소다를 쏟은 책에서 114라고 번호를 매긴 원형적 비전을 마음에 떠올리며 신비한 어스름이 깔리는 수목의 '숲' 안을 들여다보았다. 비전 114는 여명에 오래된 빽빽한 '숲'의 가장자리에 서 있는 것에 관한 글이었다. 안전한 항구인 자신의 거처는 뒤에 있고 앞에는 깊은 '광야'가 있으며, 그곳에는 음침하기는 한 마녀 집회*로부터 어렴풋이 나타나는 거무스름하고 무시무시한 곰들이 가득했다. 그 씰룩거리는 신경질적인 임금 노예 모스가 "원형적 비전"이라는 독한 양조 맥주에 칙칙한 이마를 담근다면 무슨

* coven. '동굴'을 뜻하는 cavern과 비슷하다.

생각을 할까? 모스, 하, 커밍스는 생각했다, 내가 모스가 아니라서 다행이야, 회사원 바지를 입은 채 쌓여가는 옥토沃土 안의 헐벗은 개구쟁이들을 향해 터덜터덜 집으로 걸어가고 있는 멍청이. 그가 속한 부류가 다 그러듯이 진흙으로 만든 두 발*을 관습성의 아가리에 들이민 채 태어나 소멸 직전의 작은 공간 안에서 레밍처럼 명랑하게 일하면서 지겨운 잔디깎이 사이사이에 주식과 채권을 비교하는 데 만족하고, 그런 뒤에 젖먹이 개구쟁이들을 닌텐도의 젖가슴에 안겨주면서 깔깔거리고. 이거 강력한 이미지다, 커밍스는 생각했다. 생각이 깊어지는 어떤 밤에 헤라클레스 같은 서문으로 발전시킬 수도 있는 이미지. 그럼 어떤 할리우드의 번지르르한 녀석이 핫케이크처럼 그걸 받아먹을 거고, 그러면 엄마한테 렉서스를 한 대 사주고 그는 어떤 다리가 길고 칠칠치 못한 사람과 파리로 갈 거다. 그전에 시간을 좀 들여 아령 들기로 몸을 좀 만들어 그녀를 정신적으로만이 아니라 육체적으로도 그의 포로로 만들고. 그러면 파리에서 그 다리 긴 여자는 아마도 꼭 끼는 가죽 바지를 입고 어깨에 아름다운 숄이나 담요를 걸친 채 구식 침대에 앉아, 발코니에 서서 파리의 비 등등에 관해 곰곰이 생각하는 그를 암사슴 같은 눈으로 볼 것이고, 그저 예의상 집으로 그림엽서를 보내면 모스와 그 무리는 상당히 많은 즙 속에서 천천히 끓지 않을까!

그리고 빌리지는 회개하며 그의 앞에 무릎을 꿇지 않을까. 어렵

* 성경 「다니엘」에서 네부카드네자르왕의 꿈에 나오는 이야기로, 보통은 유명한 사람의 결함을 가리킬 때 쓰는 말.

게 구한 그의 얼굴, 문장紋章에 나오는 사자 같은 얼굴이라고 할 수도 있겠다. 그 얼굴이 찍힌 티셔츠를 누구나 싸구려 잡화점에서 구할 수 있고, 그는 하얀 휘트먼 같은* 양복을 입고 현관에 궁정을 열고, 엄마는 그의 뒤에서 얼쩡거리면서 그의 작품에 관해 온갖 말도 안 되는 소리를 하고 자신의 수많은 예찬자에게 공허한 간식을 제공하는 때가 오면. 네드 웬츠 같은 풋볼 선수 출신이 그에게 소네트를 가르쳐달라고 간청하면 그건 멋진 복수가 되지 않을까? 이런 일이 일어나는 데 필요한 것은 오로지 종이 몇 장과 펜과 돈키호테적인 지껄여대는 재능, 평론가들이 쓸 법한 말로 하자면, 그에 비길 만한 것조차 금세 다시 보긴 어려운 재능뿐이다. 그런데 그는 그 모든 것을 엄청나게 갖고 있다. 그는 자신의 가능성 때문에 무척이나 행복한 상태에서 폭포 앞의 마지막 굽이를 돌다가 여름 잎 빛깔의 카누 한 대가 스내그의 상류 가파른 벽을 뚫을 듯이 강하게 박는 것을 보았다. 그 안의 여자애들은 앞으로 몸이 확 쏠리자 입을 벌리고 거품을 일으키는 물살에 대고 비명을 질렀지만 물이 그 소리가 들리는 것을 막고 있었다. 어떤 봉합선이 터지면서 보트는 갈라져 열렸고 불길하게 빠른 속도로 많은 양의 물을 받아들이기 시작했다. 커밍스는 망연자실하여 서 있었다. 몸은 감전된 듯했으며 쭉 뻗고 있는 목덜미 위의 머리카락은 곤두서 있었다. 그는 생각했다, 뭔가 해야 돼, 저 아이들 얼굴이 피범벅이야, 하지만 무엇

* Whitmanesque. 미국의 시인 월트 휘트먼의 스타일에서 비롯된 단어로 민주적인, 활기찬 것을 뜻한다.

을, 저렇게 빠르고 차가운 물에서, 그래도 뭔가 해야 돼. 그는 비틀거리며 불안불안하게 강변 둔덕으로 올라가 도움이 될 만한 걸 찾았지만 보이는 것은 키 큰 마른 옥수수밭뿐이었다.

모스는 달리기 시작했다. 어느 모로 보나 이것은 어리석다. 어느 모로 보나 여자애들은 강변에 안전하게 도착했고, 아니면 이미 도와줄 사람이 달려가고 있을 거다. 물론 여자애들이 강변에 안전하게 도착하지 못했고 도와줄 사람이 달려가지 않을 가능성도 있고, 사실 도와줄 사람이 자신일 가능성조차 있지만, 이것은 걱정되는 일이다. 그는 압박을 받는 상황에서 한 번도 유능했던 적이 없었고 위기 때는 종종 입을 헤벌린 채 가능한 선택지들을 놓고 머릿속에서 토론을 벌이며 서 있곤 했기 때문이다. 그 생각을 하고 보니, 그가 이러는 사이에 보트가 이미 폭포를 넘어갔거나 스내그에 부딪혔을 가능성이 있었다, 아니 컸다. 그는 바지선 '팻챈스*호'의 승무원들이 기억났다. 레이건 정부 초기 밧줄 다리를 통해 구출된 사람들이었다. 그는 땀을 뻘뻘 흘리는 단호한 남자들 몇 명이 이미 현장에 있어서 그들 가운데 하나가 어서 가서 전화를 걸라고 자신을 멀리 보내주기를 바랐다. 하지만 가는 길에 전화번호를 잊어버려 다시 돌아가서 땀을 뻘뻘 흘리는 단호한 남자에게 다시 말해달라고 해야 하면 어쩌나? 또 이런 잘못이 루스의 귀에 들어가 그

* fat chance. '가망이 없다'는 뜻.

녀가 수치심에 가득차서 그와 이혼하고 애들도 못 보게 하면 어쩌나? 그러지 않아도 애들 스스로 그가 공황에 후달려서 일을 망치는 사람임을 알고 보고 싶어하지 않으면 어쩌나? 이것은 물론 긍정적인 사고가 아니다. 이것은 물론 부정성을 통해 실패할 운명을 미리 정하는 사례다. 왜냐하면, 누가 알랴, 어쩌면 그가 줄을 서서 단호한 남자들을 돕고, 형편없는 밧줄 때문에 화상을 입어 붕대를 감고 영웅이 되어 집에 가고, 그 덕분에 혹시라도 루스가 그를 성적인 면에서 더 우호적으로 봐주고, 밤새 그의 새로운 사내다움을 축하하며 잠도 안 자고 기운차게 사랑을 나누는 사이사이에 달콤한 말을 주고받을지. 그런데 이런 판에, 애들의 목숨이 위험에 처한 상황에서 도대체 무슨 생각을 하고 있는 걸까? 그는 나쁜 사람이다, 그건 확실했다. 그의 몸에 신실한 뼈라고는 하나도 없다. 다른 사람들은 더 단순하고 더 맑은 눈으로 세상을 보지만, 그는 자신에게 몰두해 있고 신실하지 않고 모든 일을 망친다. 그는 이것이 그가 망치게 될 또하나의 일이 아니기를 바랐다. 구조를 망치는 것은 아들 생일 파티 초대장 발송을 잊는 것과는 완전히 다른 일이었기 때문인데, 최근 그는 실제로 그 짓을 저질렀다. 그러나 물론 그는 상황을 바로잡기 위해 꽤 큰 돈을 들였고 비자 카드에 진짜 조랑말을 걸기* 직전에야 멈추었다. 하지만 요는 이건 심각한 일이고 그는 전력을 다해야 한다는 거다. 그래서 그는 가느다란 두 다리를 앞으로 뻗었다. 허리께가 어색하게 굽었고 셔츠 자락이 뒤에서 따

* 조랑말이 그려진 지폐를 건다는 도박 표현에서 나온 말.

라왔고 시원찮은 무릎이 아팠다. 그는 모든 자기 의심과 부정성을 밀어내고, 일단 굽이를 돌아 상황을 살피게 되면 할 수 있는 어떤 방법으로든 단호한 남자들을 도울 준비를 하라고 자신을 타일렀다.

하지만 굽이를 돌아 상황을 살폈을 때 밧줄 다리나 단호한 남자들은 없고, 카누가 스내그 밑동에서 쪼개지는 바람에 짝을 맞춰 스웨터를 입은 조그만 두 여자애가 미끼통으로 물을 퍼내려고 애쓰고 있었다. 어쩌나? 충격이었다. 도움을 청하러 가야 하나? 아웃렛 몰로 달려가 나이프 월드에서 911에 전화를 해야 하나? 시간이 없었다. 카누는 그의 눈앞에서 가라앉고 있었다. 여자애들은 그가 루트 8에 이르기도 전에 익사할 거다. 스내그까지 헤엄을 칠 수 있을까? 물론 없을 거다. 그걸 해낸 사람은 아무도 없었다. 그가 수영을 잘하나? 기껏해야 평범하다. 따라서 그는 도움을 청하러 달려가야 한다. 하지만 달리기는 소용없다. 시간이 없기 때문이다. 그건 방금 결론을 내렸다. 그리고 수영은 불가능하다. 따라서 여자애들은 죽을 거다. 기본적으로 죽은 거나 마찬가지다. 그러나 그럴 수는 없다. 그건 너무 슬픈 일이다. 오늘 아침 두 아이에게 짝을 맞춰 스웨터를 입힌 어머니는 어떻게 될까? 그녀는 어떻게 감당할까? 곧 그녀의 두 딸은 테이블 위에 발가벗은 채 멍들고 죽어 있을 거다. 생각도 할 수 없는 일이었다. 그는 로버트가 테이블에 발가벗은 채 멍들고 죽어 있는 것을 생각했다. 어쩌나? 그는 자신이 여기 아닌 다른 곳에 있기를 간절히 바랐다. 여자애들이 이제 그를 보았고 그들은 손으로 자기들이 곧 죽을 거라고 설명하고 있는 것 같았다. 맙소사, 저애들은 그가 눈이 멀었다고 생각하는 걸까? 그가 어리석다고 생각하는 걸까? 그가 자기네 아버지라고 생각하는 걸까? 그가 그리스도라고 생각하는 걸까? 그들은 죽었다. 그들은 제정신이 아니고 그에게 소리를 지르고 있지만, 그들은 죽었다. 오래전에 죽은 자들처럼 죽었고, 그는 살아 있다. 집에는 그가 필요하다. 그것은 머리를 써 생각할 것도 없는 간단한 사실이다. 아무도 이걸 두고 그를 탓할 수는 없다. 그러나 그는 목구멍 안에서 낮은 절망의 소리를 내면서 로퍼를 걷어차 벗고 물을 가로질러 길고 추한 몸을 내던졌다.

옮긴이의 말

조지 손더스 자신은 못마땅해할지 몰라도, 이 작품집에 실린 중편에 가까운 표제작 「패스토럴리아」는 매우 상징적인 작품으로 느껴진다. 망해가는 테마파크라는 가상의 공간이 21세기 전환기 이 세계의 한 축도로 보이기 때문이다. 그러나 가만히 들여다보면 이것은 뭔가의 상징이 아니라 그냥 충실한 사실적 재현이라는 생각이 찾아온다(이 말을 들으면 손더스는 안심할 듯하다). 그곳에서 일하는 사람들의 구질구질한 일상, 일상과 가상의 충돌, 가상의 공간 노동자와 향유자의 씁쓸한 충돌, 그곳에도 엄존하는 계급 문제 등은 21세기 미국 민중, 또는 세계화된 이 시대 세계 각지 민중의 삶을 전형적으로 보여준다고 할 수도 있기 때문이다.

비단 「패스토럴리아」만이 아니라 이 책에 실린 다른 작품들 또한 급격히, 눈부시게 변해가는 세계에서 오히려 생활과 마음의 출구가 꽉 막혀버린 사람들의 이야기를 다루고 있다. 그럼에도 여전히 우리에게 익숙한 사실주의적 소설과는 다르다는 느낌이 드는 것은 인물들이 왠지 사실적으로 느껴지지 않는다는 점 때문일지도 모른다. 사실 이렇게 인물을 그려내는 것이야말로 손더스의 인장이라고도 할 수 있는 특징이고, 또 호불호가 갈리는 지점인 것 같기도 하다. 사실 번역자에게는 상당히 괴로운 부분이기도 한데, 그것은 그가 이렇게 인물을 제시하는 방식과 관련된 독특한 유머 때문이다.

손더스는 젊어서 직장생활을 할 때 스타인벡을 읽으며 소설가를 꿈꾸고 습작기에는 헤밍웨이를 모델로 삼았지만 스스로 만족할 만한 결과를 얻지 못하다가 어느 날 그냥 마음 가는 대로 마구 긁적여놓은 것을 부인이 보고 웃음을 터뜨리자 이거다! 하는 깨달음을 얻었다고 한다. 즉 자기만의 목소리를 찾았다는 것이다. 그만큼 유머와 손더스는 뗄 수 없는 관계다. 그런데 바로 이런 유머에 따를 수밖에 없는 크고 작은 과장이 작품의 사실적인 면을 훼손하는 게 아니냐는(손더스가 자기 목소리를 얻은 바로 그 대목을 아프게 꼬집어서) 지적이 있을 수 있고, 한걸음 더 나아가 이것이 자기를 재료로 삼는 것을 넘어 자기비하적 유머가 아니냐고 몰아칠 수도 있을 듯하다.

물론 옮긴이는 그런 비판보다는 이것이 출구를 찾지 못한 분노가 어쩔 수 없이 견디어야 하는 일상으로 방귀처럼 새어나오는 방식이라는 긍정 쪽으로 생각이 많이 기우는 편이다. 미지근한 작가보다는 언어맞더라도 자기 목소리를 확실하게 내는 작가를 좋아하는 취향 때문이기도 하고, 또 손더스가 위나 바깥이 아니라 안에서 민중을 그린다는 신뢰 때문이기도 하다. 그래서 이 작품집 가운데도 희한한 노동과 실직 상황에서 분노와 유머(인물들 자신은 웃지 않지만)가 격렬하게 뒤섞이며 좁은 의미의 사실주의를 뛰어넘어버리지만 그럼에도 대단히 사실적이라는 느낌을 주는 「시오크」를 가장 사랑한다.

또 이 작품집은 2000년에 나온 손더스의 두번째 단편집인데, 적어도 여기에서 손더스가 들여오는 인물들이 주로 백인 하층이라는 점도 고려해야 한다고 본다. 이 또한 자신이 아는 것을 쓴다는 사실주의 작가의 태도에 충실한 것이라고 볼 수 있지만, 동시에 이것이 그의 유머의 성격을 규정하는 면도 분명히 있다는 느낌이 든다. 가령 십오 년 이상의 시차가 있고 또 단편(또는 중편)과 장편이라는 차이도 있지만, 민중의 성격도 많이 달라지는 『바르도의 링컨』에서는 웃음과 눈물이 섞이는 또다른 경지가 드러난다는 것이 그 반증이라고도 할 수 있을 듯하다.

어쩌 손더스의 목소리를 핑계로 그의 유머를 제대로 번역하지 못한 것을 변명하는 이야기가 되어버린 듯하지만, 진짜로 하고 싶었던 말은 21세기 이후 누구보다 눈을 부릅뜨고 현실을 다루는 중요한 작가의 초기 작품집을 독자들이 따뜻하게 맞아주었으면 한다는 것이라고 이해해주시리라 믿는다.

정영목

옮긴이 **정영목**
번역가로 활동하며 현재 이화여대 통역번역대학원 교수로 재직중이다. 지은 책으로 『완전한 번역에서 완전한 언어로』 『소설이 국경을 건너는 방법』이 있고, 옮긴 책으로 『바르도의 링컨』 『누가 이 침대를 쓰고 있었든』 『로드』 『선셋 리미티드』 『울분』 『에브리맨』 『미국의 목가』 등이 있다. 『로드』로 제3회 유영번역상을, 『유럽 문화사』로 제53회 한국출판문화상(번역 부문)을 수상했다.

문학동네 세계문학
패스토럴리아

1판 1쇄 2023년 3월 31일 | 1판 2쇄 2023년 5월 2일

지은이 조지 손더스 | 옮긴이 정영목
기획 이현자 | 책임편집 박효정 | 편집 윤정민 이현자 이희연
디자인 최윤미 이원경 | 저작권 박지영 형소진 최은진 오서영
마케팅 정민호 김도윤 한민아 이민경 안남영 김수현 왕지경 황승현 김혜원 김하연
브랜딩 함유지 함근아 박민재 김희숙 고보미 정승민 배진성
제작 강신은 김동욱 임현식 | 제작처 천광인쇄사

펴낸곳 (주)문학동네 | 펴낸이 김소영
출판등록 1993년 10월 22일 제2003-000045호
주소 10881 경기도 파주시 회동길 210
전자우편 editor@munhak.com | 대표전화 031) 955-8888 | 팩스 031) 955-8855
문의전화 031) 955-1927(마케팅) 031) 955-2685(편집)
문학동네카페 http://cafe.naver.com/mhdn
인스타그램 @munhakdongne | 트위터 @munhakdongne
북클럽문학동네 http://bookclubmunhak.com

ISBN 978-89-546-9200-7 03840

잘못된 책은 구입하신 서점에서 교환해드립니다.
기타 교환 문의 031) 955-2661, 3580

www.munhak.com